魅丽文化　飞言情工作室

夏日终曲

浪南花 著

江苏凤凰文艺出版社
JIANGSU PHOENIX LITERATURE AND ART PUBLISHING

图书在版编目（CIP）数据

夏日终曲 / 浪南花著 . -- 南京 : 江苏凤凰文艺出版社 , 2023.4

ISBN 978-7-5594-7449-0

Ⅰ . ①夏… Ⅱ . ①浪… Ⅲ . ①长篇小说 – 中国 – 当代 Ⅳ . ① I247.5

中国国家版本馆 CIP 数据核字 (2023) 第 002915 号

夏日终曲

浪南花 著

责任编辑 张 倩
出版统筹 曾英姿
特约编辑 朱依林
封面插图 我的宗介
封面设计 殷 舍
出版发行 江苏凤凰文艺出版社
南京市中央路 165 号，邮编： 210009
网 址 http://www.jswenyi.com
印 刷 长沙金鹰印务有限公司
开 本 880mm × 1230mm 1/32
印 张 9
字 数 216 千字
版 次 2023 年 4 月第 1 版
印 次 2023 年 4 月第 1 次印刷
书 号 ISBN 978-7-5594-7449-0
定 价 45.00 元

目录

c o n t e n t s

第一章 意外之旅 /001

第二章 回忆启封 /019

第三章 奇怪的情侣 /037

第四章 共同战线 /053

第五章 背叛 /071

第六章 不甘示弱 /088

第七章 临阵脱逃 /105

第八章 我喜欢你 /121

第九章 海边恋爱 /138

第 十 章　吃醋　/155
第十一章　回家　/174
第十二章　向阳而生　/193
第十三章　离开海边　/211
第十四章　异地　/228
第十五章　又一个夏天　/246
番 外 一　过去与未来　/265
番 外 二　你真难追　/269

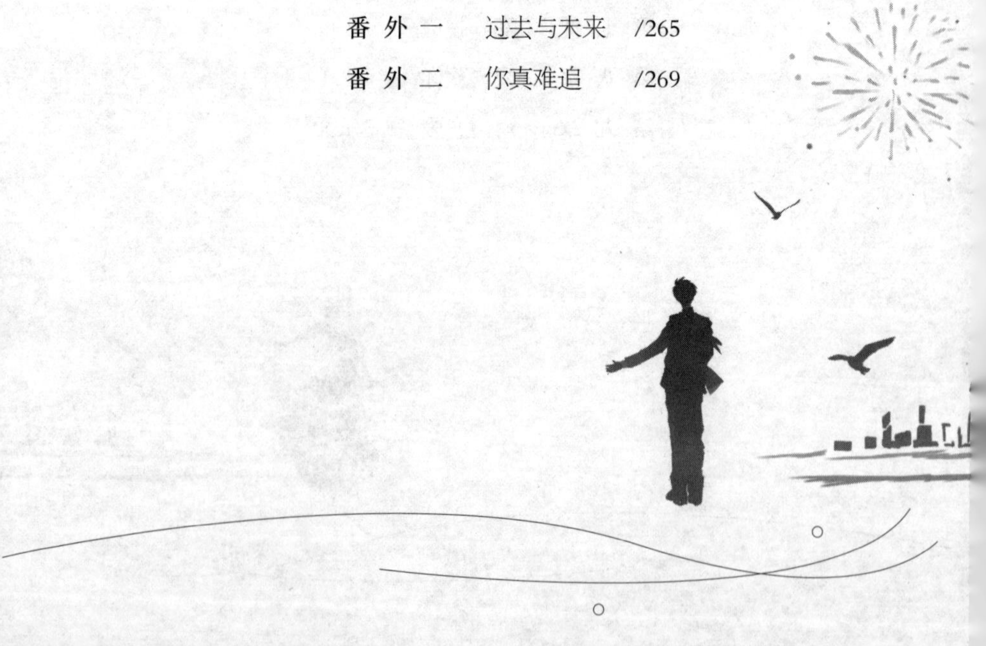

第一章
意外之旅

从记事起，梁乐就没和祝蔚杭好好相处过。

他们一见面就互呛，背地里说对方小话，知道对方喜欢什么后一定会毫不留情地抢走。梁乐本以为两人会势不两立一辈子，到七老八十了见面都会互相吐口水，但之后两人的发展明显出乎她的意料了。

不知道这段不甚友好的关系是什么时候开始发生变化的，总之，等到梁乐意识到的时候，他们似乎已经走到了一起。

故事开始于暑假。

那个夏天，梁乐和祝蔚杭满了十八岁，结束了高中生活，即将迈进大学校门。

梁乐以为高考完后她会无拘无束得像只小鸟，自由地飞往自己想去的地方。她制订了一个完美的计划，甚至拿出自己攒了几年的零花钱，约了朋友吴泓玲准备去海滨城市大玩特玩半个月。可就在高考结束的当天晚上，她的计划被打乱。

晚上洗澡的时候，梁乐摸到了胸上的硬块。第二天，刘苑清就带她去了医院，彩超检查结果是乳腺纤维瘤。医生说情况不算严重，只是这东西留在她身体里也没任何用处，于是在她妈的坚持下，她还是在当天下午就被推入了手术室。

刚做完手术，麻药药效逐渐退去，梁乐的胸口开始隐隐作痛，手臂也提不起劲儿。

刘苑清赶紧上前问她感觉怎么样，想不想吃点什么。

梁乐眨了眨眼，哑着嗓子对刘苑清说：“妈，我想喝水。”

刘苑清急忙点头，出去给她倒水。

旁边病床上躺着一个二十八岁的女生，情况看起来比她严重一些，正虚弱地躺在床上打点滴。

梁乐略过她从窗户向外看，正是盛夏，太阳格外大，病房外的树木被金灿灿的阳光照得都精神许多。全世界都很快乐，除了她。跟梁乐约好一起去玩的吴泓玲因为取消预订的话有损失，只能“含泪”抛下她前往海滨城市，指不定现在正在沙滩上玩水堆小人呢。

越想越觉得悲哀，梁乐觉得自己像是一朵即将被晒蔫的花。就在这时，身边传来男生的声音，很熟悉，是少年独有的清朗嗓音，带着点沙哑，又似乎有些累，声音都带着疲倦。

“手术结束了？现在没事了？”祝蔚杭问。

这问的是什么问题？看不出她脸色苍白吗？

梁乐头都没转过去，直接闭上了眼睛，想要装睡。可祝蔚杭就像看不懂眼色一样，走到床边，站在她眼前又问了一遍：“怎么样？”

“没死。”梁乐没睁眼，只是开口说了一句。

祝蔚杭伸脚勾来病床边的椅子，然后稳稳当当地坐下，拿起桌上的苹果，问梁乐要不要吃。

梁乐没反应，等了一会儿，她终于睁开眼睛看他，说道：“闲着没事干啊，谁让你来的？”她的话并不好听，态度也很强硬，但是因为声音虚弱，倒有一种脆弱的感觉。

“是挺闲的，我自己想来。”祝蔚杭抬眼看她，边说边拿起桌上的削皮刀和苹果，低头开始削皮。

梁乐没什么力气，只觉得手臂麻得厉害，胸口的伤口也更疼了。她见到他这副气定神闲的模样又觉得烦，索性不看他，闭着眼睛休息。

“吃吧。”祝蔚杭突然开口。

察觉到面前的气息，梁乐睁眼。入目是一双白净纤长的手，指甲修剪得干净整洁，拿着一颗被削得干净的苹果递到她的眼前。

梁乐皱眉说：“我不吃。”

“为什么不吃？”

“手疼。”她咬牙切齿。

刘苑清端着热水回到病房时，便看到这样一个十分古怪的景象。祝蔚杭不知道什么时候来了，拿着一块苹果往梁乐的嘴里塞。而梁乐眉头紧锁，被迫咬了一口，眼含愠怒，似乎在发作的边缘。她赶忙上去打圆场，叫道：“蔚杭你怎么来了？”

祝蔚杭听此，讪讪地收了手，苹果终于离开了梁乐的嘴。

梁乐垂眸，似乎看到了她的嘴唇和苹果之间连着的涎丝，心里一惊，急忙去看祝蔚杭。

他似乎也看到了，眼里晕开笑意。

梁乐脑中炸开一颗炸弹，她恼羞成怒：“哪儿来的回哪儿去，不需要你在这里假惺惺！”

“哎，你怎么这么说话？”刘苑清见自己女儿开始发怒，担心祝蔚杭面上挂不住，急忙劝阻道。

梁乐早已习惯刘苑清做老好人的场景，转开视线不再说话。

祝蔚杭也像是习惯了，自顾自地说：“没事的，阿姨，她刚做完手术。”意思是不想让梁乐太动气。

刘苑清这才觉得奇怪，梁乐做这手术，她和梁乐的爸爸谁都没告诉，也不知道祝蔚杭是怎么知道的，她低声呵斥梁乐：“你这孩子，让你别到处说你做手术，怎么还让蔚杭知道了？”

说到这里，梁乐便更加来气：“我没说，他自己偷看我手机！”

刘苑清一脸疑惑，但这俩孩子从小就这样打打闹闹，哪个孩子嘴里说出来的话都不能信。

梁乐心中郁结，也在苦恼为什么这么凑巧就让祝蔚杭知道了自己生病的事。

昨天晚上，梁乐摸到胸部的肿块，慌张地在搜索引擎栏里输入“胸内有肿块”这几个字，看了半小时后，她的眼睛都开始花了。

那些专业术语让她恐惧，看了最差的结果后，她便担忧是不是“乳腺癌”。就在这时，祝蔚杭推门而入。

两人从小就没有敲对方门的习惯，长大后习惯了转了把手就开门，经常被对方大骂一顿，却也从未改过，只暗自提醒自己下次记得锁门。

梁乐一般都记得锁门的，只是昨天有些惊魂未定，进门就直奔手机查信息。

听到开门声，梁乐抬头看到祝蔚杭，她愣了一瞬，脑中依旧是关于乳腺癌的东西，愣怔得竟忘了骂他。

祝蔚杭则是在门口站了一会儿，狐疑的眼神逐渐收敛，他僵了片刻：“你哭什么？”

哭？梁乐这才意识到自己居然掉眼泪了，胡乱地擦了两下。

祝蔚杭已经移动到她眼前，她还没反应过来，手机就被他拿走。

她着急忙慌地擦着眼泪，站起来想要抢回自己的手机，他却不肯给她，将手机里的东西翻阅得差不多后才还给她。

祝蔚杭皱着眉头，盯着她还猩红的眼睛看了一会儿，抿唇：“你胸里面长怪东西了？”

“你才长怪东西了！”她反应过来，红着眼睛赶他出门之后，将门反锁。

祝蔚杭在门口站了一会儿，敲敲门，梁乐让他滚。

祝蔚杭进不去，她也不肯开门，他便给她发了消息：去医院检查一下，应该是没什么事。

梁乐看见这条消息，丝毫没觉得被安慰到，心烦意乱地关了手机。

第二天，她起了个大早去医院看了医生才稍微放下心。

她回家准备住院的东西时，正好碰见祝蔚杭，他靠在她家门口，看见梁乐和刘苑清之后直起身子，对梁乐说：“有些事要问你。”

“我不想说。”梁乐没那个心情，虽然医生说没什么大问题，可是一想起下午要做手术，她还是觉得烦躁。

“唉，蔚杭，她今天心情不好，你就别惹她了。”刘苑清少见地开始帮梁乐说话。

“好。”祝蔚杭点头。

待梁乐和刘苑清进屋之后，他才拿出手机给梁乐发短信。

祝蔚杭发了好几条，问她医生怎么说之后，她才懒懒地回一条：小问题，割了就好了。过了一会儿她又发一条：最近没空跟你吵架了。

在梁乐看来，这其实是一条暂时休战的消息。祝蔚杭不算笨，最近应该不会来烦她了。可她没想到，她刚做完手术，他就跑来病房找她。

现在站在她面前的祝蔚杭挑挑眉，说：“看你精神这么好，我就不在这里碍手碍脚了，祝早日康复。”说完他迈腿就打算离开。

祝蔚杭潇洒的背影看得梁乐恨得咬牙，他过来这样羞辱她一通后就想要跑？

梁乐还担心他会恶劣地到处跟人说她生病的事，说不定之后所有人都知道她胸里长了东西。梁乐可不信任他，于是她叫住祝蔚杭。

祝蔚杭停住脚步，扭头看她："怎么了？"

"跟你说件事。"梁乐白着嘴唇，对他招了招手。

刘苑清一脸狐疑，属实是没见过两人这么亲密的模样。祝蔚杭见她不方便起身，便很体贴地凑过去，弯腰，听她在自己耳边说悄悄话。

五秒后，他直起身子，从鼻子里哼出一声冷笑，跟刘苑清礼貌地告别后离开，一点都不留恋。

刘苑清觉得奇怪，问起梁乐同祝蔚杭说了什么。

梁乐笑得鸡贼，轻声说："秘密。"

她说："你要是跟别人乱说我手术的事，我也保不准到处宣传你的事迹，比如你十四岁去割包皮的事。"

果然，他像是被踩了尾巴，灰溜溜地离开。

这一战，她赢了。

梁乐在医院里躺了三天就被医生批准出院。

待她躺在自己柔软的小床上时才意识到这场无端袭来的意外即将结束，她可以计划接下来的假期时间。

房间的窗户被刘苑清打开，下午的温度已经不算太高，无垠的天空拢上薄云，颜色也由浅转深，化成调色盘里最浓的那抹蓝色。

突来的意外尘埃落定，梁乐才有了多余的心思去想自己渴望了许久却泡汤的旅行计划。她很低落，静谧的蓝色让人更加抑郁，她的胸口都开始发闷。

闺密吴泓玲恰好在这时候找她聊天，发了一大堆关于海的照片，几乎是不用调色的照片。看着那些以宽阔海面为背景的照片，梁乐却一点都不觉得沉静，反倒更加烦躁起来。

刘苑清进来看她的时候，梁乐将被子盖过头顶，一点儿脸都没露出来。

刘苑清迟疑道："怎么了，不舒服？"

空气安静了几秒，梁乐猛地将被子扯下来，头发凌乱，脸憋得通红。她盯着自己的母亲，一字一句地说："我要去海边度假。"

"哎哟，别这么大动作，扯着伤口怎么办？"

"我要去海边。"梁乐重复道。

"去吧去吧，等伤养好了就去。"刘苑清答应下来，本来就没想绑着这只正扑腾翅膀的小鸟，只是这颗小瘤来得不是时候，打乱了梁乐的旅行计划，才惹得她不高兴。

梁乐的表情这才柔和些。

微创手术的伤口不大，很快就能恢复。

梁乐在这一周内又找了许多关于海边旅游的攻略，钱和时间都准备好了，只是没有了原定的旅行伙伴。她又问了几个人，但他们不是已经订好了计划就是已经在旅行途中，她居然找不到一个人陪她一起去海边。

拆完线后，她兴致勃勃地跟父母说她打算一个人去青岛玩。

"不可以。"她爸第一个反对，"怎么能一个人去？"

"你一个女孩不安全，我们不可能同意的。"刘苑清附和道。

梁乐臭着一张脸辩驳半天，二老一点儿都不肯松口，对于她的安全问题，他们二人向来都有原则。初、高中的时候，梁乐跟谁出去玩，爸妈都会留下对方的电话号码方便联系，绝不肯同意让她一个人出去。

梁乐能理解他们的担心，可她真的很渴望去海边旅行，这似乎已经变成了一个执念，从初中开始就深深地扎根在她的脑中。

她现在居住的地方在内陆，能看到海的机会并不多，但是初中放暑假的她也曾经在海边小村待过一个月。

关于那里的大部分记忆在此刻变得有些模糊。但她还是能清晰地回想起傍晚时刻拂过她脸上的海风，咸湿又黏腻。她清楚地记得海浪打过脚背的舒适感，像温柔的手心轻抚。夜里坐在沙滩上遥望辽阔的海面，灯火映在粼粼的海面上，犹如星光被揉碎了再洒下来。

不知何时，大海就成了梁乐心中乌托邦一样的存在。只要一想到大海，她的身体便会觉得轻盈，情绪都变得惬意。她偶尔拿出来回忆，由此获得片刻的轻松。她不肯放弃，可无法说动父母，只能整日坐在家中郁郁寡欢。

三天后的正午，梁乐瘫在沙发上吃着冰西瓜，电视里放着暑期大热的综艺。

刘苑清刚回来，提着一袋菜站在玄关收拾，瞥了悠闲自得的梁乐一眼，随口问道："这几天跟蔚杭有联系吗？"

梁乐吐出一颗西瓜籽，说："没有。"

经她妈这么一提，梁乐才发觉有些奇怪。除了那日在病房里见过祝蔚杭，此后她便再没见过他。倒也不是说想见他，只是太久不见，梁乐总觉得嘴巴有点痒，缺了一个同她吵架的人。

刘苑清也不意外，叹了口气。

"怎么了？"梁乐问。

"这两天蔚杭估计也晕头转向的，他跟他爸吵架了，说是因为填报志愿的事，他爸让他报省内，他不肯。"

梁乐听到觉得奇怪，坐直了身体惊讶地道："他这个成绩为什么报省内啊？当然要冲首都啊！"

刘苑清："蔚杭他爸工作忙，天天出差，怕蔚杭妈妈一个人在家无聊。而且，如果蔚杭去了首都，那半年才能回来一次，家里的老人肯定挂念。”

“祝叔叔是不是昏了头？”梁乐低声吐槽，“他自己怎么不留下来照顾老婆和妈妈……”

刘苑清瞪她一眼，意思是让她别说大人的闲话。

梁乐讪讪地闭嘴，又问：“如果我要报首都，你们会阻拦我吗？”

刘苑清“呵”了一声，说：“你这成绩，能上首都的大学，我跟你爸能开心得翘尾巴。”

“看不起谁啊……”

刘苑清又把话题转到祝蔚杭身上，叹了口气说：“他爸跟他吵了一大架，说是要把他送到乡下改造。”

梁乐：“什么改造？”

“他奶奶在乡下，应该是过去陪陪老人。”

“这么惨，怪不得他这几天没烦我。”

刘苑清乜了她一眼，说：“我刚看他好像正在收拾行李。”

梁乐又捡起西瓜挖了两口，乐道：“那我可以好好清静一整个暑假了。”

刘苑清突然想到什么，扬声说：“你不是要去海边吗？他奶奶就在海边住着。”

梁乐一愣，拒绝的话还没说出口，就听她妈又说：“你干脆一起跟过去吧，你初中的时候不是就去过一个月吗，回来的时候可开心了，你那时候跟蔚杭关系也很好。这次你跟着他一起回去，也好互相有个照应。”

“我不去，照应什么啊，他回去陪奶奶，我去干吗？”

“随便你，不想去的话，就在家里待两个月吧。”刘苑清提着菜进厨房了。

半小时后，梁乐咬着一个苹果出门了，下了一楼她就停住了脚步，祝蔚杭家就在她家楼下。

梁乐穿着拖鞋进去，发现客厅里没人，杨阿姨在厨房里忙着做饭。她问了一声好，就往祝蔚杭的房间走过去，直接转开门把手。

这次祝蔚杭居然也没有锁门，于是她便大大咧咧地推开房门。

祝蔚杭坐在地毯上，地上摆着一个装了一半的行李箱，他的表情并不好，见到她，眉毛锁得更紧。

梁乐靠在门框上，闲适地问："还没收完啊？"

祝蔚杭看她一眼，说："病好得还挺快。"

她讪讪地咬了一口苹果，咔滋一声，她又问："什么时候走啊？"

祝蔚杭低头没看她，捡起地上的几件T恤，答道："一小时后。"

梁乐一愣。

祝蔚杭听见她没头没脑地说了句："这么急？那要来不及了。"

"什么？"他抬头问。

梁乐将苹果往他房里的垃圾桶里一扔，急匆匆地说："我跟你去，等我。"说完她就啪嗒啪嗒地趿着拖鞋离开。

祝蔚杭怔了片刻，反应过来后立马跟上去，抓着她的后衣领，说："谁允许你去的？"

梁乐拍开他的手，扭头正色道："祝奶奶啊，初中那年我走的时候，她说欢迎我再去。"

祝蔚杭眉头皱得更紧，脸色很难看，似乎在思考她是不是疯了。

可祝蔚杭的抗议对梁乐来说作用为零，她挣脱他的桎梏，爬上楼去收拾自己的东西了。

祝蔚杭站在楼道里看着她的背影，白色的睡裙被风吹动，雪白的小腿露了出来。他镇定地移开视线，又听见她在唱歌。

“宁静的夏天，天空中繁星点点……”

祝蔚杭对她的背影喊道：“闭嘴。”

梁乐在楼上呸了一声，继续唱：“给我一段粉红的回忆！”

祝蔚杭买的是动车票，车程两个小时。

梁乐走后，他坐在沙发上看那趟车有没有余票。杨阿姨从厨房里走出来：“小乐要一起去？”

祝蔚杭“嗯”了一声。

“刚好两个人一起有个照应，她在那里人生地不熟的，你要记得多照顾她。”

祝蔚杭没说话，觉得他妈想得太理所当然，也太不了解梁乐了。

初中那次，梁乐跟着他一起回乡下也是人生地不熟，只经过短短的一个月，梁乐就已经将那个小村摸熟了，交到的朋友比他还多。离开的那天，梁乐将整个村都串了个遍，祝蔚杭问她干什么去了，她说跟朋友告别。

待梁乐提着一个行李箱下楼的时候，祝蔚杭已经站在门口等她了。

她笑嘻嘻地走到他面前：“走吧。”

“你病真的好了？”祝蔚杭狐疑。

梁乐挺了挺胸，答道：“好了好了，都拆线了。”

祝蔚杭移开自己的视线，朝着楼梯示意：“那走吧。”

梁乐率先下楼，走到一半的时候，脑袋被人压了一下，是祝蔚杭给她戴了帽子。

外面的太阳很大，梁乐正好没来得及擦防晒。她心里认为这帽子是及时雨，嘴上却一点都不饶人：“帽子洗没洗啊，怎么有一股味儿？”

“闭嘴。”祝蔚杭在她身后说。

两人坐在出租车上前往动车站。

司机从后视镜看了他们俩一眼，问：“情侣出去旅游啊？”

“不是。”两人异口同声地否认。

语音一落，两人对视，见怪不怪地瞪了对方一眼。

梁乐解释道：“我们不是情侣，只是邻居而已。”

“不是邻居。”祝蔚杭纠正。

“哈哈，我看你们俩倒是蛮般配的。”司机开着玩笑。

“他配不上我。”梁乐也跟着打哈哈。

祝蔚杭抬眼看向窗外，嘴角微微勾起，哼了一声后说：“嗯，我配不上她。”

司机见这一对活宝这么有意思，笑得合不拢嘴。

将他们送到动车站后，梁乐嘴很甜地和司机告别。

祝蔚杭拉她下车：“赶紧拿行李。”

“催命呢？”梁乐瞪他一眼。

祝蔚杭很无奈地叉着腰，站在路边看她，叹了一口气后又抬头望了望天，嘴里嘟囔着什么。

梁乐不满地说道：“骂什么呢？”

“我的暑假不好过了。”他皱着眉头看她，似乎已经开始在惋惜自己的暑期了。

梁乐笑得开心，说：“我们井水不犯河水，好好相处，共同进步。”

两人在动车上的座位是分开的。

梁乐旁边坐着一个同她年纪相仿的女孩儿，梁乐同她笑了笑，她也羞赧地笑了一下。

车还没开，祝蔚杭突然出现在两人旁边，问那个女孩儿能不能和他换一下位置，说他和梁乐认识，想要坐一起。

女孩突然被搭话，愣了片刻，急忙说："当然可以。"

梁乐愣了，待祝蔚杭坐到她身边的时候，她猛地凑过去问他："你是不是暗恋我？"

祝蔚杭瞥她一眼，说："有病？"

"不喜欢我为什么跟她换位置？想要跟我坐？"梁乐用手指拨弄着餐板，等着他的回答。

祝蔚杭似乎又被气到说不出话了，他沉默了一会儿，说："我旁边坐着的那个女生，感觉有点麻烦。"

梁乐不想接话了，她这么调侃是为了让他难堪，而不是让他来炫耀自己的异性缘很好。

两个小时的车程，梁乐睡了快一个半小时，醒来是因为太饿了。她从祝蔚杭手中抢了点儿薯片，吃了便又睡了。

车停的时候她才醒，发现身上多了条毯子。

祝蔚杭见她醒了，自然地拿起那条毯子，起身还给乘务员。

梁乐揉了揉自己的眼睛，讪讪地站起身，跟在祝蔚杭的身后去拿行李箱。

下了动车之后，梁乐依旧跟在祝蔚杭身后，她刚睡醒还有些迷糊，但也不需要她操什么心。以前她也跟祝蔚杭出来玩过几次，他会全部安排好，她只要在他后边当跟屁虫就行。

行李箱在水泥地上滚过，发出骨碌碌的声响。

祝蔚杭走两步就回头看看她有没有跟上。终于，他在一辆老旧的公交车边上停下，回头看到梁乐不怎么明朗的表情，他嗤笑一声说："怎么，后悔了？现在回去也来得及。"

"没人后悔。"梁乐率先上车。

司机用夹着浓重地方口音的普通话跟她说笑，梁乐也热情地同司机聊天。

祝蔚杭放好行李后才一屁股坐到梁乐身边，司机看了他一眼，笑着问："你们情侣来旅游啊？"

"不是。"祝蔚杭率先开口，梁乐瞪他一眼。

他又补充道："我配不上她。"

梁乐倒觉得自己省了力气澄清，便没说话，随意换了个舒服的姿势坐好。

可今天碰到的两个司机都很八卦热情，司机打趣道："吵架了啊？你们小年轻就这样，嘴上不饶人，心里爱得要死。"

祝蔚杭闻言有些好笑，竟也没再立刻反驳，反倒是摸了摸自己的下巴，嘴角不受控制地上扬。

梁乐瞪他一眼，说："笑什么？"

"爱得要死，"祝蔚杭重复道，"现在的司机怎么都这么会想象。"

他靠近她，压低声音，像是怕被司机听到了。

梁乐皱了皱眉毛，思索片刻说："电视剧看多了？"

"有可能。"

司机看两人低着头窃窃私语，露出一个满足的笑容，开车出发了。

两个人坐在公交车上摇摇晃晃地往祝奶奶家赶过去。在离村口几百米的地方，公交车停下，将两人放下。

祝蔚杭想起了什么，对梁乐说："我们家房子二楼租了一间房出去。"

"那我们住哪儿？"梁乐问。

祝蔚杭："奶奶住一楼，我们住三楼。"

"租房子的人是来旅游的吗？"

"好像是在附近工作，我妈也没说清楚，但说是一对情侣。"

梁乐点点头，没太当一回事。

时间接近傍晚，天色渐晚，村子静谧。天际的柔云连成一整片，天色昏沉，形单影只的电线杆孤零零地立在小道的边上，草木丛围簇在小道旁。

道路上只听得到两人拖着行李箱的声音和风刮过树木的声音，梁乐跟着祝蔚杭步入那条弯弯长长的小路，发现远处渐次亮起几盏橙黄的灯。

梁乐突然扯住祝蔚杭的衣角，祝蔚杭回头看她。

她眉飞色舞："我闻到海的味道了。"

"心理作用，海在村子的另一头。"祝蔚杭毫不留情地否认。

梁乐松开他的衣角，继续盯着他的后脑勺骂："你就没有一点浪漫情怀吗？"

"没有，赶紧走，待会儿天黑了，昆虫动物都会从草丛里爬出来。"

梁乐听此，没再说话，脚步都加紧了。

等两人到家的时候，天已经黑透。祝奶奶在门口的小板凳上坐着等二人，看到远处走来的身影，她站起身子，往前探了探身子。

梁乐跑上前亲昵地问好。

祝奶奶还记得她，笑着说好久不见她更漂亮了。

梁乐被夸得有些害羞，脸热得厉害。

"在奶奶这里好好玩，想去哪里就让蔚杭带你去。"祝奶奶指了指在后面拖行李的祝蔚杭。

祝蔚杭上前，笑着说："奶奶好。"

"他可没那么好差使。"梁乐吐槽道，收到祝蔚杭的一记眼刀之后，她讪讪地闭了嘴。

"哎哟，蔚杭就是嘴上不肯，心肠很好的。"祝奶奶笑着帮孙子说话。

梁乐点头答应，跟着奶奶进了屋才发现餐桌上摆了好几道菜，是祝奶奶特地为他们准备的。

梁乐和祝蔚杭两人奔波一天，此刻饿得不行，洗过手后就在餐桌边坐下，等奶奶动筷了才开始吃。

饭吃到一半，院子里传来声响。

脚步声渐近，梁乐看向大门，发现一对男女走了进来。那对男女比他们大了几岁的模样，男人戴着一副黑框眼镜，看起来憨厚老实；女孩个子小小的，齐肩长发，瘦小娇俏。见到梁乐和祝蔚杭，两人愣了一下，女人开口问祝奶奶："奶奶，这是你孙子孙女？"

祝奶奶说是。

祝蔚杭看了梁乐一眼，随口叫道："妹妹？"

"你才是弟弟。"

情侣二人看他们顶嘴，笑了笑，便往楼上走了。

"这就是租房的人？"梁乐问祝蔚杭。

"嗯。"祝蔚杭点头，问奶奶，"他们平时会打扰到奶奶吗？"

祝奶奶摆手说道："他们在附近工作，我们家正好空着，就租给他们住了。小两口白天出门，晚上才回来，也不经常见。"

吃完饭，祝奶奶问两人这段时间打算做什么。

梁乐笑嘻嘻地说："玩。"

祝蔚杭倒是有些严肃，说："我要找份工作。"

梁乐惊讶地道："这么上进？"

祝蔚杭瞥她一眼，回："嗯，比某人上进。"

两人收拾了一下三楼的房间就各回各屋了。

片刻后梁乐去了一趟祝蔚杭的房间还帽子，祝蔚杭正在铺床，让她把帽子放在桌上就行了。

梁乐随口问了句：“你明天真要去找工作？”

“嗯。”

“这里会有暑假工给你打吗？”梁乐总觉得不切实际，若是说在城市里也就罢了，可这里是乡下，虽然这几年这里因为靠海发展了旅游业，可规模并不大，还是不好找到体面的暑假工。

“找找看吧。”他直起身子看她。

梁乐顿了顿，斟酌道：“你真是因为跟你爸吵架……才被赶到乡下的？”

祝蔚杭皱眉，走近她。

在梁乐正灼灼看着他的时候，他伸手拿起帽子，往她脑袋上拍了拍：“说什么呢？没那么狼狈。”

“是就是呗，还不好意思了？”她拍开帽子笑着调侃。

“太久没回来了，想回来看看奶奶，刚好又跟我爸吵了一架而已，不是被赶回乡下。”最后四个字他故意咬字很重，像是在澄清。

想了想，梁乐继续问：“你爸真的不让你报首都？”

祝蔚杭抬起眼皮看她一眼，继续忙着收桌上的东西：“我也不一定报首都，他不希望我跑得太远。”

梁乐笑着：“不会是要跟着顾小姐一起报上海吧？”

“有病？”祝蔚杭骂她。

“怎么了？说起顾小姐，踩着你尾巴了？你真喜欢她啊？”梁乐像是抓到了他的把柄，激动地问。

祝蔚杭把手上的帽子往她脸上盖过去。她大叫一声，推开他的手，见他一脸正经，像是什么事都没发生过，她狠狠地打了他两下才解气。

祝蔚杭抓住她的手腕，盯着她愤懑的眸子，静静地看着她：“你呢？你跟刘公子怎么样了？”

“什么鬼刘公子？我跟他可没什么关系。”梁乐挥开他的手。

祝蔚杭笑了一声，继续低头整理：“没关系？整个年级都知道你们在天台私会了，老师都找了你们几次。”

梁乐气急：“什么私会啊？我们只是正好一起在天台透气而已。”

祝蔚杭将书一本本堆好，然后推到角落，说：“前几天，我还在楼下看到他了，你没让他上楼？”

“我怕我妈误会，他就是来送个毕业证。”

“我还以为他是专门来看你的。”祝蔚杭终于将桌上的东西整理好，直起身子。

“不要用你那肮脏的脑袋揣测我和他之间的关系。”梁乐笑得冷漠，“我前几天看到顾小姐的朋友圈，好像在想某人，是不是你？”

“你不洗澡吗？”祝蔚杭没有回答，反倒这么问。

“别转移话题。”

“我去洗了。”说完，祝蔚杭扭头走向行李箱。

“我先洗！”梁乐着急地跑了出去。

第二章 回忆启封

乡下不像城市那样吵闹，除了公鸡会在凌晨三点多偶尔叫两声，梁乐几乎听不到任何嘈杂的声音。这里静谧得像是世外桃源，祝奶奶也不像家长那般天天督促着他们早睡早起，所以她睡得很好，第二日起床的时候已经日上三竿。

梁乐打开门，发现对面的祝蔚杭似乎已经出门了，他的被子叠得整齐，整个房间都收拾得很干净。

梁乐无趣地拿着毛巾在空气中甩了甩，去洗漱了。

下楼后，梁乐发现祝奶奶准备好的早餐原封不动地放在餐桌中央，她跑到院子里去找奶奶。太阳正大，奶奶头戴一顶草帽，正拿着工具准备出门。

见到梁乐，奶奶笑着问她："醒了？"

梁乐有些不好意思地挠了挠头，问奶奶要去哪里。

奶奶指了指对面的那片树林："我去摘点葡萄，晒点葡萄干给你们吃。"

见奶奶干劲十足的模样，梁乐也不好再打扰，跟奶奶告别后就吃早饭去了。

她发了短信问祝蔚杭去哪儿了。

他只回复：找工作。

梁乐"嘁"了一声没再回复。

二楼那对情侣也出去工作了，偌大的房子只有梁乐一人在，她觉得无聊，便躺在摇椅上休息。

她想去海边玩玩，无奈太阳太大，她只是躺在客厅里便觉得有些热了。去海边还要走很长的一段路，想想便觉得恐惧，而且祝蔚杭不在，没人陪她，她一个人去也没什么意思。无趣极了，她回忆起当年的经历，突然从摇椅上坐了起来，上楼去祝蔚杭的房间里拿了帽子之后，往外面走去。

梁乐要去找初中那次来认识的朋友。她记得那次来交了许多朋友，但此刻的记忆已经有些模糊了，唯一记得的只有那个用红色皮筋绑头发的女孩儿。她记得那个女孩叫许俏楠，家就在离这里不远的地方。

梁乐凭着脑中仅存的记忆，在附近绕了二十分钟，终于找到了记忆中的屋子，除了外墙多刷了一遍漆，许俏楠家并没什么变化。

梁乐摸了摸自己已经发热汗湿的脸，整理了一下自己，才踏入她家的院子。

就在这时，一个女孩儿端着一盆水从屋里走了出来。看见梁乐站在自家院子里，她愣了一下，浓黑的眉毛皱起，刚要问梁乐是谁，梁乐便摘了头顶上的帽子，将自己晒红了的脸露了出来。

梁乐笑着问："你是俏楠吗？"

面前的女孩愣了一下，慢慢点头，似乎在脑中搜寻着关于梁乐的记忆。

她盯着梁乐看了几秒，倏地瞪大了眼睛："梁乐？"

"是我。"梁乐笑得眼睛都眯成一条线。

许俏楠也跟着笑开，扭头在门口放下手中的水盆。

梁乐注意到她脑后的皮筋依旧是红色的，很鲜艳、很明亮。

女孩儿的友情其实很简单，碰面之后，梁乐和许俏楠相处起来就像是从来没分开过那般，两人在许俏楠家里聊了一下午的天。

许俏楠前几年也去市里上高中了，这个暑假父母依旧在外务工。高考结束后，她便回来陪陪自己的爷爷奶奶。

许俏楠问起梁乐最近的日子，梁乐吐了吐舌头，道："背得要死。"

许俏楠像是想起什么，说道："我记得当初你是跟着祝奶奶的孙子一起来的，今年也是吗？"

梁乐点了点头，回道："嗯，所以我才说我背。"

许俏楠突然压低了声音，盯着梁乐问："你们俩在一起了吗？"

梁乐吓了一跳，吃惊地反驳："你说什么呢？"

许俏楠见她反应这么大，便知道两人并不像她想象中已有了进展，于是笑了笑："高考都结束了，我还以为你们肯定在一起了。"

"我们不打起来就算好了，怎么可能在一起？"梁乐义正词严地澄清。

"我们当时都在说你们会在一起。"

"胡说什么呢，当时我还那么纯洁，你们就在瞎想这些乱七八糟的东西了？"梁乐义惊道。

许俏楠只是笑，眼睛弯弯的："说说而已，看你们关系好。"

"哪里好？我们可是纯洁的敌对关系，你死我活，鱼死网破。"

"好好好，知道了。"许俏楠见梁乐急得脸都红了，便没再多说。

太阳西落，到了晚饭时间，梁乐才和许俏楠告别。等她跟着夕阳悠悠地晃回家里，院子里已经停着一台电动车了，估摸着是二楼的情侣回来了。她走进屋里，以为会看到消失了一整天的祝蔚杭，却只看到祝奶奶。

祝奶奶正在准备碗筷，梁乐赶紧帮忙，奶奶问她今天去哪儿了。

梁乐答：“找了一下以前的朋友。”

“许家的孙女？”

“对。”

“我记得你们当时玩得挺好。”

“奶奶的记性也太好了吧。”梁乐嘴甜。

发现奶奶只拿了两副碗筷，梁乐问：“祝蔚杭不回来吃饭？”

“刚才他打电话说是晚点回。”

梁乐应了一声，没再多说什么，却开始在心里猜测祝蔚杭到底是去哪里鬼混了。

吃完饭后，她又陪着奶奶看了一会儿电视，突然二楼的女生下楼，找奶奶借一点沐浴乳。梁乐热情地将自己的沐浴乳借给了她。

有了交情，女生满脸笑容地道谢并问了她名字。

“梁乐！”梁乐大方地答道。

于是女生也赶忙自我介绍道：“我叫唐枚珍。”

唐枚珍又对梁乐说了声：“我待会儿洗完就拿上来还你。”

“好，没事。”梁乐笑着说，之后又回到一楼坐着和奶奶一起看电视聊天。

时间过得很快，到了九点，祝蔚杭还是没回来，奶奶有些担心，打了电话给他。

奶奶开了免提，梁乐听见电话里的他说：“马上就回了。”

梁乐对着电话问：“找工作找了这么久？”

“嗯，不怎么好找。”祝蔚杭回答。

“我估计是去玩了。”梁乐小声反驳，又嘟囔，“出去玩也不带我。”

奶奶见两人又要开始吵架，赶忙对着祝蔚杭交代两句："赶紧回来，没这么晚还在外面的道理。"

祝蔚杭应了一声便挂了电话。

梁乐又坐了一会儿就上楼洗澡去了，洗到一半才想起自己的沐浴乳借给唐枚珍了，但她还没还回来，犹豫了一下，只能将手伸向祝蔚杭的沐浴乳。

洗完澡，她打开浴室的门，正好撞见祝蔚杭。

他应该是刚回来，一脸疲倦。见她终于出来，他轻飘飘地问了一句："洗完了？"

梁乐拿着毛巾擦自己的头发，冷漠地说："废话。"

他看她一眼，准备进厕所，和她擦身而过的时候却一顿，低头看了她一眼，又迅速移开自己的视线。

梁乐回到自己的房间吹头发，头发还没完全干，湿淋淋地往下滴水，落下许多水渍，将柔软的睡衣都洇湿。等她把头发吹干的时候，睡衣也已经半湿了，冰凉地贴在皮肤上，她换了件睡衣才出门。

对面的门开着，梁乐转头看向浴室，开着灯，祝蔚杭似乎在里面洗澡。她想了一会儿，敲了敲门。

室内的水声停下，祝蔚杭的声音传出来："怎么了？"

"你吃饭没啊？"梁乐问。

"吃了。"

"哦，我刚才用了你的沐浴乳。"梁乐低头闻了闻手臂上的味道，还挺好闻的，清亮舒适又带着点花香。

"用完了才说？"

"那你不在，我怎么说？洗一半给你打电话？"梁乐一点都不逊色地回嘴。

祝蔚杭没说话，室内又传来水声。梁乐在门口翻了个白眼后走了。

浴室内的祝蔚杭抹了一把脸，刚才和她擦肩而过的时候他就闻到了自己沐浴乳的味道，本想调侃她两句，却没说出来。她柔软的睡衣被发尾打湿，软趴趴地贴在皮肤上。

祝蔚杭闭了闭眼睛又洗了把脸，心想：整日跟大魔王一样蛮横的人，却在这些地方大大咧咧，一点都不懂得保护自己，小傻子一个。

十分钟后，祝蔚杭一身水汽地走出浴室，浴室的雾气顷刻散去，梁乐早就不见了踪影。

祝蔚杭将换洗的衣服放好，经过梁乐的房间时，他随手推开门，发现屋里没人。他愣了一下，对着楼下喊了喊她的名字，却没有得到回答。他正准备去楼下找她，就听见她的声音从楼上传来——“喊我干吗？”声音给人很舒适慵懒的感觉。

祝蔚杭扶着楼梯栏杆往上看，四楼并没有开灯，他朗声问：“你在上面？”

这栋房子有四楼，四楼一半是阁楼，一半是天台。初中那次回来的时候，两人很喜欢在晚上爬到天台，拉过两把凉椅，悠闲地吹着夏风数天上的星星。也只有在这种时刻，两人才能安静一点，不再绞尽脑汁地想要挖苦对方。

大自然能让人平静下来。

两人难得达成共识，不忍打破只有蝉鸣的静谧夏夜。

“不然在天上？”梁乐的声音有些小，她似乎有些困倦了，边打哈欠边说。

祝蔚杭没说话，抬脚走了上去。

四楼还是熟悉的构造，阁楼不是很高，他需要微微弯腰才能行动。墙体甚至没有完全装修，赤裸的水泥天花板上挂着一颗散发着幽暗黄光的灯泡，角落很昏暗。

祝蔚杭粗略地瞥了一眼后，打开那扇通向天台的门。

梁乐背对着天台门躺在左边的凉椅上，右边还有一张空着的凉椅，是她从角落里拉出来的。

祝蔚杭勾了勾嘴角，趿拉着拖鞋走过去，一言不发地躺在右边的那张躺椅上。

梁乐没看他，只是闭着眼睛仰面对着天空。

祝蔚杭侧头看她，突然来了一阵风，将她额前的刘海轻轻吹动，女孩儿恬淡清秀的眉眼出现在他的眼前，睫毛也像是被风吹动了，蝴蝶翅膀般颤着。

恍然之间他像是吞下了一只蝴蝶，愣了片刻。回过神时，梁乐正一脸古怪地看着他。

“看什么？”她毫不客气地问。

“没什么。”祝蔚杭扭过头，装作什么事都没发生般躺下。

梁乐冷笑一声，但不想在此刻和他斗嘴，便也没说话，静静地躺着。

这里的风是有声音的，还有夏日夜晚的清亮蝉鸣、邻居在院子里交谈的模糊声音，以及远处传来的不甚清晰的汽车鸣笛声……

风也有停的时候，这时世界就是安静的，周围像是被一团气包裹住，沉闷寂静。

两人都没说话，下一秒，他们听到祝奶奶在楼下喊：“你们两个吃不吃葡萄干呀？”

“吃的。”声音叠着声音，两人同时回答后扭头看向对方。梁乐先反应过来，对祝蔚杭抬了抬下巴：“去拿一点上来。”

“凭什么让我拿？”祝蔚杭问。

梁乐就知道他会这么说，两人这么对话了十几年，她都没想好要怎么把这句话撑回去，只是瞪着眼睛看他，说：“我拿了你别吃？”

“嗯，不吃。”祝蔚杭勾了一下嘴角，又悠然躺了回去。

“那我也不想吃了。”梁乐看不惯他这副模样，打算忍住馋意。

祝蔚杭“哦”了一声，嘴角的弧度始终没下去过。

空气又安静了一会儿，祝蔚杭突然从凉椅上起来，梁乐问他去干什么。

他低头看她：“口渴，去楼下喝水。”顿了顿，他又问她，“你帮我去接水？”

“凭什么啊？”梁乐以牙还牙地反驳他。

祝蔚杭瞥她一眼后就走了。

待他走后一段时间，她才贼兮兮地从椅子上蹦起来，对着楼下大喊：“奶奶！把葡萄干给祝蔚杭，让他带上来，谢谢奶奶！”

奶奶从屋子里走出来，仰头看她，笑着说：“蔚航刚才已经拿上去了！”

梁乐一愣，莫名觉得愉悦，可能是因为她又赢了。

祝蔚杭没过多久就出现了，拿着一小碗葡萄干，没有拿水上来。

梁乐笑嘻嘻地接过葡萄干，往嘴里丢了几颗之后，随口问道：“不是说喝水吗，水呢？”

祝蔚杭看她一眼，幽幽地说：“喝完才上来的。”

葡萄并没完全晒干，虽然干瘪了，但表面还湿潮潮的，咬下去，果肉也含着甜腻的汁水，不是很干。梁乐很喜欢晒成这样的葡萄，吃了一会儿才问身边的祝蔚杭，“你真不吃？”

祝蔚杭：“嗯。”

梁乐捻起一粒葡萄干，对着天空比对着星星。

天幕上亮着的星星比葡萄干小了许多，她将葡萄干扔进嘴里，吃完后下意识地舔了舔沾着果汁的拇指。突然想起什么，她扭头看祝蔚杭，声音很含糊："你记得我们以前因为葡萄干吵架的事吗？"

祝蔚杭皱眉，两人吵过的架数不胜数。"什么？"祝蔚杭侧头看她。

梁乐舔干净指尖，睁大眼睛看他，像是在惊讶他不记得了。

祝蔚杭看着她，微微愣住，只是他根本没在想她说的是哪一次葡萄干事件。

"别舔了，不嫌脏？"他皱眉问，说完后便敛眉不看她，清楚地知道自己说的话与脑子里的想法并不搭边。

梁乐讪讪然将手收了起来，做了一个扫兴的表情。祝蔚杭抬头看她，似乎是不知道该说什么。

两人对视着，梁乐被他看得有些奇怪，猜测他是不是有洁癖看不惯。她大方地不想计较，从口袋里拿出纸巾，慢悠悠地把手指擦干净了，微笑着看他："行了吗？管得真宽。"

祝蔚杭"嘁"了一声，转头不再看她。

梁乐想起刚才的葡萄干事件还没解决，伸手推了推他的肩膀："真忘了？"

祝蔚杭故意不作声，过了一会儿，才哑着声音问："什么？"

梁乐翻了个大大的白眼："不记得就算了。"

祝蔚杭沉默一会儿，试探着开口："十岁那次？"

梁乐看他："那次葡萄干流血事件可是需要载入我们史册的一次战役，你居然敢忘？"

祝蔚杭重复一遍："葡萄干流血事件？"似乎是觉得有些好笑，他语调上扬。

梁乐郑重地点头。八年前的事，她记得十分清楚，因为流血的那个人就是她。

起因是小区新搬来的一户人家里有一个比他们小了三岁的女孩儿，长得很可爱，白白嫩嫩的，像小公主一样。

梁乐很喜欢她，放学吃完饭后就会去找她，带着小公主去小区的公园里玩。

有几次正好碰见从补习班下课的祝蔚杭，但两人一见面几乎不怎么好好讲话，总是你来我往地互相讽刺。

小公主见他们吵架，每次都开心得捂着肚子笑。

祝蔚杭一走，梁乐就给小公主灌输“他是个坏蛋”的观点，小公主眼睛圆溜溜、亮晶晶的，听此也只是笑得眼睛弯弯。

梁乐问她：“记住了吗？”

小公主说：“姐姐，我记得。”

梁乐一度以为小公主长大后也会跟她一起和祝蔚杭作对，却在某一天看见小公主从祝蔚杭家里走了出来。她没追上小公主，直接走进去质问祝蔚杭，问小公主来找他做什么。

当时他正玩电脑游戏，忙得头也不抬：“送了一罐葡萄干给我。”

“送你？”梁乐难以置信，一把扯了他的耳机，“骗谁呢？”

“骗你是小狗。”祝蔚杭瞥了一眼桌角的那罐葡萄干，“不就在那里吗？”

像是想到什么，他又问她：“她没送你？”

梁乐沉默。

祝蔚杭揶揄道：“小朋友就这样，喜欢谁就会送谁东西，你是不是不讨她喜欢啊？”

梁乐气得脸都红了：“你胡说什么！”

祝蔚杭只是笑，也不说话了。

可这样反倒有一种胜者同情败者的意思。梁乐脑子一热，迅速将祝蔚杭床上的毛巾往他脑袋上扔了过去，在他手忙脚乱的时候，她趁乱把那一罐葡萄干拿走了。

逃到家里，她气鼓鼓地往嘴里塞了许多葡萄干。葡萄干很甜很好吃，但一想起这是小公主送给祝蔚杭的葡萄干，她便觉得胸口闷得慌，越闷就吃得越多。吃太多葡萄干的后果就是，梁乐第二天上学的时候流鼻血了。

老师带梁乐去医务室，正好碰见在去操场上体育课的祝蔚杭。她死死地盯着他，恨不得将他瞪出一个洞来，可两人离得有点远，他没被瞪出洞来，她也没看清他的表情。

吃晚饭的时候，杨英婉带了一点清热的水果给她妈。

杨英婉说："蔚杭说小乐流鼻血了，我过来看看，是上火了？"

刘苑清起劲地说："不知道这孩子在想什么，那么多葡萄干，她吃了一半，拦都没拦住！肯定是上火了。"

梁乐不敢说话，哀怨又委屈地看了一眼杨英婉，在心里吐槽还不是因为祝蔚杭！之后的好几天，她一碰见祝蔚杭掉头就走，也因为别扭的心理不再去找小公主了。后来，她和祝蔚杭继续吵架，小公主却有了新的朋友，不怎么和她玩了。

当时她觉得生气，此刻回忆起来却觉得十分有趣。

倏然，不知从哪里吹来一阵风，两人都从回忆里脱身。

祝蔚杭问她："你真是吃葡萄干吃得流鼻血？"

梁乐沉默，不想承认。想起什么，她又说："我还是想问，你认真地回答我。"

祝蔚杭："你说。"

"那葡萄干真是小公主送你的？"

"嗯。"

“所以她到底为什么送你？”梁乐皱眉。

“不知道。”祝蔚杭笑着说。

“你跟小公主还有联系吗？”梁乐问。小公主在小区里住了没两年就搬走了，她已经好几年见过小公主了。这么一回忆，陡然间，她有些想小公主了。

祝蔚杭：“没有，她们家搬走之后我和她就没再联系过了。”

梁乐点点头：“我也是。”

夏天的风将记忆带来又吹走。

祝蔚杭并不打算告诉梁乐小公主上个月突然在聊天软件上跟他表白了。

看到消息的时候，他甚至在疑惑这个联系人是谁。

捕捉到“乐姐姐”这三个字，他才想起她是梁乐口中的“小公主”。

他不记得小公主具体说了什么，但他记得小公主只提了一次梁乐，说的是她们在公园里经常碰见从补习班下课的他。

小公主后来又说什么，他也记不清了，只记得最后他拒绝她了。

吃完葡萄干，梁乐有些犯困了。

祝蔚杭见她眼睛都快闭上，笑了一声问：“你要睡在这里？”

梁乐睁开疲倦的眼睛，狠狠地瞪了他一眼后一点都不留恋地起身离开。

祝蔚杭在她走后，又在躺椅上坐了一会儿。

走之前，他将碗底剩的最后一粒葡萄干吃了，入口的那一瞬间，他就皱了眉毛。

甜得有些齁。

他不爱吃蜜饯这一类的东西，不懂梁乐为何热衷于此。

但梁乐和他背道而驰的地方又不止这里，他爱做的事几乎都是她讨厌的事。

但很奇怪，无论怎么吵架，他们都没有分开过。

两人似乎都已经接受了“对方会在自己的人生里捣蛋到最后”这件事。

祝蔚杭将装葡萄干的碗拿到一楼去收拾。

奶奶正打算去休息，见他拿了碗下来，突然问他：“今天去找工作了？”

祝蔚杭点点头：“找到了。”

“做什么的呀？”

“奶奶，我会照顾好自己的。”祝蔚杭没正面回答奶奶的问题，知道奶奶是关心自己，他只说了让奶奶放心。

因为他找的工作并不是普遍意义上的一份好工作。

他脑子很好，电脑操作也很熟练，但乡下施展空间不大，需要用到智力的工作机会不多。

他还是一个刚毕业的高中生，今天是找了几个公司，但对方一听他是来打暑假工的，二话不说就拒绝了。他打听了一阵，才发现乡下其实是有不少高中生去打暑假工的，只是他们都是去鞋厂、电子厂帮忙。

高中生正处于最健壮有气血的时候，工厂最喜欢这样的年轻人。

祝蔚杭最终还是去厂里应聘了，虽然有些不甘，但也总比没事干来得好。

而他之所以不肯跟奶奶说，是怕奶奶担心。

至于梁乐……她没必要知道这些。

跟厂里说好明天去上班，一周能休息的时间并不长，他想了想，还是跟奶奶说：“奶奶，我明天就去上班了，梁乐……麻烦您看着点。”

奶奶听此笑开："哎哟，她一个快二十的人，奶奶我可照顾不来，奶奶只能保证让她吃饱喝足了。"意思是她没办法陪梁乐玩，她又说，"你陪着人家来的，你去工作，也不能把她晾一边吧。"

祝蔚杭被奶奶这么打趣一下倒觉得有些不好意思，故意移开眼神，低声嘟囔一句："其实她应该可以自己找乐子的。"

奶奶笑着看他，也不说话，过了一会儿才说："你们从小玩到大，你放心吧，她自己能好好的。"

祝蔚杭这才放下心来，准备上去休息的时候又被奶奶叫住。

奶奶低声问："你和你爸吵得凶吗？"

祝蔚杭上楼的脚步停住，顿了顿，他才转头看奶奶："奶奶您别担心，我会处理好的。"

祝奶奶看着孙子镇定的脸，突然觉得他似乎真的长大了。她心口酸胀，却只能无奈地扯起一抹笑容："奶奶只希望你能开心。"

祝蔚杭沉默了一会儿，放柔声音："奶奶放心。"

梁乐第二天起得早，正好撞见祝蔚杭出门。

祝蔚杭已经收拾妥帖，正准备出门时却被她喊住："你去哪儿？"

祝蔚杭压低自己头上的帽子："打工。"

梁乐："真找到工作了？"

祝蔚杭点头。

梁乐又问："做什么的？"

祝蔚杭见奶奶不在身边，想了想，还是决定跟梁乐说实话："厂子里，具体做什么的还不懂，应该就是搬搬货什么的吧。"

梁乐一愣，皱眉："你做这个？"

祝蔚杭："这里找工作很难。"

梁乐想了一瞬，换了表情，上前走到他身边，伸手拍了拍他的肩膀说：“其实也不赖，你这副小身板去锻炼锻炼，对身体有好处。高中三年只知道坐在教室里死读书，养得这么白白胖胖，做点苦力活才知道生活的艰辛。”

祝蔚杭瞥她一眼，不打算和她辩解什么，说：“走了，要迟到了。”说完他抬脚离开。

转身的那瞬间，他终于压抑不住嘴角的弧度，微微向上扬着。祝蔚杭从来没担心过梁乐会因为他找一份这样的工作而取笑嫌弃他。两人虽然平时什么事都吵，却也只是吵些无关紧要的小事罢了。如果他做了什么比较大的决定，她从来不会泼他冷水，虽然说的话不是很好听，但她总是支持他的。这是两人十几年的默契。

他一直都知道两人并不是仇人。他觉得他们是两只小小的刺猬，拥抱的时候也会刺伤对方。

祝蔚杭走后，梁乐洗漱过后吃过早饭，跟奶奶打了声招呼就找许俏楠玩去了。

许俏楠记得她说想去看海，提议要带她去看海，梁乐却毫不犹豫地拒绝，许俏楠疑惑。

梁乐也在说出口那一瞬间怔住了，花了几秒思考自己为什么会拒绝，想了想，她说：“天气好热。”

许俏楠：“整个暑假都是这个温度，我们可以等太阳下山了再去。”

梁乐又婉拒：“我没准备好呢，下次吧。”

许俏楠笑：“需要准备什么，我带你去堆沙子，抓小螃蟹。”

梁乐搪塞了几次，最后只说：“下次吧下次吧。”

许俏楠只能作罢。

两人聊了一会儿，梁乐听到许俏楠说起许多次“刘宥”这个名字，便问他是谁。

许俏楠：“你忘了？以前他和祝奶奶的孙子很好的。”

梁乐：“和祝蔚杭很好？”

许俏楠：“嗯，我记得。他们俩以前总是踩着自行车整个村子里晃悠。”

梁乐皱眉回忆，然后醍醐灌顶一般：“跟祝蔚杭骑自行车的那个！我记起来了！”

当初有一段时间，祝蔚杭每天都早早出门，太阳下山了才回来。那时他肯定不是去打工或者做正经事，她问清楚了才知道原来他是跟一个男孩儿天天去运动了。

梁乐气祝蔚杭不带自己一起，于是在某一天起得很早，拦住他不让他走。

祝蔚杭没办法，只能带着她一起出去，让她坐在他自行车的后座上。祝蔚杭虽然车技还行，可村里的路不怎么平坦，一路过去，梁乐还是觉得自己被颠得快要吐了。

祝蔚杭终于在村里的一个庙前停下，梁乐看到不远处的大树下站着一个男生，跟他们差不多年纪。那男孩儿看起来却比两人都野上许多，皮肤被太阳晒得黝黑，眼睛却亮得不行，嘴角甚至有一个不小的伤疤，看起来有些唬人。

那人见祝蔚杭带着梁乐，眼睛变得更亮，快速地跑过来，盯着两人看，对祝蔚杭调侃：“你女朋友？”

祝蔚杭快速否认：“想多了，朋友。”

梁乐跳下车，也跟着反驳：“你想多了，我们只是普通朋友而已。”

嗯，她就是要比祝蔚杭说得多一些。

那人笑得贼兮兮的，目光在两人脸上又转了几个来回，直到被祝蔚杭直勾勾地盯着看，他才正色问祝蔚杭：“我们今天不是要去爬山吗，她也跟着？”

祝蔚杭转身看梁乐，询问她的意思。

梁乐看了看头顶的艳阳，耷拉下脸有些怀疑：“这么热爬山？”

两人异口同声：“嗯。”

“那你俩自己去吧，我回去啦。”梁乐向他们摆了摆手，识时务地告别。

梁乐走了没几米，突然停住看身后的两人。

他们不知什么时候开玩笑地扭打在一起了，祝蔚杭气得耳根子都红了，刘宥正盯着梁乐看。

她皱眉，一下便察觉到他们是在说自己的坏话，正打算回去问他们发生了什么事，两人又默契地松开对方，快速地骑上自行车跑了。她气得在原地跺脚，吃了两根冰棍才消气。

后来祝蔚杭回去了，她问他们当时说了什么，祝蔚杭却怎么都不肯说。时间长了，她也就忘了这件事，只是之后，刘宥经常来家里找祝蔚杭出去玩。刘宥每次见她都一副笑脸，但梁乐很清楚，他的笑并不是那种友善亲近的。

她问过祝蔚杭几次，祝蔚杭只是淡淡地瞥她一眼，然后跟她说：“别理他，忘了他也没事。”

之后见面的次数少了，梁乐就真把他忘了。

现在经许俏楠一提醒，她倒想起来了，多问了一句：“刘宥现在在哪儿呢？”

许俏楠：“好不容易把高中上完了，他现在在鞋厂打工。”

梁乐挑眉：“也是厂子啊？”祝蔚杭去的也是厂子，不知道两人是不是在同一家？

“嗯，我们这里的大部分学生都是去厂子里打暑假工的。”

梁乐多问了一句：“为什么说他好不容易把高中上完了？”

许俏楠小声说：“他成绩差，又不怎么安分，差点儿在高考前夕被学校开除。”

梁乐咋舌，对祝蔚杭这个好朋友的认识又深了几分。

另外一边，第一天上班的祝蔚杭碰见了已经上班十天的刘宥，两人又打打闹闹地玩在一起。

傍晚时分，梁乐和奶奶等着祝蔚杭回来吃晚饭。梁乐在客厅里转了好几圈，对着门口也望了好几次，看第十次的时候，终于看到从远处驶来的一辆小摩托。

开车的人她看不清楚，但绝对不是祝蔚杭，可那辆小摩托朝祝家的院子驶过来。

第三章 奇怪的情侣

梁乐眯起眼睛看，等那车进了院子，她才看清摩托车后座上坐的那人就是祝蔚杭。

开车的那人黝黑瘦削，她觉得眼熟，当那人对她展开和当年同样的笑容时，她才猛地反应过来，是刘宥。

刘宥开着摩托车载着祝蔚杭回来了。

她发现大家都长大了不少，至少刘宥已经拿到驾驶证，把那辆硌屁股的破烂自行车升级为烧汽油的摩托车了。

刘宥放下祝蔚杭后，走到梁乐面前："还记得我吗？"

梁乐往后退了两步，盯着他看了一会儿，又看了一眼祝蔚杭。

祝蔚杭神色淡淡地和她对视，梁乐转了转眼睛回答："虽然你长高不少，但我还是记得的。"其实真相是她差点连他的名字都忘了，今天经许俏楠提醒才想起来的。可梁乐已经练就了撒谎不脸红的技能，甚至能用诚恳的眼神将对方骗得团团转。

她又看了一眼祝蔚杭，他似乎有些震惊。于是她对祝蔚杭微扬起下巴，像是在炫耀。

刘宥笑了一下，嘴角的那道疤让他的笑看起来更加野性张扬，他说："记得就好。"说完他走到屋里，和祝奶奶打了招呼。

祝奶奶要留他吃晚饭，刘宥拒绝："我爷和我爸在家里等我吃饭呢，奶奶我先走了，你们好好吃。"

梁乐站在一边问祝蔚杭："他跟奶奶也熟？"

祝蔚杭低头整理自己的安全帽："他跟村里的每个人都熟。"虽然刘宥学习不好，也爱捣蛋，但从小到大嘴都甜得不行，路上碰见村里的每个人都会打招呼，也会主动帮人做事。

祝蔚杭说："他说他不只是他爷爷奶奶的孙子，他是整个村子里的人的孙子。"

梁乐听到这里突然大笑起来，正好刘宥从屋里走出来，梁乐瞅见他，小声问祝蔚杭："我现在也是这村子的人，他是我的孙子吗？"

祝蔚杭翘起嘴角，瞥她一眼，看向刘宥："不然你问问他？"

梁乐耸耸肩："我不敢。"说完她抬脚往屋里走，和刘宥说了再见后，又催祝蔚杭进来吃饭。

吃饭期间，梁乐注意到祝蔚杭早上穿出去的白色T恤背后沾染了许多污渍，趁奶奶去厨房的时候，她伸手指了指他的衣服，说："赶紧换一下吧，待会儿奶奶会以为你去跟人打架了。"

祝蔚杭扭头看自己衣服，纳闷地问："哪里？"

梁乐放下碗筷，贴过去将他背后有些泛潮的衣服扯住，揪着那一块带着污渍的小布料送到他的眼前："这里这里。"

此刻的祝蔚杭有些窘迫，整个人以一种十分尴尬的姿势被梁乐握着衣服。

她靠他太近，他下意识地僵住身子，脖子都不敢扭动，垂眸看向她揪着的那块衣服，轻"嗯"了一声后，扭开头。

梁乐也发现两人靠得有些近，他那声"嗯"几乎就响在她耳边，于是她讪讪地松开手，坐好。

祝蔚杭放下碗筷，将自己的衣服扯好后，站起来去楼上换衣服了。

祝蔚杭再下楼时发现梁乐已经吃完了，正在院子里散步。

奶奶坐在他对面，问他今天怎么样了。

祝蔚杭回忆起今日的疲累，抬眼看奶奶："还可以，已经适应了。"

奶奶继续问："碰到刘宥了？"

祝蔚杭点点头："嗯。"

奶奶放心下来："也好，可以互相照顾。"

梁乐在院子里散步的时候正好碰见二楼的那对小情侣。

他们骑着小电动从村头那条路慢悠悠地开回来，梁乐同他们打了招呼，唐枚珍笑着同梁乐介绍她男朋友。

"这是我男朋友，吴诚海。"

"你好。"梁乐看着男人打招呼。

吴诚海的眼镜片很厚，眼睛看起来便有些小。他看了一眼梁乐，似乎有些内向，腼腆地笑了一下后就低头锁车了。

唐枚珍似乎已经习惯男朋友这副模样了，无奈地耸耸肩膀，笑着看向梁乐。

梁乐也露出友好的笑容。

想了想，唐枚珍走到她身边问："你跟祝奶奶的孙子是情侣吗？"上次她以为两人是兄妹，惹得两人又斗嘴不停，现在想想，倒有可能是地下情侣。

梁乐措手不及，着急否认："不是，我们只是从小一起长大而已。"

唐枚珍笑："从小一起长大，关系这么好？"

梁乐的五官都揉在一起："哪里好了……我们关系很差的，会互相吐口水的那种。"

唐枚珍微微挑眉，不再说什么。吴诚海锁好车，两人一起走进屋里，梁乐也跟着走进去。

情侣和奶奶打了招呼之后，唐枚珍又不经意地问祝蔚杭："你多大啊？"

祝蔚杭看她一眼，礼貌地答应："刚高考完。"

唐枚珍笑着对奶奶说："您孙子一看就很会读书。"

祝奶奶笑呵呵地说祝蔚杭只是有一点小聪明而已，不算很会读书。

梁乐在一边笑，祝蔚杭哪里只是有一点小聪明，在高中，他的成绩总是名列前茅，尤其是理科成绩更是出类拔萃。她有些搞不懂，大人总是这样，很喜欢一味地奉承和谦虚。

如果，她是说如果祝蔚杭是她儿子或者孙子，她绝对会到处宣扬他是多么聪明，长得好看脑子还很好用。对，她承认，祝蔚杭长得蛮好看的，脑子也聪明。

但两人不对盘确实是从十几年前便开始了，历史遗留问题让她对他戴上了有色眼镜——祝蔚杭在她眼里并不是那么有魅力。

情侣上楼之后，梁乐消食完毕，到厨房里收拾自己的碗筷。在她洗碗的时候，祝蔚杭也进了厨房。

梁乐洗碗有个坏习惯就是将水龙头一直开着，为此她被妈妈骂过好几次，却还是没改过来。

水龙头正汩汩往外吐水，她没在用水，只在认真地洗刷着碗壁上的垢渍。突然，身后伸出一只手来，将水龙头关了。

梁乐皱眉，回头看他，发现他就站在自己身后。

祝蔚杭懒懒地瞥了她一眼，低声说："不要浪费水。"

梁乐自知理亏，没说话，过了几秒才闷闷地出声："知道了。"

祝蔚杭往旁边站了些，在另外一个池子洗碗。梁乐就站在原地看了他一会儿。祝蔚杭T恤正中间不知什么时候被洗洁精的泡沫沾上了，她指了出来，祝蔚杭低头扯着衣服将那点泡沫擦掉，衣服下摆稍微掀起来一点，露出腰间的皮肤。

梁乐发誓，她不是故意去看他的腰的，只是紫红色的淤青在白色的皮肤上很是显眼，而且那一块伤痕并不算小，所以她一眼就注意到了。身体比脑子运转得更快一些，她有些着急地伸手将他的衣服下摆扯了上来。她倒吸一口气，眼前的淤青有些触目惊心，像是被重物磕到了。

梁乐还没问，手腕便被祝蔚杭抓住了。梁乐抬头看他，对上他清亮的眸子。他似乎有些尴尬，眼神闪烁，手劲有些大，抓她抓得很紧。

梁乐皱眉，和祝蔚杭对视着，只觉得眼前的形势有些严重，两人眼神交流了一番。

祝蔚杭反应过来，将梁乐的手腕往外扯，衣角下滑掩盖住了那块伤痕。

梁乐讪讪地甩开他的手，问他是怎么回事。祝蔚杭扭头没应。

梁乐又问："你是去打工，还是打人啊？不对，应该是被打，你说是去厂子里打工，不会是给人家当沙包打吧？"

祝蔚杭将那个带着泡沫的碗冲洗干净后，把碗放到筐里，看她一眼，轻飘飘地问："你好好的干吗扯人衣服？"

梁乐觉得一阵恼火，大声地问："这是重点吗？"

"当然是，这个习惯很不好。"祝蔚杭看着她，语重心长地教育。

"神经病。"梁乐骂他。

祝蔚杭难得没有反驳，转头将筐里的她放得杂乱的碗一个个拿出来，再一个个放回去重新摆好。收拾完她的残局后，他才看向梁乐，她表情不悦，似乎已经忍耐到极限了。

祝蔚杭低着声音认真说："只是搬东西的时候不小心撞到了，没被人打。"

梁乐眉头紧锁："搬个东西能撞成这样……"

祝蔚杭打断她："不小心，下次会注意的。"他的语气出奇的柔软，像是在哄她别生气。

梁乐被他的示弱打得措手不及，到嘴边的尖锐狠话又咽了回去。她盯着他看了一会儿："快要二十的人了，不要再像小孩子那样了，能不能自己注意一点。"

梁乐装作大人一样教育他，可谁知道她才是平时最会闯祸的那个人呢。

祝蔚杭对梁乐的这种话仿佛很是受用，难得地，他盯着她慢慢点头，说："知道了。"

祝蔚杭上楼之后，梁乐找奶奶要了推拿的红花油，奶奶问她怎么了，她说是刚才不小心撞到桌子了。奶奶要看她的伤势，她害羞地捂着屁股说："在屁股上，奶奶我自己涂就好了。"

祝奶奶知道年纪小的女孩儿都害羞，便没再多说，从柜子深处找到红花油之后递给她，嘱咐道："之后要小心一点，揉热了就拿被子焖一会儿，出汗了就容易好。"

梁乐乖巧地点头："我以后会小心的。"

梁乐到三楼的时候，祝蔚杭已经洗完澡回到房间里了，她尝试着转开门把手，发现他已经把门锁上了。叹了口气，梁乐觉得自己突然变成操心小孩儿的母亲。她敲了敲他的门，他没反应，于是她对着门缝喊道："把红花油放在你门口了，待会儿自己搓搓，好得快一些……"

"乖乖听话"四个字生生被她咽下去。她告诉自己，她只有十八岁，祝蔚杭也不是她儿子。

不知道祝蔚杭在忙什么，并没有立刻出来，梁乐又敲了敲门，见他没应才拿着换洗衣服和浴巾进浴室里洗澡。洗到一半她才发现唐枚珍还没把沐浴乳还她，她感到一阵心累，于是只能又把手伸向祝蔚杭的沐浴乳。想到待会儿可能又要因此和他唇枪舌剑一番，她就泄愤一般多挤了一些，反正会被骂，不如多用一些。

洗完之后，梁乐顶着一头湿漉漉的头发，一打开浴室门，就看到站在房间门口的祝蔚杭。他一只手拿着手机，另一只手拿着红花油。

楼道里有些昏暗，只有祝蔚杭的房间亮着灯，梁乐看不清祝蔚杭的表情。

察觉到她出来，祝蔚杭转过头看见她的湿发后，眉头迅速地皱起来，刚想说些什么，楼道里突然传来声音。

两人一起往楼梯看过去，是吴诚海。

他拿着梁乐借给唐枚珍的沐浴乳。

吴诚海见两人都看着他，有些不好意思地摸了摸头，走到两人面前："抱歉，我是来还沐浴乳的。"

梁乐先反应过来，笑着说："啊，是我的。"

吴诚海看向梁乐，愧疚地说："对不起，忘记还给你了。我和枚珍都忘了。"

梁乐连忙摆手："没事没事。"

吴诚海背着光，梁乐看不清他脸上的表情，只能感觉到他落在她脸上的目光。

吴诚海透过厚重的镜片盯着梁乐看了几秒："真是对不起，你这几天有沐浴乳洗澡吗？"

梁乐："有的有的，真没事。"

吴诚海这才放下心来，看了两人一眼后下楼去了。

一直站在一边没说话的祝蔚杭突然开口问她："你把沐浴乳借给他们了？"

梁乐低头弯腰，用毛巾擦拭着自己的湿发："对啊，不然谁要用你的沐浴乳啊？"

空气安静了几秒，梁乐没等到预想中祝蔚杭的顶嘴，她纳闷地直起身，把头发都摆到身后，瞪他一眼，发现他没在看自己。

他靠在门边，低着头不知道在看哪里，眼神飘忽。

对于这种突如其来的沉默，梁乐有些疑惑，等了他几秒，他都没说话。

她问："怎么了？"

祝蔚杭终于抬眼看她，眼眸中似乎聚着一团雾，朦胧氤氲。他瞥她一眼："什么？"像是不知道她在说什么，或者说是和她的对话脱节了。

梁乐不打算再提醒他，然后让他再和自己顶嘴，于是翻页："刚才你在干吗，我敲门怎么没应？"

祝蔚杭的状态重新回来："我平时敲你的门，你应吗？"

梁乐："好心当作驴肝肺啊你这是。"她望向他手里的那瓶红花油，眼睛瞪得大大的。

祝蔚杭低头看了看那瓶散发着清冽气味的红花油后抬头看她。

两人的视线在空中交汇，梁乐觉得自己的眼神应该是很凶狠的，至少不友好，却没想到会对上他称得上是柔软的眼神。愣了片刻后，她皱起眉毛，心脏狠狠一跳，没意思地挪开视线。

她感觉到一阵惊慌失措，就像……她穿好战衣准备上场了，对方却什么都没带。担心自己会胜之不武，所以她急忙逃开。

她听见他说：“谢谢。”

梁乐的心脏又是一跳，她皱起眉毛，全身都起了鸡皮疙瘩。她看向反常的祝蔚杭：“你吃错药了？”

祝蔚杭听后也跟着皱起眉毛，想了一会儿，他嘴角微微上扬：“你是不是有病？”

“你才有病呢！”梁乐反应过来，大声骂他。

祝蔚杭盯着她看：“我这样就没吃错药了？”

梁乐点点头，说：“嗯，你这样我舒服很多。”其实她也知道两人的相处方式有些畸形，却怎么都改不掉，仿佛他们天生就是死对头，带刺的话不会让她受伤，反而在他示弱的时候会觉得难受奇怪。

可今晚的祝蔚杭不知道是怎么了，那戏谑的眼神倏然又沉重下来，他盯着她问：“我们要这样吵一辈子吗？”

梁乐又是一愣，认定今晚的祝蔚杭是吃错药了，或者是被工作打击得有些神志不清了。他说的许多话都让她有些接不住，他居然这么严肃地同她探讨这个问题？

梁乐想了想，从心出发，说：“嗯，大概吧。”

祝蔚杭就这么看了她一会儿，突然勾唇：“也行。”

梁乐见他精神分裂一样，一下开心一下抑郁的，有些担心地问：“你是不是在工厂受到什么刺激了，怎么疯疯癫癫的？”

祝蔚杭往房间里退，在把门关上的前一秒，他说：“你现在这副样子才疯呢。”

梁乐一怔，摸了摸自己凌乱的湿发对着他的房间大喊：“我这是刚洗完头发，你懂吗？女孩子洗完头发都是这样的！有没有见识啊？”说完她气鼓鼓地回自己房间了。

祝蔚杭关上门后，听清她在门外的反驳，无奈地扯了扯嘴角。他坐到床边，掀起自己的衣服，露出腰间的淤青。当他把红花油往皮肤上抹的时候，火辣的痛感从腰间袭来，接着就是融融的热感。

他却盯着那片皮肤想起了刚才看到的景象，她的皮肤同样是雪白的，却跟他的完全不一样。如果将他的皮肤比喻成粗糙苍白的墙面，那刚才一闪而过印在他脑中的便是细腻昂贵的丝绸布料。

梁乐弯腰的那一瞬间，宽松的领口瞬间下坠，露出大片的白色肌肤，他只看了一眼就像是被火灼到了一般，匆匆移开视线。

他告诉自己要忘记，却又无意识地重复回想起。腰间的皮肤依旧热辣辣的，不知不觉间，他全身都烫了起来，心口那里最是滚烫。

涂抹按摩完后，他设置好闹钟，明天要早起。盖上被子，鼻尖萦绕着红花油的清冽气味，是能让人清醒不少的气味，他却依旧沉溺在燥热的想象中。

第二天梁乐依旧起得很早，祝蔚杭正在吃早饭，确认奶奶不在周围后，她低声问他："伤势怎么样了？"

祝蔚杭正把汤匙里的粥往嘴里送，眼眸低垂。听到她的问题，他掀起纤长的睫毛看她一眼，抿唇说："没事。"

梁乐这才在椅子上坐下，低头吃饭。

祝蔚杭问她今天要做什么。

梁乐摸着碗沿，想了想，"许俏楠说要带我去逛街。"

祝蔚杭："许俏楠？"他似乎记不清是谁了。

梁乐解释："我当时交的好朋友。"她露出一个得意的笑容，仿佛在炫耀她有这么一个好朋友。

祝蔚杭"哦"了一声，把碗底的粥都刮干净，吃完后起身："我走了。"然后他对着厨房里的奶奶打了声招呼，说完便离开了。

梁乐听见院子里有声音，跟过去看才发现刘宥已经骑着小摩托在院子里等他了。她对着刘宥笑了笑，算是跟他打了招呼。

祝蔚杭拿过刘宥给他的头盔，跨坐到后座上。

刘宥回头跟他说了些什么话，祝蔚杭抬眼看过来，发现梁乐眯起眼睛看他。两人对视了几秒，祝蔚杭先低下头，拍了拍刘宥让他出发。

梁乐看着祝蔚杭离开的背影，心中莫名升起些凄凉孤寂的情绪，仿佛送儿去上学的母亲，她站了许久才回到屋里。

二楼的小情侣正好在这时下来，梁乐跟两人打了招呼，正打算擦肩而过的时候，吴诚海又跟她道歉："沐浴乳的事真的有些抱歉。"

梁乐一愣，自觉这不是什么值得一说再说的问题，这对情侣真是有礼貌，于是她赶忙道："真没事，小事而已。"

唐枚珍这才拉着吴诚海一起出门了。

奶奶出来问梁乐怎么了。

梁乐耸耸肩膀有些无奈："就是忘记还我沐浴乳了，跟我道歉好几次。"

奶奶没再多问，去厨房准备鸡鸭的饲料了。

下午梁乐和许俏楠去镇里逛街。

许俏楠有电动车，两人坐着小电动一起晃悠到繁华的商业街上。

乡下不比城市，店面都是小小的，装修也不豪华，店员却没有城里的那般冷漠，价格起伏的余地也很大。梁乐一开始没许俏楠会砍价，两个小时后却也能把三十元的东西砍到十五元，两个小女孩买了不少漂亮但不实用的小玩意儿。

太阳快要下山了。

回去的路上，许俏楠突然指了指对面马路边上的一栋大楼，对梁乐说："他们就在这里打工。"

梁乐伸长脖子往里面看，并没有几个人在外面，更看不到熟悉的身影，她嘟囔道："离家里也不远。"

"骑电动车要十几分钟吧。"许俏楠问她，"要去看看吗？"

梁乐想了想还是摇头："又没办法叫他出来，我们回去吧。"

许俏楠瞥她一眼，笑着揶揄："你不还是挺关心他的吗？"

梁乐的表情僵住了："你不懂吗？我和他又不是小孩儿，不是时时刻刻都在吵架。"她说了很多话，又像是什么都没解释。

她重复了一遍："你不懂吗？"似乎对许俏楠问出这种问题而感到沮丧伤心。

这种带着情绪的话术果然转移了许俏楠的注意力，许俏楠点头说："我懂我懂。"之后她没再问。

小电驴渐渐远离工厂，一路上两人又聊了几个别的话题，梁乐心不在焉，耳边总是响起昨晚祝蔚杭那些莫名其妙的话。

他问她两人是不是要吵一辈子。

说实话，梁乐并不知道，但如果让她想象两人和和睦睦、亲切友好的画面，她会觉得恐惧且难以接受。

和祝蔚杭和谐相处？疯了吧，她肯定会难受死的。

像是已经成了习惯，两人用带着尖刺的语言互相攻击，她见他时总是带着一股不能输的傲气，就算情绪低落也会打起精神和他好好"交流"。

这么一说，祝蔚杭对她来说似乎是一种工具，能让她打起精神的工具。

她离不开他。

梁乐想了想，如果祝蔚杭以后不出现在她的生活中了，她一定会难受死。

至少，他们之间的战争不能就这样画上句号。

梁乐到家没多久后，祝蔚杭也到家了。

他今天长记性了，穿了一件耐脏的黑衣服，看起来跟早上出门的模样没什么区别，只是脸色疲倦，比在田间耕了一天地的牛的脸色还难看。

梁乐有一种他瘦了很多的错觉。想起什么，她跑到楼上从桌上拿了一条糖下来。这糖是她今天在超市里买的，只买了一点，本来想着用来解馋，现在却要用来救济奄奄一息的祝蔚杭了。她觉得他真应该给她颁个什么善良天使奖。

祝蔚杭吃饭吃到一半，桌上突然多了一条绿色的抹茶糖。他扭头看梁乐，她眼眸亮亮的，满是得意。

祝蔚杭的心猛地一跳，问："怎么了？"

梁乐说："看你这副小身板，怕你在工作的时候低血糖晕倒……只有一条，省着点吃。"

祝蔚杭盯着那条抹茶糖看，不知道在想什么。

梁乐继续说："就是你经常带着的那种糖。"

作为祝蔚杭十几年的对手，她秉着"知己知彼，百战不殆"的原则，将他了解得透彻。高中的时候，他的书包里总有这种糖。好巧不巧，梁乐正好也最爱吃这种糖。她经常在嘴馋的时候向他讨要抹茶糖，他总是不理，然后像是被她缠得受不了一样无奈地从包里拿出抹茶糖给她。

如今风水轮流转，梁乐也不是什么忘恩负义之人，决定将欠他的糖还给他。

她看着他把糖放到口袋里，继而对上他的视线。

祝蔚杭有些奇怪，像是被感动了，但又没那么简单，原本被倦意充盈的眸子此刻闪着点点光芒。

梁乐没由来地觉得心慌，自顾自地说了“不用谢”之后就逃往厨房。

出来的时候，祝蔚杭已经上楼了，梁乐那颗吊着的心才放下。

慢吞吞地吃完饭，刚要拐上三楼，梁乐突然停住，被吓得不轻。三楼的走廊上没开灯，昏暗中一个人披着头发，沉默地站在走廊上。

那人听到身后的动静后转身看过来——是唐枚珍。

梁乐重重地吐了一口气，惊魂未定地拍了拍自己的胸脯，走上前去：“吓死我了，你怎么一个人站在这儿？”

唐枚珍刚洗了头，所以才披着发，她似乎也被梁乐吓了一跳，支支吾吾地说：“我就是……上来借点东西。”

梁乐问：“借什么呀？”

唐枚珍：“卫生巾。”

梁乐表示理解，去房间里给她拿了。她出来的时候，浴室的门也刚好打开，祝蔚杭刚洗完澡。

他还湿着头发，擦头发的毛巾披在肩头上，发尾的水珠正一点点往下滴。他穿着一件坎肩，下身是短裤。

浴室里的光透出来，照亮昏暗里三个人的脸。

祝蔚杭似乎对同时出现在门口的两人感到奇怪，看了一眼梁乐，又看了一眼唐枚珍，他问：“怎么了？”

梁乐没理他，直接把卫生巾递给唐枚珍，毫不避讳。

可唐枚珍不知在想什么，竟僵在原地，没伸手去接她的卫生巾。

梁乐朝她看过去，发现唐枚珍正盯着祝蔚杭看。梁乐对这种眼神感到熟悉，但是又无法立刻想到是在哪里见过的，只是觉得气氛古怪。

祝蔚杭明显也注意到了唐枚珍的眼神，他古怪地看了一眼唐枚珍，之后便低头擦着头发，快速往房间里走。

等他走后，唐枚珍才拿过梁乐的卫生巾，道了声“谢谢”后，她低声问梁乐：“他在学校里应该很受欢迎吧？”

梁乐不假思索：“当然了……”

语毕她却愣住了，因为她想起来，她在哪里看到过那种眼神了，在所有仰慕祝蔚杭的女生眼里。

像是知道了一些不得了的消息，梁乐内心很复杂，她抿唇盯着唐枚珍看，思索着她到底是什么意思。

唐枚珍对着她笑了笑，将脸侧的湿发撩到耳后：“我就知道。”

梁乐不知该做什么表情，只是尴尬地扯了扯嘴角。

唐枚珍跟她告别：“谢谢你哟，下次我再来还你。”

梁乐僵硬地点头：“好。”

唐枚珍走后，梁乐在原地站了一会儿，思忖片刻还是没去敲祝蔚杭的门。这只是她自己的猜测，没必要让祝蔚杭也觉得奇怪。

后来的好几天，梁乐都忍不住观察二楼的那对小情侣，他们看起来恩爱，两人的感情状态并不像有什么问题。但之后唐枚珍倒是经常找祝蔚杭说话，梁乐总是有意无意地去看她的眼神和表情，越看便越笃定心中的那个猜想。

梁乐像是握住了什么惊天秘密，却什么都不能说，只能压在心底，因此觉得有些烦躁，连带着看祝蔚杭都带了些复杂的情感。

梁乐本想和祝蔚杭商量一下对策，可看他每天早出晚归累得像头牛的模样，又总是开不了口。而且她依旧在怀疑是不是自己的问题，她是不是太敏感了？说不定根本就没这回事儿。

唐枚珍看起来温婉乖顺，怎么看都不像是那种朝三暮四的人，而且她和吴诚海每天都黏在一起，两人看起来并没有什么感情问题。

可这样的想法在某一天被她推翻，她发现他们这对情侣似乎不像她想象中那般保守刻板。

那天晚上梁乐突然失眠，在床上辗转反侧了一个小时后，决定去楼顶吹吹风。出了门，她还没踏上上楼的楼梯，便听到了一些不同寻常的声音。是从四楼传来的，有些压抑，但是又很放肆。

梁乐愣在原地，心脏狂跳，她思索了片刻，才意识到正在四楼的两人很可能是二楼的那对情侣。

梁乐红了脸，轻手轻脚地回了自己的房间，顺便把房门锁上了。她躺在床上，更加睡不着了，可耳边一安静，刚才听到的那些声音就萦绕在她的脑中。

她想不通……

对于情侣来说，这不是件奇怪的事，但是他们为什么不在房间里，一定要跑去四楼？而且四楼是没有房间的，半开放的空间也能做这种事吗？

不知不觉中，梁乐的脸红得彻底。也许是因为那对情侣平时一副安静内向的模样，这样的反差让她有些难以接受。她在床上又翻了好一会儿才睡着。

第四章
共同战线

第二天梁乐再见到那对情侣时，觉得浑身都难受，甚至不敢去看他们的脸。情侣二人依旧安静内敛，穿着保守的衣服，脸上是腼腆得体的笑容。

梁乐知道不应该以昨晚的所见所闻去判断这对情侣的品行是否端正，却依旧无法装作像什么都没发生过一样。见到他们时，她总是有些尴尬，说了没两句话便低头告别。那对情侣却跟以往一样，见了她很高兴地打招呼，将她当妹妹一样看待。梁乐心底里扎着根刺，不知自己到底该怎么做。

过了几天，梁乐觉得二楼的那对情侣似乎越来越奇怪了。

唐枚珍依旧用那种仰慕的眼神看祝蔚杭，近日找祝蔚杭的频率也高了许多。吴诚海也是，经常莫名其妙地出现在三楼，梁乐被他吓了好几次，问他上来做什么，他总是低头笑笑，厚重镜片下的眼睛眯着：“上来透透气。”

梁乐指了指上面：“那可以去顶楼。”

吴诚海点头：“好。”然后他便消失在楼梯上。

梁乐进了房间锁上门，一直注意着门外的动静，过了一两个小时，她都没听到吴诚海下楼的动静。时间已经有些晚了，她去浴室洗澡。

洗完出来的时候，浴室对面的祝蔚杭正好开门。

他睨她一眼，问："怎么这么晚洗澡？"

梁乐边擦头发边说："这你也管？"

硝烟又缓缓升起，就在他们准备开打的时候，在楼上待了很久的吴诚海下来了。

梁乐朝他看过去，见吴诚海正灼灼地盯着自己，她一愣正想说些什么，祝蔚杭突然挡在她面前，遮挡了她和吴诚海相交的视线。

她怔怔地抬头看向祝蔚杭的侧脸，发现他的脸色并不好看，眉头紧皱着，眼底带着薄薄的愠怒。

梁乐心脏一跳。下一秒，祝蔚杭拿起挂在她脖子上的浴巾。梁乐脖颈一凉，还没来得及发作，视线便被完全遮挡住，祝蔚杭将整个浴巾都盖在了她头上。

梁乐完全看不见了，一阵心慌，伸手要去扯下浴巾，手腕却被祝蔚杭握住。她感到十分慌张，心跳更是失控。她抬起头，想问他到底在做什么，脸却隔着浴巾被他捧住。他引导着她转了个方向，在她整个人转了九十度之后，她感觉到轻抚在后脑勺的手。他推了推她，在她耳边说："进去。"

梁乐很奇怪，在他说完这句话的时候，原本盘踞在梁乐心头的烦躁之意似乎在顷刻间消失了，她竟听话地走了进去，走进了祝蔚杭的房间，祝蔚杭跟在她身后一起进来。

听到关门的声音后，梁乐才反应过来，猛地将头上的浴巾扯了下来。她扭头看祝蔚杭。他正靠在门边看她。

梁乐察觉到不对劲，拿着浴巾走近他，问："怎么了？"

祝蔚杭的脸色依旧难看，眉头皱得紧紧，他抿唇盯着她："你不觉得奇怪吗？”

梁乐问：“谁？”

祝蔚杭：“那个男的。”

梁乐压低声音：“有点儿……我也感觉他们这对情侣很古怪。唐枚珍看你的眼神很奇怪，还有吴诚海……你有时候不在，他经常上楼，我问他来做什么，他就说一些很奇怪的原因。”

祝蔚杭的声音变冷：“他经常上楼？”

梁乐见他表情严肃，心里那股狐疑的感觉越来越强烈，甚至感觉到些恐惧，后怕地说：“嗯。”

祝蔚杭呼吸沉重，抬眼看她：“你已经成年了，能不能多注意注意？每天鬼点子那么多，一遇见大事就像个小傻子。”他毫不留情的数落言语像弹珠一样冒出来。

梁乐见他突然开始骂人，怒火一下子蹿上脑门：“骂我干吗？我怎么不注意了？”

祝蔚杭的视线往下然后快速移开，什么意思不言而喻了。

梁乐跟着他的视线低头，发尾滴下的水珠将睡衣洇湿，轻薄的布料紧紧地贴在胸脯上，锁骨那处还挂着一滴将落未落的水珠。

她后知后觉地用浴巾捂住自己的胸口，抬头瞪他：“你变态！”她羞得脸都开始发热，却发现祝蔚杭并没在看自己。

他刻意躲开眼神，见她已经捂好胸口，才掀起眼皮看她，静静地看了她几秒，问：“我是变态，那他是个什么东西？”

祝蔚杭其实很早就察觉到二楼情侣的不对劲，自那次来还沐浴乳之后，两人似乎很想跟他和梁乐混熟，总是用许多借口来接近他们。

他要去上班，平时不在家，回来之后梁乐也很少提起他们，他便降低了警惕。可是刚才他看到了吴诚海落在梁乐身上的眼神，像狼盯着羊，眼里是不加掩饰的欲望。

他看了一眼便觉得不适，大脑霎时就热了起来。可梁乐还是一副什么都不懂的模样，甚至还打算和吴诚海对视聊天。

他知道梁乐没办法照顾好自己，下一瞬间又开始气自己，气自己没有保护好她。

她整日一副天真烂漫、无忧无虑的模样，他和她说什么她都不爱听，总想着和他吵架。所以他故意将话说得很重，希望她能认真对待这件事。

梁乐想要继续反驳，可后知后觉的恐惧将她装出来的镇定吞噬，她的眼神开始动摇。

见她一副脆弱恐慌的模样，祝蔚杭的神情柔软下来，将尖锐的语气收起："我不是故意要说你什么，只是你能不能长点心？你觉得他是什么好人吗？在我的记忆里，他似乎经常在你洗完澡的时候出现。"

梁乐回想一下，才发觉祝蔚杭说得的确没错。刚才也是，吴诚海在楼顶待了许久都没下来，她一洗完澡，他就出现在门口，现在怎么想都不觉得是什么巧合。

她从出生到现在都顺风顺水，从没操心过什么事，唯一的烦恼就是斗嘴的时候赢不过祝蔚杭。此刻她却发现自己竟面对着如此肮脏黑暗的想法，自然觉得恐惧。

梁乐下意识地低头，不肯再看祝蔚杭，担心被他发现自己湿润的眼眶。

祝蔚杭的心口猛地一酸，梁乐低着头站在他面前，肩膀似乎正在颤抖。他烦躁地抹了一把脸，走到桌边，拿了纸巾给她。

梁乐快速地扯走他手上的纸巾，擦了一下，又将那条浴巾重新盖到自己的脑袋上。她不想看到祝蔚杭，也不想被祝蔚杭看到自己此刻的窘样。

祝蔚杭见她像只刺猬一样将脑袋缩了回去，顿时又觉得好笑。可她颤抖的幅度越来越大，呜咽的声音也渐大，他便开始后悔自己刚才说出那些一点都不让着她的尖锐话语。

他在她身边站了一会儿，安慰道："其实也不是什么大事，之后少跟他碰面就好了。"

浴巾动了动，梁乐的声音从里面传出来："那要是他来找我怎么办？"声音闷闷的，仿佛也带着点潮湿。

祝蔚杭："我不在家的时候，你就少跟他单独见面，尤其是洗完澡的时候……"他又忍不住多数落了一句，"十八岁了，要懂得怎么保护自己。"

梁乐激动地掀开浴巾，两眼湿漉漉的，她瞪他："我每次洗完澡你不也经常出现？我就是习惯了啊，现在怎么可能突然意识到？"

祝蔚杭突然觉得脸热，说出来的话却依旧强势："我跟他能比？"

他突然意识到原来是她之前被保护得太好，周围除了他就没有其他异性，自然对异性之间的界限感到模糊。

梁乐瞪他一眼，低头擦眼泪："不管，反正男人没一个好东西。"

祝蔚杭见她正在气头上，便没再反驳。看她此刻可怜地哭鼻子擦眼泪，他胸腔里突然充盈着一股躁动的情绪，他别开眼神不看她。

梁乐站在原地缓了一会儿，才想起什么一样，对祝蔚杭说："有一件事我没跟你说。"

祝蔚杭问："什么事？"

梁乐踌躇了一会儿，才说："几天前，我半夜睡不着，打算去顶楼吹风的时候听到他们在四楼……"她抿唇，故意将两个字省去，祝蔚杭却一听就懂了。

他摆出一个嫌恶的表情："以后晚上不要自己一个人出去。"

梁乐此刻被吓得不轻，祝蔚杭是她唯一的依靠，于是便忘了反驳他，乖乖地点头。

梁乐又在祝蔚杭的房间里待了一会儿，也不说话，就是坐在他的床边缓神。准备回去的时候，她让祝蔚杭先去门口看看，确认没人之后才快速溜回房间里。

之后的好几天，梁乐都很听祝蔚杭的话，像是忘了他是她十几年的对手，甚至有一种他是她在豺狼虎豹中唯一靠山的错觉。

祝蔚杭每次出门，梁乐都要在门口目送他的背影离开，他一走，她就跟在奶奶屁股后面转悠，绝不一个人待在楼上。有时候她跟着奶奶一起去田里择菜，有时候一起去镇上赶集买菜，有时候她也跑去找许俏楠玩。

梁乐刻意岔开时间，不想和那对情侣碰上面。这种方法虽然累人，但还是有用的，至少不用和他们碰上面。

这天梁乐在许俏楠家里待到下午六点，走回去的时候，正好能碰见搭刘宥车回来的祝蔚杭，然后就跟在他身后一起进屋。她甚至调整了吃饭的速度，与他同步，有时候赶不上他了，她会让他等等她。

祝蔚杭虽然看起来不是很乐意，但也总是会等她，在她吃完的时候，还会顺手给她抽张纸让她擦嘴。吃完饭后，梁乐就跟着祝蔚杭一起上楼，经过二楼的时候忍不住往他身上靠得再近一些。

祝蔚杭一愣，放慢了脚步，能感觉到她的手臂正贴在他的后背上，似乎在寻找什么依靠。

梁乐在浴室里准备出去的时候，总有一种打开门便会看到吴诚海的错觉，但当她穿戴整齐打开门的时候却总是能看见祝蔚杭站在门口。

祝蔚杭拿着准备换洗的衣服，似乎在等待洗澡。见她出来，他会皱着眉头说：“洗这么久？”

梁乐拿浴巾猛地抡他两下后，才会走进房里。

虽然还是在吵架，但因为祝蔚杭每日都守在浴室门口，梁乐那种恐惧的心理竟也因此消散许多。本着井水不犯河水的想法，梁乐以为她躲着那对情侣，这件事就会消歇下来。可没想到，她自认为是盟友的祝蔚杭竟然叛变了。

某个晚上，梁乐竟看见唐枚珍出现在祝蔚杭的房间里。她经过祝蔚杭的房间时，发现门开了一条缝，从里面传来女人的声音，她觉得疑惑于是便偷偷往房里瞥了一眼。

唐枚珍和祝蔚杭在说话，具体在说什么她没听清，只看清了祝蔚杭的表情，谈不上愉悦，但也绝对不是什么臭脸。

梁乐正想再多听一些的时候，唐枚珍往后似乎是想要离开了。于是她便慌张逃走了。倒不是她怕两人，只是偷听别人聊天这事本就不体面，要是被祝蔚杭抓住了，肯定又要被数落半天。

进了房间，她趴在房门上听着外面的动静，唐枚珍和祝蔚杭说了谢谢，祝蔚杭没再说什么。

梁乐在房间里缓了十几分钟，想破脑袋都不知道祝蔚杭何时和唐枚珍这般亲密了。她平时进他的房间都要被他骂上一通，为什么他会邀请唐枚珍进他的房间，还在进行如此和谐的对话？

梁乐无法忽略心中莫名的怒意，生了好一会儿的闷气后才爬上床。可一闭上眼睛，她就又想起刚才祝蔚杭的表情，不自觉地将他刚才和平时他对她的样子进行对比。越想越觉得生气，最后她竟失眠到两点多才睡着，做梦都梦见祝蔚杭跟她吵架。

梦里她指责祝蔚杭：“你为什么跟她在房间里？”

祝蔚杭冷冷地反问：“不行吗？”

她气得几乎发抖，醒来的那一瞬间意识到这只是场梦。可她胸口还是堵着一口闷气，开门见到祝蔚杭更是没什么好脸色，恨不得他立刻消失在她眼前。

祝蔚杭见她一副吃了炸药的模样，也不敢去惹她，同她说了几句话，见她不理自己，疑惑不已。却因为要去厂里上班，他依旧上了刘宥的车前往工厂。

梁乐一整天都闷闷不乐，做什么事都提不起劲，乌云时时刻刻都在她的头顶。

这天的天气很好，下午的时候，祝奶奶差她去祝蔚杭房间里把他床上的被子拿下来，奶奶想帮他晒晒被子。梁乐虽然不是很乐意进他房间，碍于祝奶奶的请求，还是答应了。

站在门前，梁乐又想起昨晚的那个梦。她用力地将门打开，屋内很是整齐，床上和桌上的东西收拾得都很整齐。

她走到床边，把他叠好的被子拿起来，正准备拿下楼的时候，被子里突然掉出东西来。她差点儿被绊倒，低头一看，是一件女士内衣，还带着蕾丝边。

她愣了一瞬，意识到这件内衣是从祝蔚杭的被子里掉出来的那刻，大脑里似乎有些东西塌了。

她站在原地定了半会儿，把他的被子放回床上，从地上捡起那件内衣，确定了这件内衣不是自己的后，她想起了昨晚看到的场景。

这个家里只有三个女人，不是她的，奶奶也肯定不会有这种年轻的内衣，那就只能是唐枚珍的，或者是祝蔚杭从外面带回来的。但很明显，这两种她都接受不了。

十五分钟后，祝奶奶见梁乐空着手下楼。

祝奶奶问："被子呢？"

梁乐睁着眼睛说瞎话："奶奶，他床上没有被子。"做出这种龌龊事，还想让她帮他晒被子？她没将他的被子丢在地上胡踩一通已经是她仁慈了。

祝奶奶疑惑："他收起来了？"

梁乐出神："谁知道呢。"

在院子里逛了好几圈后，梁乐烦躁焦虑的思绪慢慢镇定下来。她其实还挺佩服自己的，此刻居然能要求自己冷静下来。

虽然她总是和祝蔚杭吵架，但那也只是嘴上说说而已。她知道祝蔚杭不是个坏孩子，他学习好、待人有礼貌，除了有时嘴上不肯饶人，其实是个还不错的朋友。

若他真是那般难堪龌龊，她是绝不可能和他做了这么多年的"朋友"的。

但即使说服自己无数次，只要一想起那件内衣和两人面对面聊天的样子，她胸口就闷闷的，堵得慌。

她本想等祝蔚杭回来就去质问他，可今天不知怎么回事，祝蔚杭竟没在六点的时候准时到家。

那对情侣倒是很准时，唐枚珍一进屋就问梁乐："蔚杭还没回来吗，怎么没看见他？"

梁乐压制住自己因为焦躁而狂跳的心脏，盯着唐枚珍说："我也不知道。"

吴诚海拉着唐枚珍："没事，等他回来再说吧。"

梁乐本来已经低头，听到这里却目光灼灼地看向两人："怎么了，你们有什么事要跟他说？"

两人闻言都突然有了奇怪的反应，眼神闪烁，嘴角扯出尴尬的笑："没事没事，随口问问而已。"

梁乐明显不信，却还是笑笑："这样啊……"

过了八点，祝蔚杭才到家。

梁乐早就上楼去了，祝奶奶在客厅里边看电视边等他，见他此刻才回来，数落了一句："干什么去了，这么晚才回来？"

祝蔚杭低头摸了摸后脖颈："刘宥今天有点事，我等他，所以才晚了点。"

祝奶奶没再多问："去吃饭吧，饭菜都凉了。"说着她就要起身去帮他热菜。

祝蔚杭赶忙拦住："奶奶我自己来。"走了几步他又回头问奶奶，"梁乐呢？"

祝奶奶指了指楼上，又像是想起什么，问他："你跟她吵架了？今天她看起来有些怪，心情不好。"

祝蔚杭沉默了一会儿，说："我上去问问？"

虽然他的确不知道发生了什么，但今天早上梁乐已经很不对劲了。

祝奶奶拦下他："先吃饭吧。"

祝蔚杭吃过饭后上楼，梁乐的房门紧闭着，他敲了几下没等到回应，便想着先去洗澡，因为他身上的味道的确不是很好闻，若是被她闻见了又要数落他。

进房间拿换洗衣服的时候，祝蔚杭才猛地发现口袋里似乎有些不属于他的东西。拿出来看清是什么东西后，他无奈地扯了扯嘴角。刚才刘宥硬要给他，他说了不要，却不知道刘宥是什么时候又将这东西偷偷塞到他口袋里了。

他本想直接扔进垃圾桶，想了一瞬，还是没扔，随手放在桌上，忘记收进抽屉里。

他进浴室没多久，梁乐便从房里走出来。

她刚才戴着耳机，隐约听到门外有动静，出来了却发现祝蔚杭并不在房间里。浴室的灯亮着，梁乐听到里面传出淅沥沥的水声——祝蔚杭在洗澡。

她恨不得立刻把他拉出来将事情问清楚，却只能在门外干等着。那水声落在她耳里就像是什么噪音，听得她心烦意乱。

梁乐瞥了一眼他开着的房间门，想起早上的那件肉色内衣，又大咧咧地走了进去，发现他的床铺和她今早离开时没什么两样。早上她把他叠好的被子随便地扔在床上，肉色的蕾丝内衣被她压在被子下。

等她掀开被子，发现内衣还在原来的地方，又嫌恶地将被子扔了回去，将东西盖住。

梁乐站在祝蔚杭的房间里，随意地环顾着周围的环境，当视线落在桌上的时候，她的身体僵住了，凑近了看……

三秒后，她慢腾腾地吐出一句脏话。

祝蔚杭洗完澡出门，发现梁乐的房间门开着，探头进去却发现她不在房里，他纳闷地回到房里，开门便被吓了一跳。

梁乐像尊佛一样坐在他的床尾，面无表情，眼里黯淡无光。

祝蔚杭一愣，反应过来后走进去：“干吗呢，怎么总偷进别人房间？”这么说着，他却把房门关上了。

房间里只有两人。

梁乐并没有像以往一样立刻和他进行唇枪舌战，只是用一种冰冷又坚硬的眼神静静地看着他。

梁乐很少用这样的眼神看他，祝蔚杭有一种自己即将大难临头的预感，气氛也在她这般注视下慢慢凝重起来。

他问："怎么了？"

梁乐见他一副什么都不知道的模样，只道他又在装傻，这么好的脑子却用在这种地方。她愤愤然又遗憾，于是直接将被子下的肉色内衣拿了出来，放在他眼前。

本以为会看到祝蔚杭慌乱的神情，却没想到他愣了片刻后涨红了脸，连带着看她的眼神都变得水润灼热。

梁乐从鼻尖哧出一声。

祝蔚杭有些莫名其妙地盯着她的脸看了一会儿，慢悠悠地问："干吗？"他的声音比刚才柔软许多，疑惑却带着轻盈和微微的愉悦之意。

"你问我？"梁乐反问，站起身走到祝蔚杭身边，扯着他的手腕让他靠近那件内衣。

两人站在床边。

梁乐指着那件性感内衣，说："解释解释。"

祝蔚杭见她语气不对，收敛起脸上的玩味："解释什么？"

梁乐咬牙切齿："这东西为什么会在这里？"

祝蔚杭一愣。

下一秒，他把双手举得高高的，一副不关他事的模样，语气甚至有些慌乱着急："我不知道啊，不是我放的，我没偷拿你内衣。"

梁乐发现他说的话蕴含着许多信息。

她脸一热，先是大声否认："这不是我的内衣！"然后又澄清道，"我才没有这么老气的内衣！"耳朵烫得不行，她紧盯着祝蔚杭的脸看，发现他的皮肤也泛着一种不同寻常的粉色。

反应了一会儿她才明白这到底是怎么一回事儿，祝蔚杭以为这是她的内衣，所以才会面红耳赤成这样？不对……为什么祝蔚杭会觉得她会把自己的内衣拿到他面前？

说来说去，祝蔚杭还是有点问题。

可看他这副一头雾水的模样，这内衣似乎真的与他没关系。

梁乐深呼吸一口气，努力让自己镇定下来，问祝蔚杭："你不知道这是谁的？"

祝蔚杭理所当然地说："我怎么会知道？不是你的，难不成是奶奶的？那怎么会在我房间？"

梁乐狠狠地踢了一下他的小腿："你有点脑子吗？奶奶的？说是你的都比较靠谱。"

祝蔚杭一愣，弯腰摸腿，像是被踢蒙了，想了一会儿才恍然大悟道："楼下的？"

梁乐看他："我不知道。"

祝蔚杭的表情依旧难看，花了一会儿工夫才找回自己平时的镇定状态，先是差使梁乐把那东西从他床上拿走之后，又把床单卸了下来，准备拿去洗干净。

梁乐站在一旁看他矫揉造作，扯了扯嘴角："你真什么都不知道？"

祝蔚杭停下收拾的动作回头看她："我能干出这种事？只能是她自己偷偷放进来的。"

梁乐耸耸肩膀："谁知道呢？"她略带调侃意味的眼神落在祝蔚杭的身上，似乎半信半疑。

祝蔚杭被她这句话气得够呛，他直起身，扭头看她，盯了她几秒后走向她。

梁乐被他盯得不自在，收敛住轻蔑的表情，不自觉地往后退了一步，岂料祝蔚杭竟也跟着靠近了几步。

她只能又往后退，直到靠到他的书桌上，赤裸的小腿贴到冰凉的椅子腿。

祝蔚杭追着她继续往前，表情冷淡，梁乐几乎被压制得窒息，正想发作的时候，祝蔚杭在她的肩头上按了一下。

她没防备，一下跌坐下去，结结实实地坐在椅子上。

她愣了一秒才抬头瞪他："做什么？"

祝蔚杭居高临下地看着她，平时总是盛着慵懒风流的眸子此刻却十分严肃。

梁乐的心脏骤然缩紧，眼神晃得厉害，突然有一种被祝蔚杭死死拿捏的感觉，被他这么看着，她竟觉得呼吸都有些困难。

祝蔚杭伸手点了点她的额头，用的力气不大，却像是握住了她的命脉，她的脑袋因此往后仰了一下，后知后觉到一股愤怒，扒拉着他的手，骂他："有病吗？"

祝蔚杭盯着她摇摇头，很困惑的模样："我只是想知道你到底在想些什么。"

梁乐凭着胸中的那股怒气找回了气势："怎么了？在你房间里发现这种东西，你让我怎么想？"

祝蔚杭听到这话，从鼻尖哼出一声冷笑："我为什么要拿她内衣？"

梁乐转转眼睛，嘴硬道："说不定你喜欢她……"突然想到什么，她补充道，"那天你们两人不是在你房间里聊得很起劲吗？"

祝蔚杭皱眉回想："那天是她突然来找我，说什么知道我学习很好，她有一个妹妹，想让我教教她怎么学习。"

梁乐闻言嘟囔："教我都教不好，哪里教得会别人？"

祝蔚杭惊讶于她的思维竟短时间发散至此，却也跟着说下去："那是你笨。"

梁乐莫名其妙又被骂了，自然火大，嘴里冒出恶狠狠的词语："那你房间里有人家女孩子的内衣，你算什么？变态！"

祝蔚杭似乎被她说出的最后两个字骂蒙了，愣了一瞬才反应过来，眼底燃起火来，冷着声音说："我是变态？"

梁乐一点都不畏怯，将背挺得直直，也不后退了，直勾勾地看着他，甚至还点点头："不是吗？"

祝蔚杭没动静，僵在那里似乎在想要怎么反驳她，大脑风暴一阵后，他的嘴角微微上扬，缓缓地弯下腰，将右手压在桌子的边缘，就放在梁乐的身侧。

梁乐因为他突然的靠近，不自然地弯下挺直的腰背，鹌鹑一样蜷缩起身体，嘴却依旧聒噪："干什么啊？"

祝蔚杭离她很近，几乎就在她的头顶，梁乐一抬头就能看见他的下巴，于是只能再弯下腰，憋屈极了。她低头环抱着自己的双臂，不肯抬头看他，却在此刻不合时宜地觉得他身上的沐浴乳香气十分好闻。

她涣散的思绪因为祝蔚杭突然靠近的气息而重新聚集，突然意识到自己不需要这么恐惧，他敢靠这么近，她为什么要躲？

祝蔚杭疯了，她为什么要做个正常人？

在她做好决定正打算挺直腰板，撞他个下巴脱臼的时候，祝蔚杭开口了，刻意压低的声音就在她的耳边，激得她鸡皮疙瘩四起，于是她也只能将计划搁浅了。

他说："你胆子挺大啊。我是个偷藏人内衣的变态，你跟我独处一室不害怕吗？"

梁乐觉得自己的三观似乎碎掉了，祝蔚杭在发什么疯，还是在演什么戏？心脏依旧跳得很快，但她竟在祝蔚杭渐渐离谱的行为中找到了自己的勇气，他已经疯了，她现在处决他就是在替天行道。她千万不能被他压制住，于是她深吸一口气，缓缓地直起腰来。

祝蔚杭因为她的动作也慢慢直起身子。他还是残存一丝理智的，她在心中感叹。她抬头看他，咬牙切齿："你在发什么疯？"

祝蔚杭依旧离她很近，她发现他说的话很变态，表情却正常得很，冷漠又正经。

"你说呢？"祝蔚杭反问。他直起身子，两人又恢复正常距离。

梁乐回想了一下，摸清楚他发疯的原因，她明知道他不是这种人却还是故意将他说得不堪。

她并不是第一次这么做了，但这次似乎触到他的逆鳞了，所以他才会变成这副模样。她想了想，还是决定举白旗。这次争斗，她还是认输算了，否则不知道祝蔚杭还会不会继续发疯，她实在是承受不住这样的结果。

梁乐能屈能伸："好，我错了，不应该这么以小人之心度君子之腹，你才不是变态，也不是什么色狼。"

祝蔚杭似乎没想到她会就这样道歉，紧抿的嘴角松了些，表情却依旧严肃。

梁乐伸手推了推他的身体，让他往后退些："你靠我这么近，我会窒息。"

祝蔚杭往后退了好几步，给足了她呼吸的空间。

两人隔着两米对视了几秒。

梁乐想起什么，开口问他："桌上的东西是怎么回事？"

祝蔚杭猛地皱眉，眼神移到桌上，突然慌乱了一瞬，眼神闪烁，却不说话。

“早上没看见，难不成她刚才又进来了？”梁乐疑惑。

祝蔚杭沉吟了一会儿，只说：“你再随便进别人的房间，就跟她一样了。”

梁乐一愣，不知道为什么祝蔚杭又能从那个话题扯到这里，气急：“我跟她能一样？”

祝蔚杭：“怎么不一样？”

梁乐想了想，说不出个所以然来，于是反问：“你说呢？”

祝蔚杭瞥她一眼，没再说话。

梁乐被这么一打岔，便也忘了刚才说的那回事，压低声音：“你说她把内衣放你房里是想要做什么？”

祝蔚杭在床边坐下：“仙人跳吧。”

梁乐：“啊？”

祝蔚杭言简意赅地解释：“以此来敲诈勒索。”

梁乐一惊：“用这种方式？”

祝蔚杭：“社会本来就险恶，所以让你长点心。”

梁乐后怕，想起什么，又突然惊起：“他们回来的时候好像说找你有事。”

祝蔚杭皱皱眉毛：“这么急？”

梁乐：“我还是想不明白，你就一高中毕业生，哪里有钱给他们敲诈？真是仙人跳吗？”

祝蔚杭抬眼看她，提出自己的想法：“可能是因为我长得好看？”

虽然有些故意夸大的成分，但他也不是在开玩笑。他早就察觉到唐枚珍那种仰慕暧昧的眼神，又碍于她的情况不能明确拒绝，想着时间久了应该就会没事，却没想到她会做出这种事来。

虽然有些离谱，但除了仙人跳，他也想不出她为什么做出这种举动。

梁乐狠狠白他一眼：“我觉得是因为这个家里只有你一个男的，没办法挑。”

祝蔚杭哼哼两声，不再出声。

第五章

背叛

两人又商量了一会儿，决定主动出击。

他们不是说找祝蔚杭有事吗，与其在这儿等着两人，不如直接上门问他们有什么事。

祝蔚杭想要一个人下楼，梁乐却不肯，硬要跟着他一起去，问起原因，她说是担心他被两人给欺负了。

祝蔚杭站在情侣的房门口。

梁乐就跟在他身后，小心翼翼地探出个头：“敲门吧。”

祝蔚杭伸手将她的脑袋又推了回去，伸出手正准备敲门的时候，原本寂静的房间中却突然传来了声音，而且声音很近，那对情侣似乎就在门的后面。

祝蔚杭和梁乐都是一愣，急急忙忙往后退了好几步。

下一秒，门的把手动了动，来不及思考，两人慌张地钻进对面的厕所里。

梁乐正打算关上厕所门，却被祝蔚杭制止住，直接将她推到门的后面。

梁乐还没反应过来就被挤到门和墙的中间了，下一瞬间，她右边手臂贴上了温热的身体，两人正以十分拘谨的姿势藏在厕所门后面。

梁乐想着上一次躲在门后面是什么时候，大概是小学的时候和祝蔚杭一起玩捉迷藏。

现在两人却一起躲在这里。她扭头看身边的人，祝蔚杭几乎是贴着墙站的，背部和瓷砖贴得严丝合缝，鬼鬼祟祟得像是就要被人发现的小偷。

“小偷”见她在看他，瞥了她一眼，无声地开口：“安静。”

梁乐撇撇嘴，不屑地扬起下巴，示意她知道现在要闭嘴。

她的心脏跳得厉害，恍然之间有一种自己在拍电影的感觉，还是那种动作大片。门外是心肠恶毒的坏蛋，她正掩藏在暗处，准备给坏蛋最重的一击，只是身边的伙伴似乎有些不靠谱。

她下意识地又乜他一眼。

祝蔚杭正好也在盯着她看，浴室里没开灯，梁乐却意外地能看清他的脸，他的眼睛很亮，有些紧张地抿着嘴。

她突然有些想笑，动了动手腕去碰他的手背。

他一愣，全身都僵住了，像是被踩了尾巴的老鼠。

梁乐觉得他这反应有趣，就又碰了碰，甚至用手指去挠他的手背，挑衅意味明显。

祝蔚杭像是忍无可忍了，深呼吸一下后，倏然将手翻了过来，将她胡乱动的手完全裹住，让她没法再动。

手被包裹着的那一刹那，梁乐的心脏一停，甚至有种想要大叫的冲动，硬生生忍住之后，她挣扎着想要逃脱开，却被祝蔚杭紧紧抓住。她瞪他，他也看她。她用头撞他，他用肩膀顶住她的攻击。她骂他有病，他说“安静”。

门外传来动静，情侣似乎正从屋里出来。两人听到门咯吱一声，然后便是情侣二人说话的声音。

吴诚海低声问唐枚珍：“东西确定放了？”

唐枚珍：“放了，就放在他床上，他好像回来好一会儿了，我现在上去差不多。”

很明显，这东西就是那件肉色内衣。

梁乐抬眼看祝蔚杭，见他眉头紧蹙，心思也跟着沉重了起来，手指不自在地动了动，正好在他的手心里蹭了一下。祝蔚杭看她一眼，把她的手抓得更紧了。

梁乐此刻没心情跟他计较这种小事，只是屏息听着门外的动静。

吴诚海推着唐枚珍上楼：“你先勾一勾他，要是成了，再问他介不介意加个人。男人这种时候都很兴奋，一般不会拒绝，我就在门口等着，等到你们差不多的时候，我再进去。”

唐枚珍迟疑了一瞬：“他会同意吗？”

吴诚海笑了一声：“他能不同意？”

唐枚珍不再说话，之后便传来上楼的声音。

梁乐的三观在短短的时间内又崩了一次。此刻的她比刚才震惊十倍，心脏几乎要从嗓子眼里跳出来，五官都不由自主地皱在了一起，想起吴诚海说的那些话，她便生理性厌恶，无言地抬眼看祝蔚杭。

他似乎也被吓到了，眼里是难以置信的神情。

梁乐扯了扯嘴角，不知该说些什么。

黑暗中，两人的心跳都很快，周围的空气也跟着升温。梁乐察觉到此刻的暧昧，不大自然地挣了挣自己的手，祝蔚杭这回倒是没再握着。她抽出自己的手，后知后觉手心手背都有些潮意。

手心是自己流的汗，手背是祝蔚杭的。

她突然觉得脸热，低头调整呼吸，刚才被握住的手指下意识地在自己的手心里抠了抠，掌心里泛起酥麻的感觉。

吴诚海在唐枚珍上楼后就进了房间，似乎要准备什么。他关上门的那一瞬间，祝蔚杭和梁乐便从门后逃脱，不敢往楼上跑，两人蹑手蹑脚地下了楼。

奶奶早就睡了，一楼的灯也都没开。

梁乐一头钻进储物间里，等祝蔚杭跟进来后，她急忙关了门，顺便上了锁。

梁乐啪的一下将灯打开，又将窗帘都拉上后，才看向身后的祝蔚杭，问："他们这是仙人跳吗？"

祝蔚杭眉头紧蹙，沉吟了一会儿才迟疑道："不是……好像是一种特殊的癖好。"

梁乐满头问号："什么？"

祝蔚杭想了想，为了让她更好理解，解释道："大概是绿……就是希望女朋友给她戴绿帽这种。"似乎也觉得难以启齿，祝蔚杭的声音渐渐变小，"可能是觉得刺激？"

梁乐第一次听说这种癖好，但根据刚才情侣两人的对话，这个猜想似乎已经板上钉钉："长见识了。"

她又问："他们这是盯上你了？"

祝蔚杭似乎也觉得烦恼棘手，闷闷地应了一声。

梁乐想了一会儿，兀自上前拍拍他的肩膀："如果只是看中你的身体，其实也不是很难办。"

祝蔚杭抬起眼皮看了她一眼："嗯？"

梁乐轻飘飘地说："你不要被勾引不就好了，他们总不可能给你下药吧？"下一秒，她突然又瞪大眼睛，"你不会被勾引吧？"说完她眼神又立刻转为鄙夷，落在祝蔚杭的脸上。

祝蔚杭拍开她的手腕，梁乐吃痛收回。

祝蔚杭淡淡地开口：“我苦恼的是怎么把他们赶出这里，而不是你想的这些乱七八糟的东西。”

梁乐捂着自己被他打红的手腕，低头搓了搓：“怎么就乱七八糟了？你刚才没听见吴诚海说的吗？男人都是一样的，是不会拒绝的。”

祝蔚杭哼了一声，将她的手腕抬起，对着灯光看了看，确定她只是在无病呻吟后才松手。

在看到祝蔚杭抓着她手腕的那 瞬间，梁乐突然回想起刚才两人在厕所门后牵手的场景，耳根有些发烫。

她气鼓鼓地收回手，红着脸狠狠地打了他一下，这才消气。

祝蔚杭皱皱眉头，捂着肩膀龇牙咧嘴。

梁乐可不信他被打痛了，在对方面前，两人都是演技优异的演员。

祝蔚杭见她不信，便不再演戏，直起身子盯着她看，轻声说：“他在胡说。”

梁乐问：“那你说概率有多大？”

祝蔚杭这一下倒是被问住了：“我不知道，正常男人都不会这样。”说完他又哑声骂了句，“疯子……”

梁乐眨了眨眼，又压抑不住调侃祝蔚杭的天性，皱眉问他：“你有这种倾向吗？”

祝蔚杭似乎觉得可笑，盯着她微微勾唇，说出来的话却一点都不友好：“你有病吗？”

梁乐“喊”了一声，随口说道：“哦，那这样做你女朋友还算安全。”

祝蔚杭并没有立刻回答她，只是依旧盯着她，但此刻他眼里的神情柔软了许多，过了几秒后，他才点点头：“嗯，很安全。”

梁乐扯扯嘴角：“拉倒吧。”她摆摆手让他闭嘴。

两人结束了毫无营养的话题后，转入正题，梁乐问祝蔚杭：“你要怎么赶他们出去？”

她一筹莫展的模样看得祝蔚杭有些想要发笑，担心又惹到她，于是他努力忍住。

梁乐此刻烦恼至极，反看祝蔚杭，他现在是一副无所谓的样子，可是刚才的慌乱神情肯定不是装出来的。可要说他紧张，此刻的他却悠闲地拉开窗帘，看了看窗外的月亮，惬意得很。

虽然祝蔚杭总是这般气定神闲，做什么都稳当可靠，可梁乐还是觉得心里毛毛的，于是她蹭到他身边，又问了一遍：“你想怎么解决？”

祝蔚杭并不说话，垂眸看她一眼：“时间不早了，去睡觉吧。他们在楼上找不到我们，应该已经回去了。”

梁乐见他一副神神道道的模样，更加着急：“我是问你怎么解决，我可不想跟他们住在一栋房子里。”

祝蔚杭又打算抬头看月亮，被梁乐一把摁下后脑勺，只能被迫盯着她看。

梁乐：“你再用这副鬼样子装蒜，我就把你——”她狠狠地抹了一把他的脖子。

她一眼就看出他是在故弄玄虚，可恨自己只能被他这么耍着玩，于是恼羞成怒，决定用暴力解决所有问题。

祝蔚杭见她一副着急的模样，终于忍不住笑开：“这么紧张？”

梁乐：“你不紧张？”

祝蔚杭：“嗯。”

最终，在梁乐的注视下，他耸耸肩膀，说：“其实很简单，只要跟我爸说一声，他会解决的。”

梁乐有种恍然大悟的感觉，却还是下意识地皱眉：“这事要跟你爸说？叔叔能接受？”

祝蔚杭：“就是因为接受不了才能让他们赶紧走。”

梁乐：“叔叔真的会管这事？你不是在跟叔叔吵架吗？他会信你吗？”

“他在乎的不是我，是奶奶。”祝蔚杭笑笑，嫌她笨一样推了推她的额头。

梁乐直接在他的手臂上打了一下，啪的一声，倒是打得很响。

两人又打闹了一会儿才消停下来……

时间已经不早了，两人上楼的时候依旧蹑手蹑脚。

已经到了三楼，两人的房门都紧闭着。梁乐又有一种在拍恐怖片的错觉，压低声音：“她会不会在你房里啊？”

祝蔚杭沉默半晌，幽幽地道：“有可能。”

梁乐汗毛都立起，站在原地想了一会儿，撞了撞他的身体，大发慈悲地提议：“不然你今晚进我屋里凑合一晚？”

祝蔚杭一愣，表情都僵住了，盯着她看了几秒：“认真的？”

他是没想到梁乐居然会这么照顾他，耳朵在昏暗中发热变红。

梁乐快速地转开门把手，留下一句：“不要拉倒。”说完她就进了屋。祝蔚杭没有多想，直接跟进去。

下一秒，站在屋里的梁乐尖叫一声，祝蔚杭越过她的背影，看见了站在她屋里的吴诚海。

吴诚海看见两人很是惊讶，看了一眼站在前面的梁乐之后，又去看她身后的祝蔚杭。

祝蔚杭的眼神逐渐变沉，他往前走，将吓得失神的梁乐拉到身后。

他抓着她的手腕，握紧了，整个人都挡在她身前。

梁乐这才慢慢定住神，下意识地往他身上靠，察觉到手腕上祝蔚杭安慰般的抚摸，她重重地呼吸，让自己的心跳慢下来。

吴诚海微微驼背，躲避着他们的眼神，笑着说："你们去哪儿了，都不在，我想借点东西所以就自己进来了。"

回应他的是沉默。

祝蔚杭突然发觉自己还是低估了这对情侣，他们似乎不仅想要把他拖进去，甚至把目光放在了梁乐身上，这对他来说是绝对不能容忍的。

他问："借什么？"

吴诚海挠挠后脑勺："我女朋友……说是要借卫生巾。"

梁乐浑身直冒冷汗，还借卫生巾？距离上次唐枚珍找她借卫生巾还没过多久，这根本就是他随口胡扯的借口。

祝蔚杭扭头看她，问："你有吗？"

梁乐哑着声音说："没有。"她的声音都在颤抖。

祝蔚杭抬头看吴诚海："她说没有。"

吴诚海笑了一声，说："那我先走了。"

和他们擦肩而过的时候，吴诚海突然顿住。两人都僵住身体，梁乐的眸子都在发热，害怕吴诚海会做出什么疯狂的举动。

可吴诚海只是盯着祝蔚杭握在梁乐手腕上的手，问："你们俩……"

祝蔚杭反应很快，他的手顺着她的手腕往下，一下握住她的手。

梁乐一愣，却也下意识地握住他的手，抓紧了之后，她听见祝蔚杭的声音。

他说："情侣。"

梁乐在一秒前有预感他会这么说，可当他真的吐出这两个字的时候，她的心脏还是狠狠地颤了一下。从来没有这样的感受，可是这种战栗竟在她的心底里幻化成绵长的安全感。

后来她回想起此刻的情绪，似乎并不觉得生气，也没有觉得祝蔚杭是在乱来，甚至对他，她有了一种从未有过的感觉，在那一刻，她突然觉得祝蔚杭似乎已经长大了。

虽然所有人都说他比同龄人成熟稳重，但她一直都觉得喜欢跟她斗嘴打闹的祝蔚杭很幼稚，跟她并没有多大的区别。可在那时，她似乎在心底承认了他比她成熟稳重这个事实。

吴诚海表情僵住，却还是在短时间内恢复正常："这样啊，之前问你们总说不是。"

祝蔚杭淡淡地开口："不想让奶奶知道而已。"

吴诚海若有所思地点点头，没再说什么，直接出门了。

在吴诚海消失在两人面前的那刻，两人才松了口气。祝蔚杭立刻松开梁乐的手。

梁乐讪讪地收回自己的手，不自然地在身上擦了擦手汗。

两人沉默了一会儿，心照不宣地没再提祝蔚杭对吴诚海撒的谎。两人都知道是假的，但若是平时，梁乐此刻肯定会数落他一通，骂他癞蛤蟆想吃天鹅肉。可此刻她的思绪依旧混乱着，没有心思去揪着一个不痛不痒的谎发作。

梁乐惊魂未定地问："他是变态吧？"

祝蔚杭点点头，哑着嗓子说："可能想要拉你一起进来。"

梁乐觉得恶心极了，碎碎念道："那怎么办？"她慌乱得像是一只无头苍蝇。

祝蔚杭摁住她的肩头，让她冷静下来。

梁乐看向他，那种奇怪的安心感又莫名出现。

她在他眼眸中看清自己此刻慌乱的模样，尴尬得红了脸，稍稍清醒些后，她伸手反摁住祝蔚杭的肩头，动作有些别扭，但她的表情十分认真："你今晚不准走。"

祝蔚杭一愣，但此刻的情况不容许他有任何旖旎的想法，梁乐战战兢兢得如临大敌。

他只能在她的注视下点头："行，我晚上打地铺。"

祝蔚杭在她床边打的地铺。中途他去房间里拿床垫、被子和枕头，梁乐都不肯离他一步远，一定要让他在她的视线里才放心。

待两人都躺下后，梁乐心中的忧虑感才渐渐消失，这才有一种踏实的感觉。

祝蔚杭自躺下后就没再说过话，梁乐睁着眼睛却怎么都睡不着，脑子里都是今天发生的事，想想还是觉得奇妙又诡异，像是电视剧里的乌龙情节。

月亮不知道走了多远，她试探着出声："睡了没？"

过了好一会儿，祝蔚杭才动了动身体，哑声回答："我明天还要上班。"声音在空荡寂静的环境里显得格外清晰。

梁乐冷笑一声："这都什么时候了还想着上班，你就是这么管我和奶奶的？"她越讲越生气，索性翻了个身趴在床的边缘瞪他。但她夜间视力不是很好，只能勉强找到他身体的方向，却看不到他具体的方位。

祝蔚杭睁开眼睛，见她不知盯着何处看，无声地笑了笑，伸手把她的脑袋推回去："最近没吃维生素吗？"

梁乐听到他的动静，还没反应过来，脑袋便被往后推了推。她却也因此掌握了他的方位，一把抓住他的手，用力地掐了一下，才悠悠地翻了个身："没带过来。"

祝蔚杭没再说话。

梁乐跟他这么一闹，更是睡不着了，躺着发了会儿呆，还是喃喃道："我不理解。"

祝蔚杭闷闷地应："什么？"

梁乐其实也不是很想和祝蔚杭讨论这个问题，但身边实在是没人了，她斟酌了一会儿还是问了出来："他们这算是恋爱吗？共享这种行为……"

她其实并没有想得到什么认真的答案，岂料祝蔚杭却认真地回答她了。

他翻了个身，衣服和被子发出布料摩擦的声音。

他说："这是他们的一种癖好，在我看来不符合伦理道德，我不理解但是我管不到，但如果把主意打到我身上，我接受不了。"

梁乐沉默了一会儿，突然问他："你谈过恋爱没有啊？"她不是明知故问，是真的好奇。

虽然两人从小就待在一起，但见面就相看两厌，吵了两句就分道扬镳，也不能保证祝蔚杭没背着她偷偷和哪个女孩儿谈过恋爱。

梁乐听见祝蔚杭又动了动，等了一会儿却等不到他的答案，以为他是真谈了不敢说出口，便起了兴致，又翻到床沿追问他："你不会是谈了吧？什么时候啊？"

眼前还是黑乎乎一片，她莫名有些烦躁，伸手就要去摸灯的开关，在空中的手却被他抓住。

今天不知道是第几次被他握着手了，但此刻梁乐才有闲情逸致去认真感受。

祝蔚杭的手掌温热，几乎将她的整个手腕都圈住，等了一会儿，她甩开他的手，问："心虚得说不了话？"

祝蔚杭似是觉得无奈，叹了口气："没谈，没精力。"顿了顿，他又反问，"跟你吵架需要多少精力你知道吗？"

梁乐不知为何竟觉得松了一口气，可能是因为她总是在和祝蔚杭暗自较劲，她还是单身呢，他若是谈了，她就是输了。

和他的每一场战争，她都不想输。

梁乐躺回去："谁知道呢……看你平时读书也挺轻松，谁知道有没有抽空谈了个恋爱。"想起什么，她提高音调，"顾柔瑜最近怎么样了，跟你联系了吗？"

祝蔚杭似乎觉得不耐烦了，不想再讨论这个问题，低声说："可以睡了吗，乐姐？"

梁乐知道他明天还需要做一整天的苦力活，斟酌了片刻，大发慈悲地说："可以了，睡吧。明天也要努力工作，小杭。"

祝蔚杭笑了一声，之后便没再发出任何声音。

梁乐独自一人又思索一会儿才慢慢睡着。

第二天梁乐起得很晚，迷迷糊糊地从床上起身后看向床边，地上的被褥枕头已经被祝蔚杭收拾好了。

她走到祝蔚杭的房间，绕着房间看了一圈，已经找不到那件内衣了，不知是被唐枚珍收了，还是被祝蔚杭丢了。

她百无聊赖地在他的房间里晃了晃，走到桌子边，将他桌上的帽子扣到自己的脑袋上。嘴突然有些馋，想要摄取些糖分，不知道那条抹茶糖他吃完了没，她随手拉开他的抽屉。

见到熟悉的物件之后，她又吐出了同样的脏话。

梁乐将那个东西从抽屉里捻出来，确定是昨天看到的旧"朋友"后，她又将东西放回原处，关上抽屉。

下楼吃饭的时候，奶奶正好打算出门干活儿，看见梁乐下楼，奶奶招呼着她去吃饭："这都几点喽，赶紧去吃饭吧。"

梁乐乖巧地应下，快速解决完早饭后，出门去找许俏楠。

许俏楠觉得今天的梁乐有点反常。她虽然还是和平常一样大大咧咧，但许俏楠觉得她有心事，因为梁乐一来就跟她提议："我们去海边吧。"

许俏想起前段时间梁乐总是推托着不肯去，今天却不知为什么居然自己提出前往海边，但她还是一口答应，开了小电车，载着梁乐悠悠地往海边出发。

两人到海边的时候已经快下午，太阳正烈，海边并没有什么人。

梁乐摘下头盔，脱下自己的鞋，赤脚踩上绵密的沙滩，并没有所谓舒适的海风，烈阳当头，烤着海平面。她眯起眼，似乎能看见水蒸气慢慢生成的过程，空气都变得湿又咸。

许俏楠戴着帽子过来，皱了眉头："来得不是时候。"

梁乐盯着不远处粼粼的海面，悠悠地点头："好像是的。"郁闷的心情并未像想象中那般被大海治愈。

应该是来的时间不对，她这么告诉自己。

许俏楠被晒得受不了，拉了拉她的手臂，指着沙滩后的一间小房子："那里有一家卖饮料的。我们去喝一点东西吧？"

梁乐欣然答应。

饮品店不大，装修得也很粗糙，卖的饮料更是简单。

梁乐点了杯柠檬可乐，坐在会发出响声的木椅上，出神地看着远处的大海。

许俏楠移着椅子过来，也不说话，只是喝着汽水。

梁乐看到不远处一对依偎在一起的情侣，扭头问许俏楠："你谈过恋爱吗？”

许俏楠一愣，差点将嘴里的汽水喷出来，咳了咳才问：“怎么突然这么问？”

梁乐低头看着漂在汽水上的柠檬，闷闷地说：“随便问问。”

许俏楠看她一眼：“没谈过。”过了一会儿，她又磨磨蹭蹭地说，“但……差一点儿。”

梁乐快速扭头，盯着她问：“真的？”似乎是不相信。

许俏楠的两颊飘起红云：“骗你干吗！”

梁乐睁大眼睛：“什么意思？”

许俏楠：“就不能早恋也不想早恋。”

梁乐担心自己唐突的问题会戳到她的伤心处，见许俏楠神色无异后，才问：“现在呢？”

高考已经结束了，大家都已经是成年人了，许俏楠现在谈也不算是早恋了。

许俏楠：“没有想法了。而且，我发现我好像也不是很喜欢他。”

梁乐似懂非懂地点点头。两人莫名地沉默了一会儿。许俏楠是在回忆过去，梁乐则是在想一些更深层次的问题。

许俏楠听到梁乐问她：“如果……一个男的房间里有避孕套，代表什么？”

许俏楠怔愣片刻，急忙摇头：“我连男生的手都没牵过。”

梁乐因为她这副慌张的模样而笑开：“我知道！我只是问问你而已，你说说是为什么？”

许俏楠这才恢复冷静，思忖了一会儿：“代表……他需要用啊。”

梁乐猛地拍了一下桌子：“我也这么想！”可下一秒，她雄赳赳的模样就蔫了，她无意识地弯腰，低声喃喃，“我就知道……男人都是一个模样。”

“怎么了？”许俏楠问。

梁乐抬起头，一口气将汽水吸到底，待吸管发出吱吱的声音，她才摇头：“没事，我只是随便问问。”

许俏楠见她不肯多说，便也没多问。

等两人回去的时候，太阳已经快下山。

梁乐坐在许俏楠的车后座时，依旧思考着要怎么处理这件事。她想起昨天问起祝蔚杭避孕套的事，他似乎没有正面回答她，原来是被她抓了个正着。

祝蔚杭有避孕套这件事对她来说是在意料之外的。作为他十几年的对手，在她的印象中，祝蔚杭在任何方面跟她都是一个水平的。她在这方面还很陌生，而他似乎已经进展飞跃了，她突然有一种自己被抛下的感觉。

她似乎被祝蔚杭背叛了，昨天他还说自己没谈恋爱，今天就被她发现了证据。

一阵阵风吹过梁乐的脸颊，她冷静了一些，又想了好一会儿，意识到自己并不能要求祝蔚杭永远和她在一个水平。大家都已经成年了，他甚至因为工作已经往成熟的方向迈了一大步，她却还停在原地。

这么安慰着自己，她虽然觉得好受了些，却还是在心里埋怨他骗她。但再转念想想，如果是自己的话，大概也是不会告诉对方这种事的，毕竟他们不是无话不说的朋友，而是争吵了十几年的对手。

祝蔚杭到家的时候并没看到梁乐的身影，问了奶奶，才知道她去找许俏楠了。

他刚坐下，梁乐就从屋外进来了，风尘仆仆的模样，却装作没看见他。祝蔚杭只当她又在幼稚地闹别扭，从口袋里掏出今天刚买的维生素，拿到她面前。

梁乐瞥了一眼，抬眼盯着祝蔚杭的脸看了一会儿，似乎在斟酌着些什么。

祝蔚杭不知道她在想什么，只知道她好像做了什么决定，接过他手里的维生素，轻快地说："谢谢啦。"

祝蔚杭一愣，没想到她会如此乖巧地说出这样的话，曾以为她又要恶意揣测一番他的用意，可她没有。但他对于她这种反应是求之不得的，于是没有多说，叮嘱了一句"记得吃"后便坐在餐桌边低头吃饭。

梁乐拉开他身边的椅子，也乖乖地低头吃饭。

吃到一半，院子里传来声响，应该是那对情侣回来了。

梁乐下意识地身子发僵，吃饭的动作都停住，直直地看向门口，没几秒又慌忙撤回眼神，低头躲避着。

祝蔚杭倒是没躲，甚至在他们进来的时候和他们对视了几秒。

今天那对情侣没再和他们打招呼。

听到情侣上楼的声音后，梁乐紧绷的情绪这才松了些，耳边传来拉开椅子的声音，她抬头一看，祝蔚杭起身了。

她还没来得及问他去哪儿，就见他抬脚往楼上走。

过了十几分钟后他才下楼，梁乐用眼神巡视他的全身，确定他没受伤之后才着急地问他："你去哪里了？找他们去了？"

祝蔚杭："已经解决了，他们明天就会搬走。"

梁乐："就解决了？祝叔叔出马了？"

祝蔚杭点点头，敲了敲她的碗："赶紧吃吧。"

梁乐的心头大患终于消失，觉得饭都似乎变好吃了，埋头的时候又听见祝蔚杭说："我明天请假，要不要去海边？"

祝蔚杭其实一直都记得梁乐来这里的初衷，很想和她一起去看看海。可他回到家里的时候已经十分疲惫，根本没精力去陪她。这几日两人被那对情侣闹得心慌，他好不容易才请到假，准备和梁乐一起去海边散散心放松一下。

梁乐动作一顿，掀起眼皮，用圆溜溜的眼睛盯着他：“不去。”

祝蔚杭皱眉。

梁乐抬起头，拿筷子在碗边敲了敲：“我今天去了，没什么好玩的，不想再去了。”

祝蔚杭问：“去了，怎么不等我一起？”

梁乐心头像是被点上了一把火，语气尖锐起来：“你每天都要上班，我怎么等？之前等了那么久都等不来你。”

情绪来得汹涌，她到此刻才承认，祝蔚杭在她心中其实占了很大的分量，之前许俏楠喊她去的时候，她都想着要等祝蔚杭，所以才一次次地拒绝。

她真的等了他许久，等着他和她一起前往她最向往的地方，就像期待已久的礼物要和最好的朋友一起打开一样。可她真的等了许久，终于在今天等不住了，想要借大海来治愈情绪，却似乎没有什么用。

最期待看重的东西原来也不过如此，梁乐现在有这般感受。

第六章

不甘示弱

祝蔚杭知道梁乐是真的生气了，没再说话，眼底却染上慌张。他没想到他这么一句话就能惹怒她，但转念一想，他的确只顾着自己，忙了许久将她一人丢在家里。虽说一开始他便没把她放在自己的暑假计划里，但她来了，他便需要调整，要将她照顾保护好。

梁乐在沉默中意识到自己的失态，冷静下来之后，便觉得其实他也是情有可原的。他每天都要工作，回来的时候累得眼里都失去了光芒，她怎么能要求他再陪自己去海边？

她反省自己是有点无理取闹了，胸口堵着的那股气逐渐消散，却还是觉得别扭。挺起的腰杆慢慢弯下，她低头挖了两口饭："吃完了。"说完她就上楼了，拖鞋踩得啪嗒啪嗒直响。

祝蔚杭盯着她的背影看，直到她的身影消失在眼前，他颓丧地低下头。

祝奶奶这时才从门外进来，见梁乐不见了，有些奇怪地问："梁乐吃完啦？"

祝蔚杭点点头，站起身，将自己和梁乐的碗一起收拾完了才上楼。经过二楼的时候，他想起刚才和吴诚海的对话。

他直截了当地同吴诚海说：“我没兴趣跟你们玩那个游戏，你们也别打梁乐的主意。现在因为没对我们造成任何损害，我们便不追究，但是请你们明天就搬出去，否则我会联系我的父亲立刻报警。”看见吴诚海眼里的堂皇之后，祝蔚杭才清晰地意识到这对情侣并不像他想象中的那么可怕，他们似乎真的只是想要追求刺激罢了。

吴诚海慌乱地答应下来：“我们明天就搬走。”

祝蔚杭便没再多说。

回到三楼，他发现梁乐似乎已经洗完澡了，关着门不打算再出来的模样。他在她门口站了一会儿，手指在门上叩了几下，意料之中并没有得到任何回复。

洗过澡之后，祝蔚杭回到房间里，时间已是深夜，他正在床上辗转反侧，想着自己是哪里激怒了梁乐，难道真的只是因为没带她去看海？可是以他对她的了解，她应该不会因此而生气，或许有其他的原因，可他想了许久都摸不到线索。

终于，答案自己跑到了他的面前。

寂静的夜里，门被叩响。祝蔚杭从床上跳起，因为太着急鞋都没穿就去开门，打开门便看到穿着睡衣的梁乐站在他面前，甚至抱着枕头和被子，一副逃难流浪的落魄模样。可她的表情一点都不难堪，冷淡又平静，并没有露出一点不好意思的情绪。

祝蔚杭愣了片刻，回过神后问她：“怎么了？”

梁乐直接往他屋里走：“不敢一个人睡。”

祝蔚杭下意识地给她让了一条道。

顺利进到屋里后，她将枕头和被子往床上一扔：“昨天你睡我那儿，今天我睡你这儿，公平吧？”说完她还露出一个笑容，假惺惺的，皮笑肉不笑。

祝蔚杭只觉得松了一口气，这么看来，梁乐已经不生气了。于是他嘴上便没再攻击她，只哼哼两声，指指地板：“睡那里吧。”

梁乐哪里能听他的，三下五除二就把他的被子和枕头收拾好，贴心地帮他在地上铺好了床：“这是你的位置。”

祝蔚杭又气又好笑，无奈地说：“这是我房间。”

梁乐点头：“那我去跟奶奶告状。”说着她就要往外走。

祝蔚杭眼明手快地拉住她的后领口，勒着她不让她走，见她停住了才松手。

她扭头看他，祝蔚杭指了指床：“您睡吧。”

梁乐响亮地应了声：“谢谢。”

祝蔚杭觉得今晚的梁乐怪怪的，不只表情，连行为都有些奇怪。她不睡觉，却在他的屋里转来转去，碰碰那个帽子，翻翻这本书，看看他的衣柜，最后走到他的书桌前，哗的一下拉开他的抽屉。

祝蔚杭还没来得及制止，她就已经将他藏的东西从抽屉里拿了出来。

祝蔚杭僵在原地，下一秒就在脑中快速想着可以用来解释的原因。想到之后，他失措地去看她的表情，出乎意料，并没有看到嫌恶讨厌之类的神色。

她的眼底是揶揄，似乎是对此感到熟悉。熟练地转了转它之后，她低头将它放回抽屉里，然后走到祝蔚杭面前。

祝蔚杭依旧没有动，刚想说些什么话来解释的时候，梁乐拍了拍他的肩膀，语重心长地交代：“嗯，会做安全措施已经很好了。”

祝蔚杭闻言彻底愣住，疑惑了一瞬后，他甩开她的手，低声说：“有病。”

梁乐瞪大眼睛：“我夸你，你也能骂我？”

祝蔚杭盯着梁乐看，似乎想要透过她的表情看到她的真实想法，却是徒劳，她没有露出一点马脚，似乎真的对此毫不在意。

可这在祝蔚杭的认知中是不可能的，她不可能对此一点反应都没有。她应该大发脾气，狠狠地骂他恶心，然后再跟他冷战好几天，说不定两人直到最后都无法和好。

祝蔚杭了解她，梁乐总是觉得他和她没什么两样，不论是思想或者其他方面，也是因此，他才能和她接轨上。他在她面前幼稚又天真，在她背后他早就往前走了好几步。他不想让她觉得两人有差别，所以他总是在调整，面对她时是一个高中生的模样，在他人面前便成熟稳重许多。她喜欢斗嘴，他就陪着她吵。

所以他不知道此刻的梁乐是怎么了，莫名觉得慌张起来。他甚至想，梁乐跟他大发一场脾气都比现在这副模样好一些。

梁乐问他："你在厂里交女朋友了？"

他现在的生活轨迹只有两个地方，一个在家里，一个在工厂。家里肯定没有和他一起用这东西的人，那这人一定在工厂里。

岂料祝蔚杭竟否认了："没有。"

没有女朋友？那就是……

梁乐努力控制自己不露出一点嫌恶的表情，猜测他在撒谎，反正这也不是他第一次骗她了。她没第一次生气，心却比第一次更凉了，撇撇嘴不再说什么。

祝蔚杭见她不再追问，思绪更是混乱，根本不知道要怎么解释。

梁乐直接爬上床，一副准备睡了的模样。

祝蔚杭无声地叹了一口气，最后什么都没说，躺在她给他铺好的"床铺"上。

两人都没说话，时间在昏暗中一点一滴地溜走。

梁乐突然在黑暗里又开口："你是不是谈恋爱了？"她还是忍不住问，明知祝蔚杭不老实说出答案，她还是想问。

果然，祝蔚杭还是否认："没有。"

梁乐终于受不了了，起身盯着他，撕破脸问："没有女朋友你买什么避孕套，别骗我了，或者你还有别的需求？"她说出来的话一点儿都不掩饰，平时不会跟他讨论这些事，此刻这些话却像是自己蹦出来一样，她一点儿都控制不住。

祝蔚杭察觉到她的怒意，被她这么一逼问，他反倒觉得好受多了，语气都轻盈了一些："反正我没有女朋友。"

梁乐："那你有性伴侣了？"她故意说得文明一些。

祝蔚杭敲了敲床板，意思是让她小心点说话："你觉得你跟我讨论这些合适吗？"

梁乐："怎么不合适？你都藏避孕套了，我问问怎么了？"

祝蔚杭无奈："这不是我的。"

梁乐低骂："撒谎精……"之前她也以为是唐枚珍放的，可今天又在他的抽屉里看到，结合他那副慌张的神情，肯定是他的没得跑。

祝蔚杭说："真不是我的，是刘宥的。"

梁乐见他把刘宥搬了出来，更加生气，反问："不是你的，你藏着做什么？"

祝蔚杭被这么一问倒是解释不出来了，他也说不清楚他那一刻在想什么，竟然就把它藏进抽屉里了。

梁乐见他不回答，恨恨地踢了踢被子："就是你的吧，说不出话来狡辩了？"

祝蔚杭只是重复道："我没有乱来，这避孕套也不是我的。"

梁乐见他说不出理由，气得头昏脑涨，却拿他一点办法都没有，只能愤懑地躺在床上生闷气。突然想起乳腺医生对她的嘱咐，担心自己的病情又复发，她恨不得下床将祝蔚杭胖揍一顿。

梁乐发现两人已经有了很大的变化。她清晰地意识到祝蔚杭已经不是她记忆中那个热爱运动、爱打游戏及爱和她斗嘴的学生了。除了依旧喜欢和她斗嘴，他已经蜕变成一个有些成熟的小大人了。他开始工作，独当一面地解决了那对情侣，甚至在男女方面也有了重大的进展。

除了在心中为他开心，梁乐还是难以抵抗那如洪流般袭来的忧伤。她忧的是自己还停在原地，伤的是他已经离她越来越远了。

但还好，祝蔚杭还肯同她拌嘴吵架，不然她该无聊死了。

祝蔚杭一起床就听见楼下哐哐当当的声音，下楼正好撞见情侣提着东西准备离开。

祝蔚杭淡淡地问了一句："要走了？"

吴诚海尴尬地笑笑："嗯。"

祝蔚杭跟着他们下楼，看着他们和奶奶告别后真正离开了，这才放下心来。

奶奶觉得奇怪，问祝蔚杭："他们怎么就搬走了？"

祝蔚杭摇摇头："可能是因为工作变动？前几天他们就有跟我提起这件事，应该已经跟爸说好了。"

祝奶奶这才没说什么，嘟囔了一句："怎么莫名其妙就搬走了。"

祝蔚杭并不打算继续解释，笑笑就当这件事过去了。

他约了刘宥，见了面先将刘宥骂了一顿。

刘宥得知事情原委后，耸耸肩膀："你自己不藏好，被人发现了我能怎么办？"

祝蔚杭："谁让你放我身上的？"

刘宥笑，嘴角的伤疤扬起："你扔掉不就好了，自己藏起来，藏不好被发现了还来怪我？"

祝蔚杭隐秘的想法一下被戳穿，不说话了。

刘宥一副就知道会如此的样子："你的进度真的太慢了。"

祝蔚杭睨他一眼，低声说："情况不一样。"

刘宥问："有机会吗？"

祝蔚杭认真地思考了一会儿："悬。"

刘宥拍了拍他的肩膀："路漫漫其修远兮。"

祝蔚杭听此调侃笑道："你还会背课文呢？"

刘宥打了他两下，问起正事："你今天请假了，还喊我来干吗？不用陪她吗？"

祝蔚杭抬头看了看挂在天空的烈日，薅了一把自己的头发："天气太热了，头发也长了，奶奶总是催我去剪头发。"

刘宥让他上车："行，哥带你去剪个潇洒的发型。"

梁乐下楼的时候发现二楼已经空了，问了奶奶，得知情侣一大早就搬出去后松了一大口气。她又随口问起祝蔚杭去哪儿了，得知他一早就出门了，她便开始惴惴不安。

他明明说今天请假了，为什么又在一大早出门？可能是去找人了？找女朋友去了？

找就找了吧，她还能拦着不成？

她一边焦虑一边安慰自己，一直到下午的时候，祝蔚杭才回来，是刘宥载他回来的。她一听到院子里的声音，便从椅子上站了起来，待祝蔚杭从外面走进来，她差点认不出他来——祝蔚杭剪了头发。

不，准确来说，他是剃了头，虽然还留了几厘米，但比起以前，他的头发长度还是减少了许多，气质也因此大变样。

梁乐对此的形容是从乖乖高中生变成站在村口吊儿郎当的混混，再通俗一点就是和刘宥越来越像了。

祝奶奶也因此被吓了一跳，问他怎么剪得这么短。

祝蔚杭神色淡淡，看向在他身后摸后脑勺的刘宥：“奶奶，你问他。”

刘宥笑得乖巧：“我介绍他去那家店里，哪知道那个老板以为他要跟我一样的发型，直接就下手从中间推下去，自然只能都剃掉了。”其实他是故意的，在私底下交代了老板给祝蔚杭剃个寸头。寸头比短发好打理多了，而且天气这么热，剃个寸头比较适合干活，他这都是为了祝蔚杭好。

祝奶奶便没再多说什么，见孙子神色不好，安慰道：“没事，还是很俊。”说完她还问了梁乐，“是吧？”

梁乐突然被问到，自然只能干笑着点头：“嗯……”

祝蔚杭看向她，问：“真的？”

梁乐刚想否认，便看见奶奶一脸笑意地望着她，话到嘴边又换了：“嗯，帅的帅的。”

祝蔚杭这才笑出来。

在一旁的刘宥见此，扯了扯嘴角，觉得好笑。他在想为什么两人会这么幼稚？他又一下子明白了祝蔚杭进度慢的原因，这么暗戳戳的，猴年马月才能追到梁乐？他却只能看着两人磨磨唧唧，自己在一边干着急。

下午祝蔚杭和梁乐帮着祝奶奶干了些活，又一起准备了晚饭。吃了晚饭后，他们又陪着奶奶看了好一会儿的电视剧。

天渐渐黑下来，一天也就这么过去了。

奶奶回到屋里休息后，两人又在客厅看了一会儿电视。

梁乐总是忍不住朝他圆溜溜的脑袋看过去。

祝蔚杭发现了就会瞥她一眼，然后问她看什么。

梁乐说："看卤蛋。"

祝蔚杭气得说不出话，转了视线看电视。

梁乐笑得合不拢嘴。

打闹一阵后，两人一起上楼。

两人在各自的房间门口分道扬镳。

祝蔚杭先进了房间，待他把门关上后，梁乐盯着自己紧闭的房门看了许久。

祝蔚杭从衣柜里拿了衣服准备换，身上的这件脱到一半的时候，门突然被推开，梁乐站在门口。

她看见他将衣服脱了一半，五官瞬间皱在一起，嫌弃地闭上眼睛，问他："耍什么流氓。"

祝蔚杭一愣，将身上的衣服拉好："谁耍流氓？这是我房间，我在我房间换衣服，有什么问题？"

梁乐并不想跟他讲道理："换好了？"

祝蔚杭走到她面前，问："又有什么事？"

梁乐睁眼，发现他已经离她很近了，抿抿唇，她说："你先去我房间巡查一下有没有什么问题，没有我再进去。"

她就是被吴诚海吓到有心理阴影了，刚在门口站了许久都不敢开门，脑中不断幻想一些很可怕的画面。万一吴诚海没走，躲在她房间里，等她一进去就出现可怎么办？

祝蔚杭知道她是在恐惧，没了打趣她的心情，认真地说："他们已经搬走了，不会再出现了。"

梁乐皱皱眉头："你去看看吧。"以为他是故意不肯，她补充道，

“你不去我就下楼跟奶奶挤一床。”颇有威胁的意思。

祝蔚杭盯着她看了一会儿，转身指了指自己的床：“睡我这儿。”

梁乐一愣，想了片刻，忽略掉突然加速的心跳，抬头看他：“不合适吧？”

祝蔚杭：“怎么？”

梁乐眨眨眼睛：“就那个啊。”祝蔚杭不肯承认他有女朋友，所以她故意说得含糊，眼神胡乱飘在空中。

祝蔚杭反应了片刻，翻了个白眼，下一秒，他伸手轻轻抓住她的后脖颈，把她拉进来。

梁乐意识到自己此刻像只小鸡一样被他拎进屋，恼羞成怒正要挣扎的时候，听见祝蔚杭说：“我没女朋友。”

可梁乐早就不信他说的话了，她挣脱开他的手，瞪他：“我无所谓哟，是你把我拉进来的，到时候可别指望我给你解释。”说完她一屁股坐到他的床上，俨然一副房间主人的模样。

跟祝蔚杭睡一间，她自然是愿意。

虽然跟他不对付，但他睡觉时安静，不会打扰到她，还能让她十分有安全感，她当然求之不得。

如果是以前，她早就拿着被子枕头入驻他的房间了。

只是祝蔚杭现在已经跟以前不一样了，她需要顾虑着他的“女朋友”，所以退而求其次，只想让他帮她检查检查房间，可刚才是他把她拉进来的。

她很体贴地替他考虑，可他并不在意，那就不关她的事了，反正她问心无愧。

已经很晚了，梁乐洗了个澡后就躺进了被窝，一躺下便睡着了。许是睡之前喝了太多的水，睡到半夜她突然有了尿意，迷迷糊糊地睁开眼睛，发现屋内一片昏暗，伸手想去开灯。她按着习惯去摸索开关，却忘了这里不是她的房间，瞎折腾一通却依旧没把灯打开。

可尿意实在汹涌，于是她直接摸黑下床。

脚落地的一瞬间，她彻底清醒了，发出一声短促的尖叫，伴着祝蔚杭的闷哼。

梁乐缩回自己的脚，低头骂他："有病啊！"

祝蔚杭似乎被骂蒙了，并没有反应过来，过了一秒才哑着声音开口："谁有病？"

梁乐："你！为什么摸我的脚？"

祝蔚杭腾的一下从地上起身，伸手将灯打开，房间顷刻之间明亮起来。

梁乐皱了皱眉，适应了亮光，骂他："变态？"

祝蔚杭似乎是觉得无语，气急反倒笑出来，盯着她："你刚才踩的那一下，我都没骂你变态呢！"

梁乐问："踩你哪里了？"她是真的不知道刚才踩在哪里了，只是感觉到脚下的触感不像是地板，发蒙的那个瞬间便被摸了脚，所以才气急败坏地骂他。

祝蔚杭似是觉得无语，低头并不想说话，沉默了一会儿，他抬头问她："你大半夜做什么要下床？"

梁乐眨眨眼睛："上厕所。"

祝蔚杭："起夜啊？"

梁乐踢了踢他："你才起夜！"骂完她穿了拖鞋出门上厕所。

回来的时候，祝蔚杭已经重新躺下了。

梁乐经过他身边的时候随口问了一句："刚才踩你哪儿了？"

祝蔚杭一下睁开眼睛，眼里藏着血丝。

他盯着梁乐看，似乎想看出她到底在想什么。过了没多久，像是觉得徒劳，所以他又重重地闭上眼睛。

梁乐坐在床边觉得奇怪，嘟囔：“问又不说，就知道胡乱发脾气。”

祝蔚杭又腾地坐起来，疲累的眼睛里闪着光。

梁乐吓了一跳，身体都往后缩了缩。

祝蔚杭沉默地盯着她看。

梁乐问：“干吗？”

祝蔚杭启唇：“你到底想做什么？”

梁乐一愣，心想自己也没想做什么啊，她就是见他刚才反应那么大，怕自己真把他踩伤了。可他话也只说一半，所以她就多问了几遍。

她说：“怕真把你踩出毛病来了。”

祝蔚杭见她神色无异，发觉又自作多情了，二话不说就又躺下了。可心跳依旧有些失控，他恼羞地翻了个身，背对着她，低声说：“嗯，祝家差点因为你断后。”

梁乐斟酌了一番他的意思，反应过来后，猛地将床上的枕头砸到他的脑袋上。

祝蔚杭结结实实地挨了这一下，整个人都傻了。他扭头看她，发现她涨红了脸。

祝蔚杭无辜极了，将枕头扔回去给她：“我让你踩的？我才是受害者。”

梁乐：“谁让你说出来的，自己知道不就好了？”

祝蔚杭：“谁刚才一直问的？”

梁乐：“那是因为我不知道啊！要是知道我踩的是哪里，我怎么可能会问？”

祝蔚杭沉默。

两人吵吵闹闹，直到后半夜才消停，没了力气一样，各自躺好用力呼吸。

祝蔚杭被这么一闹是睡不着了，胸口里翻涌着一股春潮般的情绪，大脑也处于亢奋的状态，突然有一种把所有想法都告诉她的冲动。

睡在床上的梁乐没再发出声音，似乎是睡了。

祝蔚杭斟酌片刻，还是开口："睡了没？聊聊。"

梁乐在床上翻了个大白眼，敢情刚才闹了那么久不是聊啊？她真的疲乏了，于是不打算再理他。

祝蔚杭不知她睡了没，担心她故意不理他，补充了一句："聊女朋友的事。"他知道她对这感兴趣，如果醒着肯定会答应他。

可床上的人还是毫无动静，他猜测她是睡了，便不再说话。

可床上的梁乐睁开眼睛，忽然觉得有些疲累。

虽然她总是问他女朋友的事，但当他主动提出要告诉她的时候，她的心里并不是滋味，许多情绪交织在一起，她辨别不出来到底是什么，只是觉得胸口闷闷的，于是只是沉默。

寂静的深夜是孕育坏情绪的温床。

梁乐躺了好久才睡着，又做了一个梦，她在梦里气得跳脚，醒来的时候发现自己竟满头大汗。

梁乐梦见祝蔚杭带着他的女朋友到她面前显摆，话里话外都在嘲笑她没有男朋友这件事，她恼羞成怒却也不知如何反驳，只能在梦里生气。

醒来之后，她对此耿耿于怀，她在这场战争里好像输给他了，他有了对象，而她没有。

她在刷牙的时候出神，开始认真考虑找对象这件事。

她十八岁了，可以谈恋爱了。过去的十几年，她也有过几次被告白的经历，但她都不假思索地拒绝了，并没有心思谈恋爱，那些男生在她眼里一点魅力都没有。

在同龄人都陷入因青春期而产生的躁动时，她正迷恋着只有在网络上才能窥见的人物。

她追了好几年的星，爱慕崇拜着那些因努力而闪闪发光的人物，对身边那些不好好学习、整日只想着泡妞、逃课的男生自然没什么好感，于是想都不想便拒绝。周围的朋友看她拒绝所有桃花，又见她每日都和祝蔚杭吵架，甚至怀疑她有厌男症。

梁乐不反驳，只是自顾自地在小世界里遨游徜徉。后来高中忙碌了起来，她才把心思放到学习上，将追星这项事业暂且搁置。

梁乐将口中的泡沫吐到水池里，盯着自己的脸，鼓励自己："不能输。"

她倒不是一味地想要赢过祝蔚杭，只是他让她意识到自己似乎也已经到了可以谈恋爱的年纪。

嗯，她也想要尝尝爱情的苦。

吃早饭的时候，她在手机里翻找着异性的联系方式，但她的联系人列表里没有几个男性，有些人她甚至记不清是谁，也不知是什么时候加的联系方式。大致翻了一下，她竟找不到一个人选。

吃过早饭后，她又晃悠到许俏楠家里。

两人聊了一会儿天，许俏楠问她想不想出去玩。梁乐欣然答应。

两人偶尔经过祝蔚杭上班的厂子，许俏楠问梁乐要不要进去看看。

梁乐这回立刻就答应了。她甚至有些激动，想要看看祝蔚杭工作时的模样，或者，说不定还有可能见到祝蔚杭在厂子里的女朋友。

厂子不是开放的，但因为许俏楠之前在这里工作过，跟保安说了一声，两人就进去了。

不知道是不是两人运气好，梁乐进门没两步就看到了祝蔚杭的身影。若是以前她可能没这么快认出他来，但现在他剃了个寸头，头型圆润，梁乐一眼就认出了他。

他站在一个车间门口，周围还有几个中年男人，他们似乎在等着什么。

许俏楠以为她没看到祝蔚杭，扯了扯她的袖子，指着几米外的人问："那个是不是祝奶奶的孙子啊？"

梁乐着急忙慌地拉着她往建筑物边上躲，藏好了之后才向许俏楠解释："我偷偷观察一下他平时在做什么。"

许俏楠瞥了一眼她紧张的神色，笑笑不再说话。

还在盛夏，这几天太阳依旧毒辣，现在又正好是正午，天空万里无云，只有一颗火球悬在头顶，炙烤着大地。

梁乐见远处的祝蔚杭面色通红，她抬眼看了看天空，刺眼极了，于是低头眨眨眼，再抬头的时候发现祝蔚杭面前停了一辆很高大的货车。

有人熟练地下车，打开后面的车厢，放下一块可以让人踩上去行动的铁板，祝蔚杭和身边的人开始搬货了。

一箱箱的货物看起来就很不轻，大家爬上爬下将货物从车上卸到车间里。

头顶烈阳，汗水从额头顺着脸庞往下淌。

可能是因为太阳太刺眼了，梁乐看得眼睛都开始泛酸。

祝蔚杭比那些叔叔年轻些，但似乎也很费力，露出的手臂上青筋凸起，脸也因为用力而憋得通红。

许俏楠见梁乐脸色不怎么好，安慰道："别担心啦，就当锻炼了。而且……赚钱本来就不容易。"

梁乐看她，嘴硬道："我没担心。"

许俏楠装模作样地点点头。

两人又站在原地看了好一会儿，他们才把车上的货物卸干净。几个年纪稍大的叔叔热得满头大汗，蹲在石头上休息，喝了几口水后，熟练地将衣服下摆撩起，擦了擦汗。

祝蔚杭站在一边，笑着跟他们聊天。

梁乐看见其中一个人指了指祝蔚杭的脸，似乎在劝他做些什么事。

祝蔚杭笑笑，一开始是拒绝的，后来好像就妥协了。他侧过身子，弓起腰，对着墙面撩起自己的衣服，擦了擦脸上的汗水。

梁乐看到的是他蜷着身体，露出自己的上半身。因为没怎么见过太阳，所以他的上半身比裸露在外的皮肤白皙许多，小腹那里紧致，从侧面看，依稀还能看见起伏的沟壑……

梁乐的大脑嗡的一声炸开，耳边又传来许俏楠倒吸气的声音，她快速反应过来，伸手捂住许俏楠的眼睛，几乎将她的整张脸都盖住。

许俏楠吓了一跳，去扯她的手。梁乐死死按住不肯动，还在解释："我怕你长针眼！"

许俏楠猛地笑起来，问："那你自己呢？"

梁乐："我正用另一只手捂着眼睛。"嘴上这么说，她的眼睛却睁得很大，盯着祝蔚杭看他将衣服放下，周围的人对着他调侃，祝蔚杭腼腆地笑笑。

梁乐放下手。

许俏楠轻轻地掐她："凭什么只能你看？"

梁乐脸颊发烫，道貌岸然："我怕你长针眼呀。"

两人打闹了一番。

梁乐再抬起头，看见祝蔚杭面前站了一个与他们同龄的女生，脸色登时僵住。

她猜测这人也许就是祝蔚杭藏在厂子里的娇女友。

待看清楚对方的脸后，许俏楠猛地掐了一下梁乐的手臂：“那不是许露吗？”

第七章

临阵脱逃

许俏楠和许露算得上是亲戚，甚至两人的家都离得不远。本应该是从小一起玩到大的情分，可两人似乎天生不合，许露从小就是反骨，许俏楠却乖巧伶俐。

许俏楠初中在许露隔壁班，她总是能在课间听说许露的事迹，比如昨天在学校后门的那条巷子里扇了哪个女孩儿的巴掌，前天和哪个男生在饮料店喝奶茶了，星期一又被班主任当着全班同学的面批评了……

听得多了，她便对这个亲戚兼邻居有了不一样的看法。

不能干涉别人的做法，却也不能理解，所以她就远离了。

许俏楠听说许露没考上高中，初中毕业后在隔壁市的职专学护理，所以她也很久没见过许露了。在这里再见到她，许俏楠发现许露变了许多，不知是不是成长了，她身上那股反叛的气质淡了许多……

如今的许露留黑色的长发，衣服也穿得很端庄得体，只是锁骨处半露在外的黑色文身贴暴露了她的叛逆。

梁乐问许俏楠："你认识啊？"

许俏楠点头："我邻居。"

梁乐低声啐道："还真巧。我是你朋友，他就找你邻居做女友。"

许俏楠听此一愣："女友？"

梁乐眯起眼睛看向不远处的两人："你看看，不像情侣吗？"

许俏楠跟着看过去，发现两人表情带笑，绝对不是不熟的关系。

她扭扭头，下了结论："啧，有些暧昧。"

不远处的两人相谈甚欢，梁乐死死盯着他们，正看得入神，想要努力读懂唇语的时候，许俏楠突然碰了碰她。她听见许俏楠说："刘宥。"

梁乐微微侧头，看见刘宥从另外一边走过来。

本来只是两人的交谈，又加了一人进来。三人好像十分熟稔，笑笑闹闹，你打我一下，我打他一下。

许俏楠悠悠地说："还真和谐啊。"瞥了一眼表情严肃认真的梁乐，她又补充道，"他们这么熟吗？看起来认识很久了，祝蔚杭和你说过这事吗？"

梁乐突然低下头，似乎在想什么，听到她的问题，扯扯嘴角："瞒着我呢。"说完她走出阴影，大咧咧地朝那和谐的三人走了过去。

许俏楠一愣，属实不知道梁乐到底在想什么，片刻之后还是长叹一声，跟了上去。

正聊天的三人对突然出现的梁乐感到惊讶。

祝蔚杭皱着眉头看她。刘宥则是笑着看着两人。许露摸不清眼前的情况，一头雾水地看向刘宥，瞧见梁乐身后的许俏楠后，她也跟着皱起了眉头。

许俏楠觉得此刻的情况一团糟。梁乐一副要来找祝蔚杭麻烦的模样，她和许露还有一些尴尬的过节，还有刘宥……

显然眼前的三人是不欢迎她们的到来的，所以她索性闭了嘴，跟在梁乐身后，当个撑腰的小跟班。

梁乐脸上带笑，先是跟刘宥打了招呼，然后才盯着祝蔚杭：“好巧啊，许俏楠正好带我来参观这里。”

许俏楠在她身后默默擦汗，惊讶梁乐说谎的时候竟然能这么镇定。

祝蔚杭不知该说什么，眼底带上些无奈的笑意。

梁乐看向许露，问祝蔚杭：“不介绍一下吗？”

祝蔚杭一愣，跟着看向刘宥：“介绍一下。”

许露被这么推托着介绍，却也不觉得尴尬，大方地笑笑：“我叫许露，是他们的……朋友。”

朋友？梁乐想都被抓个正着了，她为什么还不承认？

刘宥从小便心思缜密，也很会看眼色，看到梁乐奇怪的表情便明白她似乎是误会了，又联想起之前祝蔚杭和他说过的事，他突然自顾自地低头笑起来。

祝蔚杭看他笑到发抖以为他发疯了，推了推他，问他笑什么。

刘宥只是继续笑着，觉得祝蔚杭这兄弟的情路实在是坎坷，抬头看他，吐槽道：“平时看起来挺聪明的，没想到会这么傻。”

梁乐虽然不知道刘宥在笑什么，但听见他在骂祝蔚杭，想也不想地附和道：“说得对。”

祝蔚杭突然就被两人骂了，他正想要反驳的时候，被身后的人喊住：“小祝！走啦！我们还要继续干活呢。”祝蔚杭赶忙应了一声，快速地看了一眼梁乐：“赶紧回去，我先去忙了。”说完他跟着他们走了，走了两步就要回头看一眼。

梁乐看着他的背影“嘁”了一声。

许俏楠见只剩他们四人，有点孤立无援的意思，于是拉了拉梁乐的手：“走吧。”

梁乐回头看见刘宥正一脸深意地看着她，突然多了一个主意。她好不容易来一趟，自然不能就这样空手回去，祝蔚杭和许露都不肯承认，那她就从刘宥这里下手。

祝蔚杭不是说避孕套是刘宥塞给他的吗？她问问就知道他是不是在说谎了。

于是她转头对许俏楠说：“你先去停车的地方等我，我跟刘宥说点事。”

许俏楠狐疑：“你跟他说什么？”她似乎担心梁乐被刘宥欺负了。

梁乐：“一点小事，你等我一会儿。”

许俏楠见她坚持，便没再不识趣地阻止，只是离开的时候也跟祝蔚杭一样一步三回头。

梁乐转头走到刘宥面前：“有点事要问你。”

刘宥挑挑眉毛，应了一声“好”。

站在一边的许露脸色有些怪，直直地盯着两人，抿唇想要说些什么。刘宥只让她先走，于是许露的脸色更加难看，从鼻尖哼了一声后，气鼓鼓地离开了。

这里一下子只剩下两人了。

梁乐觉得许露和刘宥的相处方式有些怪，可关于祝蔚杭的那些问题让她忧心忡忡，于是她没有多想，单刀直入地问：“祝蔚杭跟许露是不是男女朋友啊？”她皱着眉头，眼神闪烁。

刘宥故意沉默了一会儿，想了几秒，才悠悠地回答：“不是哟。”

梁乐见他这副鬼样子和祝蔚杭没什么两样，并不信：“我不信。”

刘宥似乎没想到她会这么直接，笑得合不拢嘴，阳光打在他唇边的伤疤上，他平滑的皮肤反射着光，摄进梁乐的眼里。

梁乐突然觉得刘宥长得有点味道。刘宥也算帅哥，但他和祝蔚杭不是一个类型的。硬让梁乐形容的话，祝蔚杭是城市里的帅哥，举手投足都藏着那么一点贵气，而刘宥是田野里的靓仔，像一棵树，带着蛮横的生机和坚韧的活力。他们气质不一样，但似乎也分不出个胜负来。

刘宥见梁乐渐渐出神，在她眼前打了个响指，催她回神。岂料下一秒，回神的梁乐便开口问他："那你有没有女朋友啊？"

问出口的那一瞬间，两人都吓了一跳。

梁乐见刘宥神色凝重，也发觉自己实在是太唐突了，急忙澄清："我不是那个意思，你别误会！"

刘宥的神情没有轻松下来，他盯着梁乐，嘴角挂着一抹浅浅的笑容："我是比祝蔚杭帅点吧？"

梁乐仿佛遭雷劈了，慢腾腾地摇头。

刘宥歪头疑惑。

梁乐也不知他到底是什么意思，只顾着解释："我真没那方面意思，我只是随口问问。"

刘宥点头，回答她："我有女朋友。"他指了指许露离开的背影，"许露就是我女朋友。"

梁乐心头一震："刚才她不是说你们是朋友吗？"

刘宥："女孩子害羞，跟你又不认识，怎么可能一上来就跟你掏心窝子说真话。"

梁乐习惯性地开始怀疑："你不会是为了包庇某人跟我撒谎吧？"

刘宥又笑："真没有，许露是我女朋友。"

梁乐见他表情真挚诚恳，便也渐渐打消疑心，怀疑祝蔚杭的娇女友另有其人。她刚想再从刘宥嘴里套出点只言片语的时候，刘宥突然跟她说："祝蔚杭真的没有女朋友。"

梁乐惊讶他能看出自己心中所想，张了张嘴还没说什么就听刘宥又说："避孕套也是我塞给他的。"

梁乐一愣："真的？"

刘宥："骗你又没好处。"

梁乐说不清楚自己此刻的感受，只觉得这几日盘旋在心口的那团乌云慢慢散开了，莫名觉得轻松和愉悦，面上却还是不动声色，轻飘飘地看向刘宥："那就信你吧。"

刘宥笑，语锋一转："但他为什么藏着，你还是得问清楚了。"

梁乐一下觉悟，刘宥弯弯绕绕一番到最后还是什么都没说，她似乎还在原地打转，又回到最初的起点——祝蔚杭没有女朋友，那他留着避孕套做什么？

刘宥让她问清楚，但她必然不可能直接冲上去问祝蔚杭，这于情于理都不大合适。

所以她只是在内心下了一个结论——祝蔚杭是有喜欢的女孩儿了，甚至有了一些"大人的想法"。

回去后，梁乐无精打采，和奶奶说了一声后就上楼进房间了。独自一人窝在房间里镇静下来后，她才猛地意识到自己比想象中的更在乎祝蔚杭。

自从发现那个不速之客，这几日她的心思都在绕着祝蔚杭转。她对他已经成熟这件事耿耿于怀，虽然知道他没有女友，可她的心里并未好过一点。

梁乐认真研究她会如此的原因。她以为是自尊心在作祟，受不了从小和她一样的祝蔚杭突然坐上快车超越了她。

梁乐也想过其他原因，比如……她暗恋祝蔚杭而不自知，事到如今才突然吃醋之类的，但这种想法一在她的脑中出现便被她狠狠地踢了出去，她怎么可能暗恋祝蔚杭？凭什么不是祝蔚杭暗恋她？她不可能暗恋祝蔚杭。她告诉自己只是虚荣心不容许她输给祝蔚杭而已。这样给自己心理暗示之后，她便觉得好受许多，心情也跟着愉悦起来。

她拿起手机刷了刷许久没看过的朋友圈，意料之外地发现了周围许多同学“官宣”的消息。高考一结束，压抑许久的年轻人像是被解开了封印，荷尔蒙在夏天里泛滥，夏风吹来的不只生机和活力，还有恋爱的气息。

梁乐下定决心也要搭上这趟夏日恋爱的公交车，于是继续努力地在通讯录列表里寻找对象，最后锁定了一人，祝蔚杭口中的“刘公子”。

她和刘公子其实有点缘分，之前也闹了点乌龙，但天地良心，他们之间的确是没有任何关系。她只是在天台上透气的时候凑巧碰见过他几次，因为是同学，所以自然聊了几句。聊完之后两人一起下楼，正好就被话多八卦的同学捕捉到，第二天就将谣言传得沸沸扬扬。

梁乐觉得大家闲得慌，骂了一句“无稽之谈”后便没放在心上，当天晚上继续往天台上跑，恰巧又碰上刘亦恒。她见刘亦恒面色无异，她自然也很坦荡，于是两人如往常一样聊了几句一起下楼，谁知道隔天他们俩就被老师传唤了。

梁乐的成绩没刘亦恒好，在老师面前没什么底气，全程没怎么说话，只是听着刘亦恒解释，在非常同意的时候点点头。

老师听过解释后便放过他们了，只是在最后还是交代了一句“学习最重要”。

梁乐如小鸡啄米般点头。

出了办公室以后，她挺直的腰猛地弯下来，对同样感到无语的刘亦恒扯了扯笑容：“我看这些造谣的同学就是作业少了。”

刘亦恒点点头，眼底带笑。

梁乐继续和刘亦恒开着玩笑，其间她抬眼一看，迎面走来的正是祝蔚杭。两人不在同一班，平时如果不是刻意去找对方，在学校里并不常碰见，见了面也经常说不了几句话就会剑拔弩张地吵上一架。

奇怪的是，平时都是梁乐先忍不住攻击，这次却是祝蔚杭先开始的。

他停在两人面前，等梁乐脸上的笑意逐渐收敛后，笑着问："被老师找了？"他说话的语气带着玩味揶揄的味道，态度有些尖锐，也有一种挑衅的意思。

梁乐见他在刘亦恒面前如此不给她面子，眼睛都瞪大了，呈战斗状态："清者自清懂不懂？闲着没事干的人才会把别人想得龌龊不堪，还去打小报告。"

刘亦恒不知祝蔚杭和梁乐的关系，只知道梁乐被人阴阳怪气了一番，本着同学的情谊不想让她吃亏，于是伸手扯了一下梁乐的袖子，将她往自己身后带。

祝蔚杭见此，嘴角一扯，瞥了刘亦恒一眼后便直接越过，盯着怒火冲天的梁乐看："哪个高三学生会天天跑天台？闲着没事干的人才会这么做吧？"祝蔚杭在内涵她没把心思放在学习上。

梁乐气不过又一下冲到前面，说不过就想要动手，祝蔚杭微微往后一退就躲过了她的攻击。

他眼里的笑不着眼底，盯着她看了一会儿，他又慢慢靠近，叮嘱道："别天天去天台了，有那时间不如多做点题。"说完他就拿着一沓材料进了办公室。

梁乐只能看着他的背影恨得跺脚，闷闷地反驳："我不能休息一下吗？你懂什么啊！这是劳逸结合！"

后来两人因为这件事冷战了快一周才说话，但梁乐也因此没再去过天台了。一有去天台的想法时，她就想起祝蔚杭那张欠扁的脸和轻蔑的语气，最后总是化悲愤为做题的动力，只有提高成绩才能狠狠地打祝蔚杭的脸。

她也不知自己是怎么回事，本来是想着刘亦恒的，最后回忆竟然又绕到祝蔚杭身上，莫名觉得心慌。

梁乐止住念头，点进和刘亦恒的对话框，突然觉得情况有点棘手。对话框停留在半月前刘亦恒给她发的一条消息，但她忘记回了。

刘亦恒：你暑假怎么安排的呢？

时隔半月，梁乐回复：在乡下度假呢！

梁乐没有想到刘亦恒竟然秒回她了。因为对他有些愧疚，所以梁乐很认真地和他社交了一番，聊得火热。

快到下午六点，奶奶上楼喊梁乐吃晚饭。

因为不想碰见祝蔚杭，所以梁乐急急忙忙下楼，吃饭跟打仗一样着急，但祝蔚杭还是在她埋头吃饭的时候回来了。

两人打了个照面，祝蔚杭见她吃得很着急，笑着调侃："这几天饿着你了？"

梁乐翻了个白眼，见已经和他碰上了，便放慢了速度，慢条斯理地小口进食。

祝奶奶招呼着祝蔚杭坐下吃饭，祝蔚杭一屁股坐在梁乐身边，梁乐往旁边躲了躲。

祝蔚杭倒是见怪不怪，甚至将椅子往她身边挪了挪，故意靠近她。

梁乐推了推他，嫌他烦。

祝蔚杭嘴角带笑，岿然不动。

祝奶奶看着两人的打闹总觉得比电视演得还有意思，问两人："怎么还跟小孩儿一样？"

两人对视一眼，将眼神作刀狠狠剜了对方好几下。

梁乐先吃完，洗完碗后就先上楼了。在房间里做了一番思想工作后，她一看时间，已经快八点，正是祝蔚杭去洗澡的时间。

她在浴室门口等了他一会儿，他出来的时候果然被她吓了一跳，毛巾搭在头上，随手擦了擦并不长的头发，问她为什么在门口扮鬼。

梁乐正色："我相信你没女朋友这件事了。"

祝蔚杭一愣，反应过来之后说："我不是一直都这么说吗。"

梁乐回道："你的话能信多少？"

祝蔚杭站直了身体，正经地反驳："我什么时候骗过你？"

梁乐才不想和他在这一毫无意义的话题上进行辩驳，兀自转回话题："但你喜欢一个女孩子，还没跟人在一起，就想着跟人那个……我觉得不合适。"跟他说这些话，她不可能一点都不害羞，可还是装作镇定地对他耳提面命。

祝蔚杭彻底僵住了，将她话中的意思领悟透彻之后，他的脸渐渐发烫，沉默着不知道要说什么。他并不想反驳，因为他不想撒谎。他静静地看了她一会儿，见她脸色无异，又有一种自己还有许多路要走的感觉，发热的身体因为她平淡的反应而慢慢平静下来。

祝蔚杭低声说："防患于未然。"发觉梁乐如此一点旖旎的想法都没有后，他也不觉得羞耻了，将自己的真实想法说了出来。

梁乐见他如此冷静地承认了，便没再说话，盯着他看了一会儿："果然长大了……"

祝蔚杭见她又突然将自己代入长辈的身份，觉得无奈又可笑，低低骂了句"有病"。

梁乐见自己又被骂，奓了毛，正打算和他大战几回合的时候，祝蔚杭打断她，问："你今天问刘宥有没有女朋友做什么？你喜欢他啊？"

梁乐愣住了，没想到刘宥连这么点小事都要和祝蔚杭打报告。在心里狠狠骂了刘宥一通之后，她继续反驳祝蔚杭：“我也天天问你有没有女朋友啊，那我就是喜欢你吗？”语毕觉得自己嘴快了，她尴尬得脸热了起来，但面上还是掩饰得很好，一副怒气冲冲的模样。

祝蔚杭笑笑，多情地耸耸肩膀，盯着她看：“说不定呢。”

梁乐觉得被占了便宜，恼羞成怒地打了打他，大骂：“我喜欢刘宥都不会喜欢你！”

祝蔚杭重复了一遍：“喜欢他都不喜欢我？”

梁乐哼哼两声就当回应了。

莫名地，祝蔚杭又不说话了。梁乐心底痒痒，抬眼看他，以为他又在憋着什么坏，等着他的进攻。可祝蔚杭看着她，戏谑尖锐的眼神不知何时变得柔软深沉。

祝蔚杭想问的话有很多，最想问她，他在她眼中到底是什么样的。

不知为何，他觉得今晚的梁乐其实是有点不一样的，两人解开了那个误会，甚至将男女之事摊在面前讲开了。

思忖片刻，他问：“我在你眼中是什么样的？”

梁乐不知道他又在发什么疯，小嘴嘚吧嘚吧得根本停不住：“嘴坏，没礼貌，不绅士，不懂得让女孩子，除了学习好一无是处……”

祝蔚杭打断她的话，重新问了一遍：“如果我做男友呢？你觉得我会是什么样的男友？”

梁乐一愣，不知道他为什么问她这种暧昧的问题。

可他一问，她竟在下一秒便开始思索起来，意识到自己在做什么后，她慌忙打断自己的思绪，仓皇又莫名地说：“我不知道。”说完她又向他摆了个一言难尽的表情，“想想就觉得恐怖。”说完她扭头进了房间，不再管身后像是还有话说的祝蔚杭。

啪的一声，门被关上。

祝蔚杭盯着那扇紧闭的门，缓缓地长吁一口气，又低头无奈地笑了笑：“真是麻烦。”

梁乐关了门之后，无力地将整个人都贴在门板上。

屋里没开灯，她在黑暗中重重地呼吸。

窗户没关，乡下的天空格外的黑，小而亮的星星悬挂高空，恰好有一阵风吹来，将窗边的帘子吹起，窗帘以极慢的速度在空中扬起。

梁乐下意识地盯着窗帘出神，自己的心湖上也像是吹过了一阵风，吹得湖面漾起涟漪。当天晚上她做了一个难以言喻的梦，梦里有热烈的拥抱和湿热的吻。鼻尖似乎还萦绕着一股熟悉的香味，但思绪混沌，她无法在梦中辨认清楚那是什么味道。

呼吸灼热，气氛暧昧，一切都在朝不可控的方向发展时，梁乐似梦似醒地意识到了自己在做梦，她努力想要看清对方是谁，最后却是徒劳。

他只有一双温柔的眼睛对她来说是清晰的，她盯着他的眼睛看，总觉得熟悉，心脏几乎要从身体里蹦出来。她急切地想要辨别，他却慢条斯理地与她亲近，她在迷糊之间看见他从床头柜上拿起一个东西——居然是她的老朋友。

处于混沌的意识顷刻间从沼泽里逃脱出，他模糊的脸终于清晰起来，同时她猛地反应过来，一直萦绕在她鼻尖的香味，不就是祝蔚杭的沐浴乳香气吗？

天已经亮了，梁乐从梦中惊醒。

意识回笼的那刻，她的心脏跳得厉害，耳边是巨响的心跳声，刚才在梦中发生的那些事依旧萦绕在她的脑中。

她愣了一会儿，又想起梦中的那个男主角，懊恼地闭上眼睛，身体依旧沉沉的，像是被一块大石头压着。

她疑惑，只是个梦，为什么会这么累？想起梦中祝蔚杭的脸，她发出羞耻的声音。

她将被子蒙过头，觉得自己甚至应该消失在这个世界上。可之前那个她总是不敢承认的想法又不合时宜地出现在脑中，对自己做了半天的思想疏导，她才缓过来，可她的脸依旧很热。

梁乐看了一眼时间，八点了。

整理好混乱的思绪，和自己说了八百遍“梦不代表任何事”之后，她打开房门，顿时就愣住了，因为祝蔚杭正好站在门口。

梁乐的心脏几乎要跳出来，下意识地躲开他的眼神。

他也是一副刚醒来的模样，一眼捕捉到她的惊慌失措，狐疑地问：“怎么了？”

梁乐被吓住，瞪大眼睛看他，声音不自觉地拔高：“什么怎么了？”

祝蔚杭见她恼羞成怒，虽然也觉得奇怪，但知道她肯定不会就这样把原因告诉他。当前最好的避免战争的方法就是当作什么都没发生过，于是他进了厕所。

祝蔚杭关上门的时候，梁乐才反应过来，拍了拍门：“我也要刷牙洗脸！”

祝蔚杭在里面出声：“上厕所呢，别偷听。”

梁乐气得脸都红了，退了几步，狠狠地在门外骂了他许久。

骂累了之后，不知为何，她脑中又出现了昨晚的那个梦境，明明是毫无关系的。于是她更加恼羞，捶了捶门让他赶紧出来。

下一秒，门被打开，祝蔚杭嘴里叼着牙刷垂眸看她，眼里带着点无可奈何的笑意。

梁乐一见着他的脸，便会莫名觉得心慌，像是被人下了蛊一样，无时无刻不想起昨晚他出现在她梦中的模样，于是并不敢去看他的脸，低着头直接撞进厕所里。

祝蔚杭故意侧了侧身子，梁乐没反应过来，于是两人的身体正好碰上，她像是被电了一下，浑身都颤了颤。

祝蔚杭微怔，不知道她在发什么疯。

眼前的女孩儿低着头，久久没有动。他觉得莫名，正想要问她怎么了的时候，女孩儿猛地抬头，脸色泛红，眼里都是怒意。她用力推他一下，骂他："为什么撞我？离我远些。"

祝蔚杭自然不知道她这是恼羞成怒后的暴行，怀疑她是生理期到了，于是并没有计较。

他被推得晃了晃身体才勉强站住，索性不动了，靠在门框上刷牙。

梁乐用眼神剜他，拿起牙杯，挤了牙膏开始刷牙。

两人就站着，无言地刷牙。

梁乐察觉到祝蔚杭落在她身上的眼神，若是以前她肯定不会有任何反应，可此刻她的精神几乎在崩溃的边缘，他所做的每一个举动在她眼里都会被放大一百倍。

她聚精会神地刷牙，不去看他一眼，注意力却紧紧地黏在他身上。

看着祝蔚杭停下动作走进来，梁乐不自觉地往旁边站了站。

祝蔚杭站在梁乐的身边往水池里吐泡沫，似乎是故意的，他又用手肘碰了碰她。

梁乐没注意到，便被他碰到了腰，反应过来后，她像是被踩了尾巴，放下牙杯，暴起捶打他。

祝蔚杭笑着往外躲。

梁乐见他出去后，立即将门关上，截断了两人交汇的视线，离了他的眼神后，她才觉得自在些。继续刷牙，低头漱口的时候，她抬眼看了看镜子，发现自己不知为何又脸红了。讨厌自己这副鬼模样，她低头洗了把脸，待绯色褪下后才出去。

祝蔚杭在房间里收拾自己，门半开着，梁乐在门口站了一会儿，想起昨晚刘亦恒和她说的事。

斟酌片刻，她推开祝蔚杭的门。他背对着她，在收拾桌上的东西，听见身后的东西，他见怪不怪，等着她说话。

梁乐问："我们上次来这里坐的是哪路公交车？"

祝蔚杭："怎么了？"

梁乐如实说："刘亦恒说是要来玩，问我路线怎么走。"

祝蔚杭动作一顿，反问："刘亦恒？"说完他转身看她。

梁乐靠在门边，以为他不知道刘亦恒是谁，解释道："就是你们说的刘公子。"

祝蔚杭盯着她看，沉吟了片刻："别让他来，我不同意。"

梁乐第一次见他如此不友好，还是对着不怎么相熟的刘亦恒。她自然觉得奇怪，以为两人背着她结仇了，问道："为什么？"

祝蔚杭的表情慢慢冷下来，梁乐心底发毛，却还是瞪大了眼睛看他："他只是来玩一下，早上来，下午就回去。"

祝蔚杭低头，似乎叹了口气，重复道："我不同意，别让他来。"说完，他又转身收拾东西。

梁乐见他这副模样，低低地骂了一句，又扬声问："为什么啊？"

祝蔚杭闻言，放下手上的东西，转身慢慢朝她靠近，边走边问："你不知道？"

梁乐觉得祝蔚杭的脑子真的有病，总是说一些模模糊糊的她听不懂的话，于是她烦躁地反问："你不说我怎么知道？我又不是蛔虫。"

祝蔚杭停在她面前，离她很近。

因为身高差而产生的压迫感让梁乐不自觉地弯腰，忽略掉心跳异常，她努力稳住自己的声音："你发什么疯？"

祝蔚杭脸色不好看，似乎被气到了，他压低声音："再骂？"

梁乐听话地说："神经病。"她几乎贴在墙上了，甚至得抑制住自己的呼吸，担心两人的气息会混在一起。梁乐觉得自己快要被烫熟了，低头不看他，担心被他发现异样。

可祝蔚杭并不放过她，因为两人离得近，所以他的声音并不大，说话的时候又慢吞吞的，像是从牙缝里挤出来的，吐出来的气息似乎就洒在梁乐的头顶。

祝蔚杭："再骂就……"他顿住，似乎在思考之后要说些什么。

梁乐觉得自己的神经已经在绷断的边缘岌岌可危了，也顾不上他说什么了，转身就要逃离他的桎梏。祝蔚杭一愣，眼明手快地扯住她的后领子，生生将她拉住了。

这是他习惯做的一个动作，梁乐想跑的时候，他总是会这样扯住她，算是他对付梁乐临阵脱逃的一种措施。

梁乐站住，脖子被勒得难受，羞怯的情绪顷刻转化成怒火。

她扯着自己的衣服，正想要扭头骂他的时候，发现祝蔚杭的脸不知何时已经移到了她的脸侧，他有些哑的声音就响在她耳边，像小虫一样爬进了她的耳朵里："跑什么？我又不会欺负你。"

第八章

我喜欢你

不知道是不是自己的错觉，梁乐总觉得祝蔚杭这句话的信息量不小，“欺负”这两个字很容易让她想起昨晚的那个梦境。

下一秒，她便在心中怒骂自己总是在想些乱七八糟的事。

她从没这么嫌弃自己过，若是在梦中幻想别人就算了，可对象是祝蔚杭。

这对她来说，相当于自己亲手将十几年来筑的防守塔给推倒了。

十几年来，她和祝蔚杭开战过无数次，现实中与他剑拔弩张，梦中却在和他做些琴瑟和鸣的事情。她不知自己是不是精神分裂或者是得了精神疾病，总之，她就是很难接受她对祝蔚杭有想法这个现实。

偏偏祝蔚杭像是看清了她的想法，故意做出些能让她脸红心跳的行为，像是要让她知道——看，你就是喜欢我！

祝蔚杭见她沉默又说：“这是我们两个人的地方，我不想他来。”他的语气略微烦躁，却是小心翼翼地与她商量。

梁乐一愣，不知道他到底是什么意思，有几分真心实意，但自己的心跳又因为他这句话而失控。她有些恼怒，知道自己此刻的情况，几乎是被他拿捏着无法动弹，祝蔚杭玩笑般随意说出的话都能让她的心湖荡漾。

紧绷的神经终于断了，她有些受不了了，不想再被他拿捏把握。于是她深呼吸，思忖片刻，拍开他拉着她后领的手，扭头看他，眼底已经没有什么愠怒的情绪了，反倒是冷静理智地看着他。

她说："我让他来……是因为我想和他发展一下。"她说的并不是假话，两天前她的确有过这样的想法，但一切都被昨晚那个该死的梦打破了。

祝蔚杭盯着她看，问："发展什么？"

梁乐耸耸肩膀，云淡风轻地说："谈恋爱啊。"

她看见祝蔚杭的眸子暗了一下，明显是被吓到了。她达到了目的，但一点都不愉快，甚至有些难受。可她也不可能将刚才说过的话收回，于是只是沉默地和他对视着，心跳依旧快速。

在和祝蔚杭对视的短短几秒内，梁乐觉得自己似乎突然有了读心的能力，或者说，她好像看到了祝蔚杭的情绪变化，他烦躁且仓皇，似乎还有些恐惧。

至于原因是什么，梁乐想她应该知道的，但她不敢确定，她需要很确定的答案才会变得勇敢地去往前进一步。

祝蔚杭在这几秒之内也不知想了些什么，眼神没离开过梁乐的脸。

他先开口："你想我怎么做？"

又是没头没脑的一句，梁乐听不懂，也没那个闲情逸致去做阅读理解，他落在她身上的眼神几乎要将她烧起来。

她忽然不想玩了，因为担心无法承受后果，于是慌乱地想要逃离现场。她说："你不让他来，我就回去找他玩了。"

祝蔚杭明明没动，梁乐却有一种祝蔚杭一下子佝偻了的错觉。他的脸色顷刻间冷下来，与其说是动怒，倒更像是绝望了。

梁乐很少见他这副模样，像是失去了什么很重要的东西，眼里的光都散了，阴郁沉沉。

梁乐心头一跳，内心产生一种无法忽略的痛感，她突然想要收回刚才说的那些气话。

在这一刻，梁乐才意识到自己已经无法否认了。她是喜欢上祝蔚杭了，所以她无法接受他这副模样，受不了他绝望，受不了他这副死气沉沉的模样。祝蔚杭应该是永远得意扬扬、运筹帷幄的，不该因为她的一点谎话而难过伤心。

意识到她是喜欢他的，所以她决定妥协，决定认输。

却没想到祝蔚杭比她更快投降了。他语音微颤："别这样。"似在恳求。

这场战争中，梁乐仅存的堡垒残骸在此刻崩塌。

她忽然有了落泪的冲动，于是她低头对着地板眨了眨眼睛，好不容易忍住了眼眶的酸涩意，她抬眼看他，点头："好吧，那就不让他来了。"

其实她也不知道自己在做什么，自导自演一场戏后又主动喊停，但她实在是无法再故意去伤害祝蔚杭了。

祝蔚杭的神色瞬间放松下来，眼底又爬上疑惑的情绪。他盯着她看了一会儿，疑惑又被欣喜替代，他问："你是故意骗我的吗？"

梁乐抿唇摇头。

祝蔚杭又问了一遍："你想要我怎么做？"

梁乐看着他："你想做什么就做什么，我干涉不了。"

说这话的时候，她的心都快跳出来了。

她看着他愉悦的表情，似乎一下子开窍了，清晰地感知到此刻的气氛不同寻常，两颗心已经靠得很近，中间只剩下一张薄薄的膜了。

祝蔚杭意外地发现，他和梁乐这一场长达十几年的追逐战的局势似乎因为这一场乌龙而慢慢明朗起来了。他的前方是一片光明，只要他再往前一点点，就能碰见自己渴望了许久的东西。

他问："你不懂吗？"

梁乐："你不说我怎么懂？"像在猜哑谜。

祝蔚杭似乎觉得无奈，嘴角却不自觉地上扬："你真是……一点都不肯认输。"

梁乐也跟着笑："我为什么要认输？"其实她早在刚才就对他举了白旗。

祝蔚杭慢慢收敛住笑意，眼神也变得珍重认真，似乎想要以很正经的状态来做接下来的事。

终于，他在她期待的眼神下投降了，他盯着她说："我喜欢你。"

梁乐装作惊讶，瞪大了眼睛："哇哦……"她故意没有给个明确的态度。

祝蔚杭皱眉："什么意思？"

梁乐眨了眨眼睛："没想到。"

祝蔚杭有些急了："给个机会。"

梁乐发现他的脸色变红，忍不住勾起嘴角："什么机会？"

祝蔚杭："装傻？"

梁乐："你不说清楚，我怎么知道。"

祝蔚杭想要敲敲她的脑袋，让她别再捉弄他，可看着她笑盈盈的脸，他突然又有种想亲亲她的冲动。

大脑好像被烧坏了，行动总比思想快，于是他说："亲你。"

梁乐的脸在瞬间涨得通红，却依旧瞪大眼睛，嘴上逞强："要流氓吗？我还没答应跟你谈恋爱呢。"

祝蔚杭问她："你不跟我谈跟谁谈？"

梁乐伸出手来，一个个数过去："刘公子、王少爷、魏小哥……"她的第四根手指还没竖起来，便被祝蔚杭握住了。

梁乐心头一紧，抬眼看他，发现他眼带笑意，是熟悉的笑容，又带着点无奈的意思。

梁乐以前也和他握过手，此刻皮肤相触的面积甚至比之前少了许多，身体的反应却比以前激烈。手指被他的手掌包裹着，皮肤都变得潮湿柔软，她不自觉地动了动手指，就像在他的掌心里挠痒痒。

祝蔚杭眼底的笑意更深，用力抓紧了她的手指。

梁乐问他："干吗？"

祝蔚杭认真地说："不准数。"

梁乐没说话，浑身似乎都在发烫。做出反应的中枢神经似乎被烧坏了，她没法再用尖锐的言语反驳他，甚至没意识到自己的眼神变得羞怯温柔。

祝蔚杭又说："跟我谈吧。"说这话时他依旧是诚恳真挚的，声音温柔，眼神更是像蜜糖一样黏在她的脸上。

他松开她的手指，转而将她的整个手掌包裹住。

梁乐有种自己要烧起来的错觉，她又想逃了，想让他离她远些，却有些舍不得。在心中纠结了片刻之后，她盯着他的眼睛看，挪挪唇："行吧。"

声音很小，但祝蔚杭离她很近，所以依旧能够听得清楚。

他看向她，几乎掩盖不住自己的愉悦之意，眉眼都弯了，嘴角漾开，露出白晃晃的牙齿。

梁乐愣住，他离她太近了，这种笑容也不常见。

在梁乐的记忆中祝蔚杭总是意气风发、得意扬扬，做什么事都游刃有余。可他虽然整日都带着懒洋洋的笑容，但大多时候，她都不觉得他是真的开心。

而此刻祝蔚杭的欢愉像是从内心最深处表现出来的，是极少见的。梁乐被他愉悦的情绪感染到，于是心脏跟着化成一摊春水，同他一起开心。

但这种和谐共处的状态并没有持续太久，梁乐突然想起什么，回过神问他：“避孕套是怎么回事？”

祝蔚杭的笑容僵住，似乎觉得难堪。但想了几秒之后，他还是坦荡地承认：“是刘宥硬塞的。”

梁乐抬眸盯他，见他脸色变红，觉得没必要问下去了，要是真逼他说出别的答案，估计她也会手足无措。于是她点点头，“哦”了一声便没再说话。

祝蔚杭见她没揪着这个话题问下去，偷偷地松了口气。他也恐惧于将自己隐秘的想法摊开在她的面前，他不知道梁乐的底线，因为太过珍视，所以他不敢冒险。

早晨的空气很清新，三楼被阳光照得亮堂堂的，有一阵风从窗户吹进来，贯穿整个大厅，梁乐脸前的头发都被吹得微微晃动。

两人牵着手却不说话，气氛旖旎又有些古怪。情侣会像他们这么尴尬吗？梁乐偷偷在心中想着。

梁乐的手机铃声适时地打破了这气氛。她如释重负地抽出自己的手，拿出手机看了一眼。看到是刘亦恒的消息后，她下意识地抬眼看祝蔚杭，顶着他审视的眼神，准备将手机放回口袋里。

手腕却被他拉住，他阻止了她收回手机的动作。

梁乐心尖一跳，却还是装傻，疑惑地看着他。

祝蔚杭用下巴点了点：“让他别来。”

梁乐讪讪地说："我还没想好怎么回绝他，人家这么热情……"

祝蔚杭皱眉，表情冷下来："有什么好想的，就说不行，不方便。"

梁乐："他要是没眼力见地问我有什么不方便的呢？"

祝蔚杭着急，似乎也不想再和她周旋了："我帮你说。"

梁乐瞪大眼睛："不用！"

祝蔚杭不悦，盯着她看了一会儿，眼神称得上是锐利："你怎么想的？"

梁乐低头躲过他的眼神："我没想什么。"

祝蔚杭才没这么容易放过她，他弯腰将自己的脸送到她面前，逼着她看向自己。但梁乐还是躲着不肯抬头，祝蔚杭束手无策，只好站直身体，伸手轻轻抬起她的下巴，对上她的眼睛。

梁乐蒙了，圆溜溜的眼睛里是羞怯的情绪，她震惊地看着他，像是在说：你怎么能碰我的脸？

祝蔚杭正色："现在就说清楚。"他的指腹在她的下巴上摩挲了一下。

梁乐有些痒，觉得他这姿势像在逗小狗一样。正要发作的时候，她忽然意识到她此刻像是握住了他的命脉，她轻动手指，祝蔚杭都会有很大的反应。她继续装傻："说清楚什么？"

祝蔚杭不厌其烦地重复："和刘亦恒说清楚。"

梁乐哼哼两声答应："会的会的，但不是现在，我得好好斟酌一下怎么说。"

祝蔚杭微怔，不悦地皱起眉头："你对他这么上心呢？"

梁乐不怕死地继续激怒他："当然了，绯闻男友啊。"

祝蔚杭已经知道梁乐是故意气他了，嘴角忍不住弯起，像是气急反笑。

他低头靠近她：“我听他们说……女朋友嘴硬的时候只要亲亲就会好。”

梁乐一愣，下意识地往后退，却发现自己已经背靠着墙了。她眼眸闪烁地盯着他，欲言又止，眼睁睁地看着他慢慢贴近。

两秒之后，她伸手抵在祝蔚杭的胸上：“我这就说清楚……你离我远点。”

祝蔚杭眼皮一跳，笑了笑，确定她发送成功之后，他幽幽地问：“跟我接吻是什么会吃亏的事吗？”

梁乐踌躇，实话实说：“我不喜欢太油腻的男生。”

祝蔚杭气笑：“油腻吗？”

梁乐点头：“刚才有一点儿。”

关于祝蔚杭油不油腻的话题两人并没有争论太久，因为奶奶在楼下迟迟不见祝蔚杭下楼吃饭，以为他起晚了，所以亲自上楼来找他。

梁乐一听见奶奶的脚步声，便立刻振奋精神，慌乱片刻，一下离祝蔚杭三米远。

奶奶见两人不知为何脸色慌乱地站在原地，感到奇怪，但并没有放在心上，只是着急地问祝蔚杭：“今天不上班吗？”

祝蔚杭薅了一把自己的头发：“要的。”说完他看了一眼梁乐，抿抿唇，下楼去了。

梁乐跟奶奶一起下楼，奶奶问她昨晚睡得怎么样。

梁乐心中打鼓，面上却依旧镇定：“很好啊。”

其实她睡得一点都不好。

两人坐在一张桌上吃早饭。

吃到一半，祝奶奶听到院子里刘宥摩托车的声音，奇怪地问祝蔚杭："今天怎么回事？吃饭也这么磨蹭，人都来接你了。"

祝蔚杭没说话，低头将碗里几乎已经凉透的粥一下喝完，利落地起身："走了。"

梁乐抬头看他，正好撞上他望过来的眼神，她慌乱了片刻，又匆忙低下头。

待祝蔚杭走了之后，她的心跳才慢了些。她也搞不懂，为什么两人会这么紧张？

刚脱去单身狗的身份，她想要找个人好好倾诉一番，可她并不能对着奶奶说，所以还是屁颠屁颠地跑去找许俏楠了。

见到她后，梁乐开门见山地告诉许俏楠自己脱单的事，许俏楠怔了一瞬，然后快速地说出了"祝蔚杭"这三个字。

梁乐大惊失色："你怎么知道？"

许俏楠笑："你昨天说他跟许露在一起的时候我就不信，又看你一副紧张的模样，绝对是吃醋了，没得跑。"

梁乐逞强："拜托……我没吃醋。"

许俏楠挑挑眉毛："嗯嗯，没吃。"话是这么说，却是敷衍梁乐的意思。

梁乐气急败坏地打了打她："真没吃，他才吃醋了。"

许俏楠叹气："拜托……都是成年人了，你能不能成熟一点？"

梁乐见自己说不过许俏楠，不想再被调侃，于是转了话题："许露不是祝蔚杭的女朋友，是刘宥的女朋友。"

梁乐一说完，便看见许俏楠脸色一僵。

但许俏楠快速将之掩下，扯扯嘴角："怪不得呢，他们三个人看起来那么熟。"

梁乐见她恢复正常，便将许俏楠那一瞬间的不自然抛诸脑后，继续和她探讨着男女朋友相处的方式。

许俏楠虽然谈过一次，但明显经验还不是很足，梁乐问她的问题，她并不是都能回答上来，有时候还会突然自顾自地脸红起来，搞得梁乐也是一头雾水，打趣地问她：“想起什么甜蜜回忆了？”

许俏楠被笑了两次后就不肯再和她玩了，转过身去做自己的事。

两人度过了一个颇有意思的下午。

回去的时候，还没走到院子口，梁乐便看见祝蔚杭站在家门口，寸头显得他脑袋很圆，有些可爱。可是他个子高，站在那里，小头宽肩的模样又让她联想到那些时装周的模特。

梁乐在心里惊叹祝蔚杭还是有些可塑性的，可是为什么她到现在才发现呢？难不成真是因为情人眼里出西施？不过是明白了自己的心意，前几日还觉得他是村口没事挑架的混混，今天就是身材高挑的模特了……

爱情似乎真的能给人蒙上一层滤镜，她也不知道这是好是坏，但模特总比混混好吧。她慢吞吞地走过去，靠近的时候才发现他在笑。她的脸又瞬间变烫，故意板着脸走过去问他笑什么。

祝蔚杭将手中的苹果递给梁乐，她接过来的时候听见他说：“看见你就忍不住。”

祝蔚杭的声音低而温柔，就像今早跟她告白时一样。

梁乐不懂为什么他这么会说甜言蜜语，她想掩饰害羞，翻个白眼给他，却还是忍不住嘴角的笑意。她觉得五官都不受自己的控制了，瞪了他一眼，并没有说话，只是低头咬了口苹果。还没将嘴里的苹果嚼碎，她便察觉到头顶落下的手。

祝蔚杭轻轻地摸了摸她的脑袋。

梁乐也说不清自己是什么感觉，第一反应是心动，接下来却是下意识地想要骂他怎么摸小狗一样摸她的脑袋。

她知道自己矛盾极了，明明喜欢却又改不了跟他抬杠的习惯。她有点受不了这样的自己，担心祝蔚杭被她伤到心了，所以下意识地控制自己。

祝蔚杭见她乖巧没反应，也觉得惊讶，见好就收地收回手，低声说："进去吃饭吧。"

梁乐发现他眼中淡淡的愉悦之意，心想这男朋友其实还蛮好哄的。

吃晚饭时，两人欲盖弥彰地一言不发。

祝奶奶觉得今天两人气氛奇怪，仔细看了他们的脸色，又不像是吵架的模样，于是便没多问。

吃过晚饭之后，梁乐先上楼去了，蔚杭坐了没多久也上去了，还拿了一小碗葡萄干。

祝蔚杭敲响梁乐的房门。

没一会儿，梁乐就来开门了，抬起眼睛看他："做什么？"

祝蔚杭见她这一副正经又害羞的模样有些想笑，嘴角微微翘起："不做什么。"

梁乐："不做什么来找我干吗？"

又是一段莫名的对话。

祝蔚杭妥协："上楼吹风。"

梁乐的脸早就红透了，耸耸肩膀："吹风？"

祝蔚杭笑："上楼谈恋爱，行了吗？"

梁乐终于忍不住笑意，笑着说："行吧。"她跟着他一起上了顶楼。

夏夜的风吹得人心情愉悦，两人拉了椅子一起躺着抬头望天。

乡下的天空尤其黑，并不像城市那样灯火通明，除了每家每户门口的灯笼和从大门透出来的灯光，整座村庄没有任何光源。太阳落山了若没有月光，天便如黑幕笼着，但此时的天幕上缀着几点星光，像落在黑丝绒上的碎钻。

但两人都没心情去欣赏这美景，一阵阵风吹过来，却吹不开他们偷偷放在对方身上的注意力。

祝蔚杭拿出那碗葡萄干，问她吃不吃。

梁乐点点头，刚要伸手去拿，却突然顿住，因为祝蔚杭已经将一粒葡萄干送到她的嘴边。

她盯着那一粒葡萄干，吃也不是，不吃也不是。

两人似乎在僵持，祝蔚杭先做出行动，直接将葡萄干往梁乐的嘴里塞。

梁乐一愣，反应过来的时候，葡萄干已经到了嘴里，回想着刚才……祝蔚杭的手似乎碰到了她的唇，救命！

梁乐的脸在昏暗中慢慢涨红，机械地咀嚼着嘴里的葡萄干。

祝蔚杭盯着她看，和梁乐是两种状态：她局促不安，他如鱼得水。

祝蔚杭问道："甜吗？"

梁乐看她一眼，点点头。

祝蔚杭："礼尚往来。"说着他就把那碗葡萄干往她面前推了推。

梁乐花了几秒才理解他的意思，他要她也喂葡萄干到他嘴里。

她纠结了一番后，还是无法说服自己，于是问他："你不能自己拿吗？"

祝蔚杭眉毛微微一挑，依旧盯着她看，眼底慢慢沁上笑意，他问："那我们谈不谈恋爱有什么区别？"

这话的意思，是后悔和她在一起了？梁乐心头猛地一抽。

正当她无措的时候，祝蔚杭又慢慢地说：“情侣可以做很多事的，牵手、拥抱、接吻……”像是在跟她科普。

梁乐的耳朵几乎要烧起来，刚想说些什么的时候，祝蔚杭突然问她：“你喜欢我吗？”

还没等她回答，他又自顾自地告白：“我喜欢你。”

祝蔚杭很聪明，一下就能摸清楚梁乐矛盾的心思。梁乐不是不喜欢他，只是一下子不知道该如何转变两人的相处模式而已。毕竟她不像他，他对这种关系渴望了许久，如今终于得到，自然如鱼得水。梁乐本就迟钝，之前对男女关系也并不关心，如果进展过快，她自然会觉得手足无措。

但两人目前的进展其实已经在他意料之外了。一直到昨晚祝蔚杭都觉得他还有很长的一段路要走，可就像从天上砸下馅饼一样，今天早上他就和她在一起了。本以为他要走一百步才能碰见她，正埋头奋力地走到五十步的时候，猛地抬头，发现她已经到他面前了。

原来梁乐也走了五十步，她愿意为他走五十步，他自然要握紧她的手，怎么都不可能放开。她在任何方面都想要赢过他，所以他自愿认输。她不肯说喜欢他，他就先说。

祝蔚杭可以把自己的心掏给梁乐，让她看清楚，他和她不是敌人，他自始至终都是她的，只要她动动手指，就能将他的手握住。

梁乐心中复杂，心跳已经失控。她突然意识到祝蔚杭对她的吸引力比她想象中大了许多，他这么一句话，就又让她处于一种混乱的状态中。

在这一刹那，她觉得自己似乎可以更勇敢一些。

祝蔚杭能这么坦荡地说喜欢她，她为什么不能呢？她也喜欢他。她不想输给他，更不想让他失落。

“我喜欢你。”梁乐盯着他熟悉的脸，低声说。她发现吐露心声其实一点都不难。她甚至得到了许多好处，譬如轻松愉悦的心情，还有祝蔚杭傻兮兮的笑脸……

祝蔚杭真的很好看，尤其是笑的时候，眼睛弯弯的，睫毛几乎扎到左眼下的小小泪痣，有些可爱，也有些小性感。梁乐承认，这些都很吸引她。她突然找回了当年追星时的悸动，祝蔚杭的脸也不比那些明星差。

祝蔚杭见她出神，又递了一颗葡萄干到她嘴边。她下意识地就吃了，舌尖扫过他的指尖。一瞬间，两人都僵住了。

祝蔚杭先反应过来，讪讪地收回自己的手指。

梁乐细细嚼着那粒葡萄干，太甜了，甜得上头。吃完后，她意犹未尽地舔了舔自己的唇，察觉到脸上灼热的视线，她扭头看向祝蔚杭。

祝蔚杭毫不掩饰地盯着她看，眼底翻腾着一股躁动。

她屏住呼吸，听见他问：“你想和我接吻吗？”顿了顿，他又说，“我想亲你。”

直白地向她倾诉自己的想法，他虽然有些不齿，但理智在欲望面前不堪一击，他脑子发热，神经钝钝地跳动着，眼里什么都看不见了，只有她粉嫩湿润的唇。

梁乐不自主地看向他的唇，明明是不容分神的情况，她却不知为何想到了以前的事

祝蔚杭不管是成绩样貌或者是为人处世都在同龄人中出类拔萃，因此自然成了学校中的风云人物，男生喜欢跟他打交道，女孩也对他有好感。

梁乐成绩平平，虽然性格开朗，但也不是那种跟谁都熟的人，因此社交圈也仅局限于自己的班级。虽然和祝蔚杭相熟了十几年，她却

很少跟同学说过她和他认识十几年的关系，一是因为没有必要，二是因为想要和他保持距离。

所以当祝蔚杭的名字从她周围女生嘴里说出来的时候，她只是头大，觉得自己跑到哪里都摆脱不了祝蔚杭。

女孩儿们你一言我一语地讨论着祝蔚杭的消息，梁乐在一边安静地听着，偶尔听到些离谱的消息时也会勾勾嘴角就当听了笑话。

可几人竟有些刹不住车地开始讨论“假如未来能和祝蔚杭恋爱会是什么感觉”，梁乐恨不得捂上耳朵，心里别扭硌硬得不行。

好死不死，同学竟突然问她：“梁乐，你说呢？”

梁乐一愣：“什么？”

女孩腼腆地低头笑：“和祝蔚杭谈恋爱的话会是什么感觉？”

梁乐板起脸：“你们还读书吗？春天到了？”

女孩被骂得脸红，嘴上却也不饶人：“怎么了？只是想想而已。”

梁乐叹了口长气，捂住额头：“想想就起鸡皮疙瘩……”

道不同不相为谋，几个女孩儿转过身又自顾自地聊着，梁乐还是能模模糊糊地听到她们讨论祝蔚杭的声音。

她故意捂住耳朵，可刚才她们问的那个问题却突然出现在她的脑中挥之不去。

时针拨回当下，她似乎明白那是一种什么样的感觉了。

祝蔚杭盯着她的眼眸几乎要将她的魂摄进去，她的心脏早就失控，扑通扑通地在身体里抗议着。

梁乐想说话，却又说不出口，身体被人施了定住的魔咒。

突然来了一阵风，归魂咒一样将她召回。她的头发被吹乱，遮挡了她的大部分视线，于是她慌忙低下头去整理自己的头发。

低头的一刹那，她的余光瞥到了祝蔚杭的动作，他逐渐靠近她，修长的手伸了过来，寻到她的下巴，轻轻捏住。梁乐的身体都僵住了，不知道自己应该做些什么，下一秒，她听见他说：“你想对不对？”

心脏几乎要跳出自己的身体，梁乐还没做出任何反应，脸便被祝蔚杭抬起来。她的视线慢慢上移，周围的一切都像是掉帧了一般卡顿。

梁乐对上他深邃含情的眼睛，似乎还能看见瞳孔里自己有些迷离的脸。

祝蔚杭的眼睛微微弯了一下。梁乐一愣，他猝不及防地就低头吻了下来，梁乐下意识地闭上了眼。

唇碰到的那一瞬间，他们的脸似乎也贴到了一起，身体里的所有细胞似乎都沸腾了，都因为这个青涩的吻而战栗。

相触的地方通电般泛起酥麻麻的感觉，梁乐甚至不敢呼吸，颤巍巍地睁开眼睛，发现祝蔚杭闭着眼睛，眼下那颗小小的泪痣此刻就在她的眼前，平时偶尔才能注意到它，此刻如此清晰。

“唔……”梁乐不自觉地发出一声嘤咛。她有些不知所措，手也不自觉地抓住了他的衣角，用力地往下拉了拉。

祝蔚杭突然睁开眼睛，他的眸子发亮，笑意在眼底晕开。

梁乐不知道他在想什么，觉得脑子一片混沌，只能感觉到他在试探。气息交融，两人同时感受着葡萄干的香气和甜味。

不知何时，在梁乐全身开始软绵时，两人终于分开。两人都像是溺水的人终于呼吸到氧气，重重地喘息着。

梁乐的两颊飘起红云，眼眸也变得水润。

祝蔚杭则是一动不动地盯着她看，过了一会儿，见她的脸几乎快烧起来了，他哑着声音问她：“还好吗？感觉还好吗？”

梁乐一愣，似乎没听懂他在问什么。反应过来后，她抬眼看他，红着脸说：“一般。”

祝蔚杭也不生气，软软地一笑：“嗯，那之后需要多练习。”

梁乐推开他：“谁要跟你练习？”

祝蔚杭倒在躺椅上，侧着头傻兮兮地看着她笑：“跟我女朋友练习。”说着他就去牵梁乐的手，五指嵌进她的指缝里，慢慢握住。

梁乐微怔，没有挣扎。心脏跳得很快，但她说不清是因为那个激烈又青涩的吻还是因为他温暖又宽大的手掌了。

一小碗葡萄干很快就被吃完了，不爱吃甜的祝蔚杭意外吃了很多，都是梁乐的功劳。

梁乐在今夜发现自己的新爱好了，看祝蔚杭去做以前他不爱做的事，而他愿意那么做的原因是她。

第九章 海边恋爱

夏天的风虽然舒适，但吹久了也有些凉，两人吃完葡萄干后就下楼了。正打算在门口分别时，祝蔚杭在昏暗里开口：“这几天不怕了？”

梁乐没懂他是什么意思，疑惑地盯着他看。走廊没开灯有些昏暗，所以她无法看到他发红的耳朵，只能看见他突然游移不定的眼神。

祝蔚杭看向她，低声说：“怕的话，还来我房间？”

很奇怪，若是昨天祝蔚杭跟她说这话，她只会觉得他在耍流氓，此刻她却觉得心跳加速。终究是脸皮过薄，她抬眼看他：“不要跟我耍流氓。”说这话时，她的脸热得不行，甚至在暗暗庆幸走廊里没开灯。

祝蔚杭说：“我不是那个意思。”

梁乐问：“那你是什么意思？”

祝蔚杭思忖片刻，说不出话来。梁乐羞得瞪他一眼，打开房门，准备进去的时候又被他叫住。

梁乐的手放在门把手上，扭头看他，发现他的眸子里闪着一点点的碎光，她哑着声音问：“怎么了？”

祝蔚杭盯着她看，声音很低：“有晚安吻吗？”似乎是觉得不好意思了，他话说到最后没了声音。

梁乐闻言一愣，脸迅速升温，手在冰凉的门把手上摩挲了几下，小声说："可以有。"

这个吻比刚才的那个温柔多了，祝蔚杭捧着她的脸慢慢低头，唇碰上的时候，梁乐无意识地颤了一下。习惯了他的气息后，她也缓缓放松下来，两人的鼻尖相碰着，灼热的气息洒在对方的脸上。

梁乐觉得自己都快烧起来了，胸脯起伏得厉害，他还捧着她的脸，让她无法低头躲避他的视线。

祝蔚杭轻轻蹭了蹭她的鼻尖，眼睛弯了一下："你脸好烫。"

梁乐想怒又不敢做大动作，于是只是将心中的旖旎情绪压下，反问："你不烫吗？"

祝蔚杭笑，用自己的脸颊贴了贴她的，后知后觉地说："嗯，我的脸好像更烫些。"

梁乐推开他，和他保持了一些距离："我要睡了。"

祝蔚杭摸了摸自己的脸："这么早？"

梁乐："晚安吻都结束了，还不能睡吗？"

祝蔚杭盯着她："真的不用跟我一起吗？"明明是在说些暧昧的话，他的表情却诚恳认真。

梁乐的心脏猛地漏跳了一拍，想了想，说："今天是在一起的第一天，你不觉得进度太快了吗？"其实她觉得这话漏洞颇多，但似乎也只能用这个理由来拒绝了。

祝蔚杭果然无奈地笑了："哎，那你前几天拿着枕头被子来敲门的时候，怎么不觉得快？"

梁乐："我当时问心无愧。"

祝蔚杭："现在呢？有愧了？"

梁乐见自己说不过他，急得快要跳脚，心一横："反正我不去。"

祝蔚杭灼灼的视线落在她的脸上，看了一会儿，才妥协一般，闷闷地应了句："行吧。"

在祝蔚杭转身的那个瞬间，梁乐便有些后悔了，她是想要跟他多待一会儿的，她也在苦恼为什么自己想的和做的事会不一样。其实她也不是很想拒绝，或者还有别的想法，嘴上却还是逞能地不肯答应。

手指在光滑的门把手上动了动，她对着他的背影问："你是不是真的很喜欢我？"

祝蔚杭顿住，转身看她，想了片刻之后，他说："嗯，有一点儿。"

不是很爱你，不是很喜欢你，是有一点"真的很喜欢你"，但这样的答案已经让梁乐满足了。

她往屋子里退了一步："那你睡地上，我睡床上。"

祝蔚杭感到意外，点了点头。

祝蔚杭发誓他绝对没想对梁乐做出什么过分的举动，他只是想和她待得再久一些，他总是觉得和她相处的时间不够。

以前他们碰面总是会吵架，吵完之后就分开，分开没一会儿他就会在脑中回忆着刚才她说了什么话，回忆着她做了哪些动作，甚至会有一种没吵够的感觉。

现在在一起，那种感觉自然更甚，和她在一起的时候，身体里像是有一股暖流正缓缓地巡遍全身，他贪恋这种舒适，所以不想和她分开。

两人磨磨蹭蹭洗完澡躺到各自的领地上时，时间已经很晚了。

梁乐催着他睡觉："你明天不上班了？"

祝蔚杭低声说："突然不是很想上了。"说完他又闷闷地补了句，"色令智昏？"

似乎是在自言自语，梁乐却听得很清楚，有些好笑："成语是这样用的吗？”

梁乐趴到床边，向祝蔚杭挥了挥臂，是碰到他了，却也只是不轻不重地挠了几下，像是小猫故意挑衅一般。但她没有成功逃跑，手腕被他握住。

梁乐呼吸一滞，感觉到祝蔚杭手心的温热，想要抽回却没有成功，低声喊了他一声。

祝蔚杭明知故问：“怎么了？”

梁乐：“松手。”

他笑：“你打我，作为交换，我只是抓住你的手腕。”

梁乐笑：“有病。”

祝蔚杭也笑了，松开她的手腕说道：“好了，睡吧。”他又起身打开床头的小灯，看着梁乐躺好之后，才又躺回自己的硬地板上。后半夜两人闭着眼睛都没说话，但都失眠到很晚。

第二日，两人都醒得很早。梁乐本想装睡，但看到祝蔚杭走出房门的背影，她还是忍不住起床跟了上去。

祝蔚杭听到身后的声音，回头看她。

她突然捂着自己的脸，从指缝中看他：“脸很油。”第一次在他面前注意自己的形象，梁乐也觉得矫情，却还是忍不住想要在他面前展示自己最好的模样。

祝蔚杭看了她一会儿：“好像是有点儿。”

梁乐听此冷哼一声，收回多此一举的动作，径直从他身边越过，肩膀撞了下他，走进厕所里，再一气呵成地关上门。

祝蔚杭站在原地无声地笑了一会儿，五分钟后才去敲门：“好了吗？”

梁乐闷闷的声音传出来：“没有。”

祝蔚杭直接问："便秘吗？"

门啪的一声被打开。

被造谣的梁乐已经洗好脸了，她嘴里叼着牙刷，眼神冷冷的，正幽怨地看着祝蔚杭。

祝蔚杭问："好了？"

梁乐往旁边站了站，给他空出洗漱的位置，却不回答他，依旧不大待见他的模样。

祝蔚杭慢悠悠地走到她身边，拿牙杯的时候故意碰了碰她的肩膀。

梁乐心尖一颤，侧脸瞪他，却发现他没看她。

祝蔚杭正低头接水，将牙膏抹到牙刷头上后，才抬头看她。两人无声地对视着，不知不觉间，梁乐又将自己的眼神放软。

祝蔚杭盯着她，认真地说："油也很漂亮。"

梁乐一愣，脸霎时热了起来，别扭地说："以前怎么不夸我？"

祝蔚杭沉默了一会儿，将牙刷放到嘴里，说："以前夸你，你肯定得骂我。"

梁乐盯着镜子刷牙，闷闷地反驳："怎么可能！"

祝蔚杭笑着不说话了。

两人安静地刷着牙，洗漱好后又一起下楼。

奶奶瞧见梁乐也跟着下楼，笑着打趣一句："今天怎么起这么早呀？"

梁乐被调侃得害羞，小声地说："奶奶，我之前是起得有些晚。"

祝蔚杭在旁边低声问了一句："昨晚睡得早？"

梁乐一惊，在奶奶看不到的地方狠狠地瞪了他一眼。

幸好吃早饭时祝蔚杭没有发疯，他安静地吃完饭，刘宥的摩托车声正好在院子里响起。

梁乐含着汤匙抬眼看他："再见。"

祝蔚杭已经站起来了，他低头看她，也回了句："再见。"说完他没有立刻离开，而是盯着她看了几秒后才转身。

祝蔚杭并没有急着和刘宥说他脱单的事，一是因为刘宥嘴太碎，二是因为他还没问过梁乐，并不知道她的意思。

但他时不时露出的笑容还是让刘宥觉得奇怪，好几次都问他在傻笑什么。祝蔚杭不肯说实话，瞪刘宥一眼，用一句"关你什么事"顶了回去。

终于快下班，刘宥在回去的路上问祝蔚杭："梁乐不是很想去海边吗，明天放假一起去？"

祝蔚杭沉默片刻，说："我回去问问？"

刘宥笑着打趣："她该不会不想跟你去吧。"

祝蔚杭"呵"了一声不再说话。随刘宥怎么说，反正他和梁乐已经在一起了。

回去之后，他和梁乐说起这事。奶奶已经去休息了，两人正在沙发上看电视，梁乐扔了一颗葡萄干到嘴里，问："就我们俩？"

祝蔚杭回道："刘宥和许露都去。"

梁乐从沙发上蹦起来："四人约会吗？你跟他说我们的事了？"她皱着眉头，似乎有些担心。

祝蔚杭见她这副模样就知道自己没告诉刘宥是正确的，她似乎还没有准备好公布两人的关系。

虽然心底有点苦涩，但他并没有表现出来，只是闷闷地说了句："没说，他嘴碎成那样，明天整个厂子都会知道我有女朋友了。"

梁乐松了一口气，又仰躺回去，侧过脸笑着看他："担心被他们调侃？"

祝蔚杭别开脸，捻起一粒葡萄干放到嘴里慢腾腾地嚼了两下：“嗯，肯定会被打趣。”

梁乐疑惑：“怎么打趣？”

祝蔚杭幽幽地看向她，随后又转了视线，不肯说话。

见他又在卖关子，梁乐急得跺脚，直接从沙发的另外一端蹭到他身边，靠近他，又问了一遍：“怎么打趣？”

祝蔚杭转头看她，眼底升起淡淡的笑意。梁乐一怔，发觉两人靠得有些近了，下意识地躲开眼神想后退，却被他抓着手腕，轻轻一扯，整个人向他栽去，狼狈极了。

梁乐头枕在祝蔚杭的胸口处，半个身子都在他的怀里，鼻尖萦绕着熟悉的清香。但她没有沉溺，快速清醒过来，撑着他的肩膀抬起头来。

刚抬头梁乐就愣住了，祝蔚杭正认真地看着她。凌乱的刘海遮住了她的视线，祝蔚杭伸手将她的几缕头发轻轻挑起，别到她的耳后。这温柔的动作，让她的心脏似乎都忘记了跳动。

祝蔚杭顺势低下头凑近，她又被吻了。

说实话，梁乐是有些紧张的，毕竟这里是一楼的客厅，奶奶就在不远处的房间里，而他们在接吻。

祝蔚杭似乎有些忘我了。不知何时，他一只手攀到梁乐的腰间，另一只手扶着她的头让她靠近他。只亲了几次，他的技术却进步很大，轻而易举地就能撬开她的唇，带着不容拒绝的占有欲。

梁乐有些走神，察觉到祝蔚杭的强势，她慌忙地向后缩，却没有成功。唇齿相依似乎真的能让人察觉到心动的感觉，两人的心脏几乎都要跳出胸膛，梁乐下意识地紧紧抓住祝蔚杭的衣服，也不管会制造多少褶皱。

亲吻时，祝蔚杭总是有意无意地蹭着梁乐的鼻尖。终于，在两人呼吸都有些急促的时候，祝蔚杭停了下来，盯着梁乐艳丽的脸看了一会儿，伸手擦掉她唇上的晶莹，嘴角微微勾起。

梁乐的魂似乎都飘远了，眼眸水润润的，脸颊绯红。

祝蔚杭低着声音接着之前的话说：“就打趣这方面的事啊。”

梁乐反应过来，别过眼神，害羞地看向别处，小声骂了句。

现在厂里年轻人居多，正处于青春期的男生们荷尔蒙高涨，总是在私底下讨论那些隐秘的欲望。他从不参与，但偶尔听到的时候，满脑子都是梁乐的身影，也会有自己在脑海中亵渎她的罪恶感。但似乎总是控制不住，后来他便彻底放纵自己了。他承认自己不是圣人，对她总是会有隐秘的占有欲。

事到如今，祝蔚杭发现那些对梁乐的幻想正在慢慢实现，内心既期待又激动，但只能耐着性子小心翼翼地等待。

而在他怀里的梁乐察觉到他身体的变化，突然僵住，沉默了一会儿后，小心地起身离开。

祝蔚杭愣了一瞬也反应过来，有些羞恼，顺手拿起手边自己刚脱下的外套盖在梁乐头上。

梁乐反应过来，叫了一声想要扯下外套，手腕又被祝蔚杭握住。她挣了两下却没有成功，呼吸急促起来，那一点被外套裹住的空间很快变得有些潮湿，身体也因为这一番挣扎开始发热。

梁乐不知道祝蔚杭是害羞或是怎么了，身体里的叛逆因子活跃了起来。

祝蔚杭越不想让她看，她便越想看。以为又要徒劳一场的时候，她眼前突然一亮，原来是祝蔚杭将衣服拿开了。

因为还没适应突来的强光，她下意识地闭上眼，再睁开时呼吸都要停住了，祝蔚杭此时离她很近。梁乐看清了他红透的脸和晶亮的眸子，他应该是害羞的，可那眼神又是她从没见过的凶。他该是恼羞成怒了？下一秒，他又亲了下来，手不知道在何时寻到她的脸侧，用手指揉捏着她的耳垂。

梁乐吓得眼睛都瞪大了，却忘记反抗，傻愣愣地让他占着便宜。

接吻这件事极耗体力，每次结束她都像是跑了几百米，浑身发软，只想趴在他的身上休息一会儿。

祝蔚杭吻完两人还抵着额头，梁乐退一点，他就进一点，让梁乐臊得不像话。终于收起了逗弄的心思，他拉开距离说："你怕什么？"

梁乐一怔，经他这么一提醒，她又想起刚才的画面。对上他缠绵的眼神，她忽然又生了不能输给他、想要捉弄他的心思。于是她微微抬起点下巴，用力地蹭过他的唇，有些忍不住笑意："不是的，你太激动了。"

祝蔚杭果然被惹急了，往后退了退，主动离开她的唇，落在她脸上的眼神火辣辣的，却也隐隐透出生涩。

梁乐笑得合不拢嘴，故意低头，还没来得及示意，祝蔚杭就慌忙坐正。他有些窘迫，耳朵像是煮熟了般红透，偏偏还要在她面前故作镇定。

梁乐想要逗逗他，故意用戏谑的眼神扫了他一眼。

祝蔚杭眉毛一挑，看向她的眼神依旧柔软，眼底却翻腾着汹涌的情绪，似乎在思考要怎么回应。

梁乐得意扬扬地看着他，等着他的反击。

岂料祝蔚杭只是想了半天，眼底的火兀自消下，最后只是伸手摸了摸她的脑袋，笑得温润："且看以后吧。"

梁乐这人就是这样，和祝蔚杭吵架的时候，喜欢先上前挑衅，但等祝蔚杭动真格之后，她又会缩成一团，退回壳里。听此，她往后退了退，脸上讪讪然，变得更红了。

祝蔚杭没再说什么，握住她的手，拉她起来："上楼吧。"

梁乐挣了挣，最终放弃，被他牵着上楼了。回到房间很久，她的心跳才有稍稍减速的趋势。

祝蔚杭洗完澡很自然地进了梁乐的房间，打好地铺就一副要住下的架势。梁乐听见他打喷嚏的声音，侧头瞥他一眼。她当然知道在地上睡有多不舒服，可让他回去睡，他又不肯，硬要当狗皮膏药贴在她身上，着凉生病了她又要心疼。

想了想，她出声："感冒了？回去睡吧。"

祝蔚杭背对着她，沉声说："没感冒。"

梁乐"嘁"了一声，"逞强。"

祝蔚杭扭头看她："本来就很强。"

梁乐气得差点笑出来。

思忖片刻，她伸手敲了敲床板，床板发出咚咚的声音："上来躺一会儿吧……"似是无奈之举，可梁乐颤抖的声音已经暴露了她紧张的情绪。

祝蔚杭盯着她，蹙眉疑惑："你确定？"

梁乐挑挑眉，解释道："躺一会儿不是让你鸠占鹊巢，等我睡了，你就要回到地上。"

祝蔚杭没再说话，二话不说收拾了被子，放到她身边的空位上。

梁乐有点紧张，装作将注意力放在手机上，却还是用余光偷偷看祝蔚杭。

突然，她放在被子外的手被握住。她一愣，动了动，却还是没挣脱，在黑暗中发问："做什么？"

祝蔚杭捏着她的手指："抓一会儿。"

梁乐骂了句："神经病。"

祝蔚杭得了便宜，自然没再反驳，笑了两声后，继续把玩着她的手指。

梁乐继续玩着手机，过了一会儿，祝蔚杭的手不再乱动了，她扭头看他。

他居然就这样抓着她的手睡着了。

见他睡得安稳，梁乐就在嘴边的话突然又说不出来了，她盯着他看了一会儿，轻轻地抽出自己的手。

见他依旧睡着，她松了一口气，慢慢躺在他身边，也跟着睡着了。

第二天醒来，梁乐惊讶地发现自己不知什么时候竟钻到祝蔚杭的怀里去了。她微微抬头，正好撞上祝蔚杭的眼神。他也是刚睡醒的模样，眼神迷蒙，可眼底的愉悦和揶揄却很明显。

梁乐一愣，慌忙往后挪了挪，低头一看，发现自己不知何时竟从自己的被子里出来和祝蔚杭共用着一张被子。

愣了一瞬后，她迅速起身，盘腿坐在床上，问他："你是不是耍花招了？"

祝蔚杭跟着坐起，举起手认真地说："天地良心，我没有。"

梁乐不信："那我怎么会到你怀里？"

祝蔚杭："你自己钻进来的。我只是没拒绝而已。"

梁乐脸色涨红："胡说。"

祝蔚杭："我有证据。"

梁乐一愣，反应过来后恼羞成怒地大喊："大半夜不睡觉留证据？"

祝蔚杭点头："就是担心你起来了胡乱一通污蔑人。"

不待梁乐同意，祝蔚杭直接拿出手机点开了凌晨四点十八分摄下的视频。

床头灯光线微弱，环境有些昏暗，手机却很争气地录下了梁乐掀开被子和翻身过来的动静。

她知道自己睡觉不老实，但真实看到还是会有些害羞。整条视频充斥着她哼哼唧唧的声音，还夹杂着几声祝蔚杭的轻笑。

视频最后一秒的时候，他低低地骂了句什么后，着急忙慌地关了视频。

梁乐的脸已经红透了，却还是挺直腰杆，故作镇定地说："好吧，错怪你了。不过你为什么骂人？"

祝蔚杭伸手摸了摸梁乐的脑袋，低声说："秘密。"

梁乐最恨他这种故作玄虚的模样，着急问："又是什么秘密？"

祝蔚杭："都说是秘密了，当然不能说。"

梁乐见硬的不行就来软的，问他怎么才肯说。

祝蔚杭盯着梁乐看："对你又没好处，你天天想知道我的秘密做什么？"

梁乐见有戏了，攻势更加猛烈："喜欢你啊，所以想知道你的一切消息。"

果然，祝蔚杭表情都变了，他忍不住笑意一般低头平复了一会儿，才说："真这么想知道？连这种话都说得出口。"

梁乐猛地冷下脸："真不说？"

祝蔚杭："说了又要被骂。"

梁乐稍稍思考了几秒，放下承诺："保证不骂。"

祝蔚杭考虑了一会儿，低头在她耳边说了几个字，说完就快速地离开房间。

梁乐拿起枕头朝他的背影砸过去，脸红得离谱。

和刘宥的海边之约就在下午，梁乐为了隐藏二人的关系，拉了许俏楠做掩饰。

可不知道为什么，当五个人在沙滩上相遇的时候，几个人的脸色都不是很好看。

许俏楠扯了扯梁乐的衣角，小声说："要不算了，好尴尬啊！你们四人约会，干吗叫我来？"

梁乐低声反驳："哪有什么四人约会，我跟祝蔚杭在一起的事，他们两个不知道。"

许俏楠咬牙切齿："所以让我来做掩护？"

梁乐一下子被拆穿，也不着急，摸清楚许俏楠心软的脾性，她放柔了声音撒娇道："你看看，今天天气这么好，大家一起玩玩而已嘛，而且我绝对不会为了祝蔚杭抛弃你的。"

许俏楠没说话，只是盯着不远处的刘宥和许露看了一会儿，眯了眯眼睛，叹气道："下不为例。"

梁乐说到做到，接下来她一直和许俏楠黏在一起，对祝蔚杭落在她脸上灼热的眼神视若无睹。

刘宥和祝蔚杭准备好烧烤架之类的东西后，便站定在烧烤架周围忙碌。三个女孩儿坐在一旁的椅子上，梁乐和许俏楠还好，互相有个照应。反观许露，她孤零零地坐着，有时低头玩手机，有时抬眼看刘宥，偶尔视线滑到对面两人的脸上，又像是被烫到一样快速移开。

梁乐低声问许俏楠："你们有这么大仇？"

许俏楠瞪梁乐一眼："小打小闹而已，只是不好收场。"

梁乐耸着肩膀笑得一颤一颤的，突然，她的肩膀被人按住，回头一看，是祝蔚杭。

他手里拿着她最爱吃的芝士热狗肠，酥脆的表皮上已经投其所好地撒上了番茄酱和黑胡椒粉，他低头看她，说："吃吧。"

许俏楠在一边发出不悦的声响。

梁乐拍开祝蔚杭的手，然后接过那串肠，递给许俏楠。

祝蔚杭脸上的表情由疑惑转为无奈。

正当许俏楠要接下那根不属于她的烤肠时，三人之间又横出一只手，是刘宥的手。

他也拿了一根肠，应该是脆骨肠之类的东西。他将那根肠递到许俏楠眼前，用戏谑的语气调侃她："人家专门烤给梁乐的，你真好意思拿？"

说完，场上其他四人都僵住了，梁乐和祝蔚杭觉得刘宥这嘴是真欠，不好好说话，这样摆明是让许俏楠难堪。两人甚至在想，刘宥和许俏楠有这么熟吗？

许露目光灼灼地盯着他们几人，不知在想什么。

许俏楠的脸色一下子变红，像是被他说得尴尬丢脸，在空中的手动了动，还是转了方向拿了刘宥手中的脆骨肠。

许俏楠接过之后，刘宥便转身离开了。

梁乐眯眼看刘宥，他轻薄的白色背心被风吹动，衣服下摆被吹起，转瞬即逝的腰部线条很是亮眼。

还没来得及反应，她的视线就被一双大手挡住。她一愣，抬头就看到了祝蔚杭不悦的神情。他蹙眉眯眼，嘴角向下撇，像是在问她看够了吗？

梁乐讪讪地收回视线，还对他露出个笑容，咬了一口他给的芝士热狗肠后，笑着说："好吃，再去烤点儿吧！"

祝蔚杭没说话，虽然脸色有点儿不快，却还是转身回去给她准备烤肠了。

梁乐扭头，发现许俏楠一边吃着脆骨肠一边看着刘宥，于是低声提醒："别偷看了，待会儿被人女朋友抓包了。"

许俏楠微怔，反应过来后狠狠地剜了一眼梁乐："就知道胡说。"

梁乐笑嘻嘻地闭上嘴，看到不远处的祝蔚杭强行将刘宥的背心下摆掖进裤子里。

刘宥自然以为他是又抽风了，于是两个一米八几的男孩儿开始闹起来。

梁乐看得笑了起来，像是正在看一出什么好戏，许露和许俏楠也笑出声来，看着不远处的两人拿着刷油的刷子你追我赶的。

当时，太阳就在海的尽头，低低地挂在海平线上。天空逐渐昏暗，一轮清澈的明月挂在他们的头顶，天边卷着白色的云朵，玫瑰色的天空逐渐被灰蓝取代，随之而来的是夹杂着欢笑的腥咸海风。

几人光着脚丫子在绵密的沙滩上留下脚印。浪潮卷着白色浪花扑向沙滩的同时，他们也赤着脚朝浪花靠近。微凉的海浪浅浅地在他们的脚踝处扑腾着，带来清凉的触感。

一望无际的大海似乎能包裹所有情绪。

梁乐终于体会到了看海的乐趣，她扭头看向周围笑得愉悦的人，猛地意识到，她开心似乎不仅仅是因为这一片一直存在的大海，而是因为身边的人，因为在最好的年纪，碰到了最好的人，得到了最好的感情。

在所有人都没注意的时候，梁乐心思一动，偷偷伸手勾了勾祝蔚杭的手指，再扭头看他，发现他的嘴角微微上扬。于是她朝他靠近一点点，祝蔚杭低头。她小声说："偷溜一小会儿？"溜到只有他们两个人的地方。

百米开外有个小木屋，祝蔚杭先过去。梁乐看着他的背影，心脏跳得有些快，扭头朝许俏楠请假："人有三急。"说完她就快速溜走。

梁乐一步三回头，确定许俏楠没注意她，快速躲到小木屋的背后。

祝蔚杭已经在那里等她了，她还没看见他的脸，就被他扯着撞进他的怀里。鼻尖涌上一股熟悉的好闻的气味，此刻又夹杂着丝丝大海的气息，混在一起倒也很和谐。

察觉到她耸了耸鼻尖的行为，祝蔚杭伸手在她的额头上点了点："闻什么？"

梁乐讪讪地离开他的胸膛，反问他："扯什么？"

祝蔚杭习惯了她这突然翻脸的别扭行径，也不生气，沉默了一会儿，翻起旧账："刘宥很好看？"

想起刚才尴尬的被抓包的情形，梁乐胆怯了一点，低声说："没有啦，就是不小心看到了，谁让他穿得那么暴露。"她倒打一耙，指责起刘宥来。

祝蔚杭低头盯着她不说话，湿热的气息却极具存在感地落在她的脸上。梁乐下意识地往后退了退，他就跟着往前进了一步。

"你要是喜欢看，可以直说……他有的我又不是没有。"

梁乐闻言愣了片刻，没想到祝蔚杭吃醋能吃到这种程度。她抬眼，对上他极具压迫性的眼神，支支吾吾地说："我没说喜欢看啊，只是凑巧看到了。"

祝蔚杭轻呵一声，像是在笑她嘴硬，继续说："诚实点儿。"

梁乐眨眨眼睛，破罐子破摔地承认："我就是觉得他身材不错。"

祝蔚杭说："我身材也不错，以后只看我的行吗？"

梁乐忍不住笑，却还是想要逗逗他，扯扯嘴角："这是什么变态要求？"

祝蔚杭郁闷地叹了口气，像是在教她："梁乐，请重视自己拥有的。对你来说，我可以开发很多未知。”

梁乐嘴角抽动，装傻：“什么意思？”

祝蔚杭烦躁地抬起下巴，像是束手无策了，往后退了一步：“听不懂算了。”就在这时，梁乐突然猛地扑进他的怀里，双手环着他的腰，手指在他腰际的皮肤上点了点。

祝蔚杭一愣，低头看她，梁乐仰着头，笑盈盈地看着他。

周围有些暗了，她的眸子却很亮，水润润的，像黑曜石。

她说：“听懂了，晚上回去了我再好好看，行吗？”她其实挺享受哄祝蔚杭的这个过程，喜欢看他在她一点点的抚慰中变得温顺的样子，很有成就感，心里还洋溢着微微的甜。

祝蔚杭没说话，只是蹙起的眉头立刻散开了，他盯着她看了几秒，哑着声音开口：“现在亲你可以吗？”

梁乐微怔，睫毛颤了颤，还没给出答案，祝蔚杭就低头吻了下来。

只是轻轻地触碰着唇而已，梁乐的身体却像是有电流通过一般，所有感官都似乎在此刻失灵了，能体会到的只有他。她感受着祝蔚杭柔软温柔的唇。交换着同样炙热的气息，承受着他诚恳的爱意。她变得昏沉，心脏像吸饱了水一样沉。

祝蔚杭满意地离开时，梁乐却有些意犹未尽，又踮脚蹭了蹭他的唇。对上他意外的眼神，她才觉得害羞，低头趴在他的肩上，用额头蹭了蹭他的肩头：“看什么？”

祝蔚杭笑，寻到她的手腕，慢慢摩挲着那块最柔软的皮肤：“没看什么。”

毫无意义的对话，梁乐却从中体会到了宠溺，于是脸涨得更红。

第十章
吃醋

在木屋后磨蹭了好一会儿，两人才松开对方，刚才贴着的皮肤似乎还残留着黏糊糊的触感，她缓了一会儿才让狂跳的心脏冷静下来。

回去的时候，许俏楠的表情臭得不行。梁乐自知理亏，谄媚地坐到她身边，开玩笑地问：“我不在的时候，你和许露吵架了吗，脸怎么这么臭？”

“还问我为什么脸臭呢？”许俏楠阴阳怪气。

梁乐眨眨眼：“嗯？”

许俏楠：“你们这对情侣还一起上厕所呢？”她一下就把她的谎言拆穿。

梁乐佝偻着身体，嘴硬：“在路上碰到了，肯定要说两句话嘛。”

“说两句话？都被亲成这样了，还真会睁眼说瞎话。”许俏楠看向她的唇。

梁乐吓了一跳，急忙捂住自己的嘴：“看得出来？”

许俏楠也跟着脸红：“傻子才看不出来。”

梁乐扶额，低声嘟囔：“救命！”她将哀怨的眼神投到不远处的祝蔚杭身上，他却还在烧烤架边上忙。

刘宥却不见踪影，梁乐问了许俏楠才知道，他好像是去拿饮料了。

几分钟之后，刘宥提着一袋饮料回来了。

摆上桌面之后，她们才发现，他口中的饮料是含酒精的。梁乐之前没测试过自己的酒量，但一看桌面上那些花里胡哨的瓶子，便觉得这些饮料肯定中看不中用，于是她就着烧烤喝了不少下去。

许俏楠一口没喝，只是偶尔拿起桌上的串，有一口没一口地啃着，在五人之中格外沉默。

梁乐的情绪因为酒精而慢慢高亢起来，总觉得在椅子上坐不住，索性拉了许俏楠去踩浪花。

天色已经完全黑下来了，海岸线却闪着像星星一样的光亮。

周围的人慢慢多起来，有许多游客跟他们一样，三五好友围在烧烤摊边上聊天喝酒。

许俏楠莫名没什么兴致，于是梁乐吹了一会儿海风便回去了。

走到一半，她停住脚步，眯眼看向不远处的祝蔚杭和他身边的女孩儿。女孩儿高挑又性感，穿着泳衣，将黑长的头发绑成俏皮的双马尾辫，正站在祝蔚杭身边和他说着什么话。

刘宥和许露两个人坐在椅子上抿嘴笑，刘宥抬眼正好看见她和许俏楠，笑意更深，眼睛都弯了，却又不提醒祝蔚杭，看好戏一样等待着。

梁乐看见女孩儿拿出手机像是在找他要联系方式。

祝蔚杭坐在椅子上面无表情，只盯着手中的烤串，女孩儿脸色僵住，两秒之后面红耳赤地离开了。

梁乐盯着那女孩儿的背影看，惊讶她的腿怎么可以那么细长笔直。

许俏楠扯了扯她的手腕："吃醋了？"

梁乐低头，闷闷地反驳："羡慕而已。"她又看了一眼女孩儿的脸，精致又美丽，几乎是校花级别了，她低声说："好漂亮哦。"

许俏楠点头："嗯，是漂亮。"

梁乐的脸有些热，酒精害得她头发涨，踩着绵软的沙子回到椅子上休息。

祝蔚杭递给她串，她没接，瞥了一眼，摇摇头，抿唇说："有些累了。"

祝蔚杭笑："喝果酒都能喝成这样。"

梁乐眨眨眼睛，觉得眼皮很沉，扭头对许俏楠说："你回去吗？"

许俏楠求之不得，拿起自己的小绵羊钥匙起身："我载你回去？"

其他三人明显都没想到她们会这么早回去，祝蔚杭起身摁住梁乐的手腕："你跟我一起吧。"

梁乐抽出自己的手，看向刘宥："你帮他收拾一下吧。我和许俏楠先回去。"

刘宥扯了一下嘴角："这就回去了？"

梁乐和许俏楠同时点头："再见。"

祝蔚杭和刘宥盯着两人离开的背影若有所思。

刘宥撞了撞祝蔚杭的肩膀："惹人家生气了？

祝蔚杭瞥他一眼："你以为我是你？"

刘宥笑笑："你比得过我吗？单身狗。"

祝蔚杭"呵"了一声，思忖片刻，起身离开："你和许露收拾一下吧，下次请你们吃饭。"

祝蔚杭到家时，梁乐已经休息了。他尝试着去开她房间的门，意料之外，她并没有锁门。

房间里只有床头灯亮着，幽幽的光亮勾勒出她躺在床上的身形。薄薄的空调被搭在她身上，她背对着他躺着，却很乖巧地留了另一半床位给他。

祝蔚杭洗了个澡后，犹豫了一会儿，想着梁乐今天喝了酒，决定去看看情况。

梁乐像是睡熟了，没有任何动静。祝蔚杭不自觉地靠近她，忘记了昨天的约法三章，伸手触碰她的手臂，见她并没有任何反应，便顺势躺下将她整个人都圈在怀里。

梁乐还未完全醒酒，全身有些发烫，抱着她就像抱着一个小暖炉，祝蔚杭忍不住又贴近了一点。

梁乐其实没有睡着，在祝蔚杭贴近的那一瞬间，她突然翻了个身，整个人就都窝在了他怀里。

祝蔚杭一时愣住，听见她说睡不着之后忍不住笑，问了句："为什么？"

梁乐说："头还有点晕。"说完她就将额头抵在祝蔚杭的胸口，似乎故意不想让他看到自己的脸。

祝蔚杭伸手碰了碰梁乐的脸，发现她的脸也有些烫。他轻轻抬起她的下巴，与她对视。梁乐的眼睛像熟透的葡萄，亮晶晶的，脸颊粉粉的，嘴唇也比平常红一些。

祝蔚杭心中一动，刚想再凑近一些，梁乐就有些急切地抬头凑了过来。

祝蔚杭轻品到了一些酒味，带着淡淡的果香，自己都有些醉了。

喝了酒之后的梁乐跟以前有些不一样，不那么害羞，将原本娇蛮跋扈的形象全部袒露，有些放纵。然后她又后知后觉地害羞，将发烫的整张脸都埋进他的颈窝处，但唇又无数次地蹭到祝蔚杭的皮肤。

祝蔚杭低头用下巴抵住她的头顶，哑着声音问她："难受吗？"

梁乐不说话，将发热的脸在他的肩膀上蹭了蹭。

祝蔚杭摩挲着她裸露在空气中的皮肤，轻轻地捏着她的手指，却被梁乐反握住，她抓着他的手放到自己的脸上。

祝蔚杭手里的触感柔软，心脏更是化成了一摊水，他听见她说：“脸好热。”

祝蔚杭：“所以拿我的手降温？”

梁乐点头，祝蔚杭笑。

微醺的梁乐思考有些迟缓，行为虽然像小孩儿，却是她最真实的想法。

酒精将那些弯弯绕绕的想法都浸泡，梁乐什么都想不起来了，脑中只有刚才沙滩上的那个漂亮女孩儿，心脏也被酸涩的滋味萦绕。她将他的手放在唇边，泄愤似的咬了咬。

祝蔚杭没拦，知道她今晚有些别扭，想着让她开心就好。

其实她也没用力，只是在他的手背上留下了一圈浅浅的牙印。梁乐心脏一软，突然有些心疼，用唇贴住那个牙印，柔柔地蹭了蹭。对上他的眼神，她盯着她问：“你喜欢我吗？”

祝蔚杭眸子一闪，似乎不明白她为什么会这么问，可还是回答：“喜欢。”

梁乐：“只喜欢我吗？”

祝蔚杭不假思索：“嗯。”

梁乐：“比我漂亮的呢，你喜欢她们吗？”

祝蔚杭轻笑：“想什么乱七八糟的呢？”

梁乐低头，声音很小：“我好像比想象中喜欢你。”

此刻的她并没有心情去考量自己说出这些话会不会让自己处于劣势，难得地，她将自己放在低一些的位置，想告诉祝蔚杭他在她心中的分量。

祝蔚杭花了几秒才将这句话带来的愉悦情绪消化好，他用手指勾着她的手指，说：“我很开心。”

梁乐抬头看他，一双眼睛直勾勾地锁住他：“你只能是我的。”

她依旧霸道，带着委屈和骄蛮的语气让祝蔚杭不合时宜地想到小时候她和自己争吵着要某件玩具的样子，但她这种占有式的宣言竟让他感到很愉悦。

很早以前，祝蔚杭会嫉妒梁乐喜欢的玩具占据了她所有的注意力，便会不自觉地与她争抢玩具。偶尔他也会希望自己变成一件她喜爱的玩具，这样她就会时时都陪着他。此时，幼时那些无厘头的幻想似乎实现了。

祝蔚杭心里翻腾着一股热融融的暖流，极其乖顺地应道：“嗯……我是你的。”

梁乐用脸蹭了蹭他的下巴：“可是太多人喜欢你了。”刚才凶巴巴的语气又在此刻变得柔软委屈。

祝蔚杭想起刚才在沙滩上的情景，一下就明白了她为何情绪反常。知道她是在吃醋之后，他心里泛起些甜滋滋的情绪，臭屁地应道：“是挺多人的。”

梁乐一愣，反应过来后在他的肩头上咬了一口。

祝蔚杭笑，伸手在她的后脖颈处捏了捏，像是抓住了她的命脉。她松开，用手摸了摸刚刚留下的牙印，反驳道：“不行，是梁乐的。”

祝蔚杭忍俊不禁，醉酒之后的梁乐总让他回想起小学时期的她，总是在喜欢的东西上留下专属于她的痕迹——写上名字再加个胖鼓鼓的爱心。

祝蔚杭虽然嘲笑过她好几次，但是在心里觉得她很可爱。

有时走神，他甚至会无意识地在自己的手上画一个胖鼓鼓的爱心，模仿着她留下的记号。

他觉得自己很奇怪，居然如此渴求着被她占有，但嘴上仍是嫌弃：“属小狗的？”

梁乐眨着眼睛认真地反驳：“不是的，属马。跟你一样属马。”

祝蔚杭笑得眉眼弯弯，指腹温柔地摩挲着她的下巴，问：“你是吃醋了？”

梁乐否认：“没有。”

祝蔚杭笃定地道：“有。”

梁乐说不过就瞪他：“怎么还有人喜欢光头啊？”

祝蔚杭：“因为我帅啊。”

梁乐不肯再理他，想要转过身去。祝蔚杭见逗得差不多了，又担心她当真了明天和他闹别扭，便收紧放在她腰上的手，让她不能乱动。梁乐索性低着头不看他。

祝蔚杭缓了两分钟，将唇贴在她的耳畔，极其认真诚恳地告白：“我只喜欢你一个，只爱你一个。”顿了顿，他又像在说什么誓言一样，“祝蔚杭是梁乐的。”

梁乐听得全身都起了鸡皮疙瘩，耳朵痒得发麻，心脏像是被捏住了一样，呼吸都跟着变缓。慢慢消化了一会儿，她答道：“好。”说完她低头在他的怀里偷偷笑。

梁乐可爱的样子拨动了祝蔚杭脑中的那根弦，他低声问：“不是说要试试吗？现在就可以。”

梁乐被吓得一怔：“试什么？”

祝蔚杭轻笑道：“试试腹肌啊，你又想哪儿去了？”

梁乐差点儿忘记自己给他的承诺，经他这么一提醒，倒是什么都想起来了，只是此刻气氛燥热，她的大脑也昏昏沉沉的，所有思绪都乱成一团麻，只有“想要亲近他”的这个想法清晰不变。

祝蔚杭伸手将衣服掀起来一点，白色的衣料堆积在腰际，紧绷着的小腹暴露在空气中，腹肌明显。

梁乐低头，长又轻地呼了一口气，像是下定决心，伸出手指轻轻地碰了碰他的小腹，跟看起来一样硬。她忍不住又划拉了两下，像是小猫在挠。

听见头顶祝蔚杭越来越重的喘息声后，她小心翼翼地抬眼看他。

他的眼神晦暗深邃，湿漉漉的，像是沾了水，哑着声音说：“别玩了。”

梁乐说：“我又没玩。”

祝蔚杭失笑。梁乐就像躲在洞里的小兔子，他趴在门口等她，喊了半天，她才踱步过来背对着他，露了一段短短的尾巴，偏偏那尾巴对他来说，诱惑力极大。可他不敢去扯，怕伤到她了，于是只能轻声轻语地哄骗着让她出来。

他重新贴近她，呼吸就在她的耳边：“你可以再大胆一些的。”

这话的意思落在梁乐耳里就变成了“随便你怎样都行”。

于是梁乐趴在他的胸口上，听见他的心跳声似乎比她的还快。她的手指轻轻地攀爬至他的腰间，点了点之后整个手都抚上。

梁乐柔软湿热的掌心几乎让祝蔚杭发疯，他好像也醉了，脑子涨得不行。

一切都好像乱套了……

两人的呼吸都更加急促，梁乐越发觉得身体滚烫，急需要水来降降温。

于是她哑声说道：“我口渴了。”

祝蔚杭一愣，想到刚刚进来这么久也没关心她的状态，此时听着她嘶哑的声音，他有些懊恼，忙起身拿起床头柜上的水杯递到她嘴边，低声哄道：“喝吧。”

梁乐也坐起，乖巧地接过水杯，看了他一眼。

祝蔚杭的脸有些发烫，说：“我去一下厕所。”

梁乐的睫毛颤了颤，不知想到什么，没有多说。

过了十几分钟，祝蔚杭回来时发现梁乐已经睡着了。她闭着眼睛，呼吸均匀，眉毛微皱。于是他安静地挪上床，躺在她身边，拉过被子，自然地伸手将她抱在怀里。

“约法三章”早就在刚才被他抛诸脑后，现在更是熟门熟路。

毕竟，先破坏规则的是梁乐，他便也跟着破罐子破摔了，不用担心她会再骂他。

屋内微亮，天空泛着灰白的颜色，窗外静谧无声，梁乐正窝在祝蔚杭怀里，被他圈在里面。低头发现两人盖的竟然是同一条被子，她眨了眨眼睛，放空了一会儿。

在他的怀里总是不自在的，她低头握住他放在她腰上的手，轻轻抬起来后，又悄悄地往后退。

好不容易逃脱，梁乐长吁一口气，身后却突然有了动静。她还没够到拖鞋，身后便贴上一副滚烫的身体。

一双手从她的腰间环过，将她整个人都圈住。

肩头也突然被往下压，他将下巴放在那里，呼吸就在她的耳畔，她像是被烫到。

祝蔚杭：“醒了？”他的声音哑得不像话，明明只是短短的两个字，尾音却拉得有些长，藏着某些暧昧的信号。

梁乐不知该摆什么表情，思忖片刻，“嗯”了一声，僵硬地抓住他的手腕，想要让他松开。

祝蔚杭不肯：“抱一会儿。”虽然这嗓音很性感，但他黏人的模样让梁乐害羞到要冒火，她急躁地想要逃脱。

梁乐扭头看他，发现他的目光虽然蒙眬，但眼里的温柔不比昨晚浅，莫名又说不出那些恼怒尖锐的话了。

她妥协：“多久？”要抱多久？

她冷漠又无奈的样子看得祝蔚杭大笑，他抓着她的手把玩着：“你真的很会翻脸不认人。”

梁乐瞪了他一眼。

祝蔚杭将她的手放到唇边吻了一下，嘟囔道：“什么时候你才会离不开我呢？”

梁乐听得含糊，想再问一遍他在说什么，祝蔚杭却突然松了手，亲了亲她的侧脸：“去吧。”

梁乐像是被赦免一样，低头穿上自己的拖鞋，快速出了房间。

解决完小矛盾之后，两人的关系更进了一步。

祝蔚杭下班回来的时候，梁乐还很贴心地给他递了葡萄干吃。

见奶奶不在，祝蔚杭便躺在沙发上示意梁乐喂他，慢悠悠地张开嘴：“啊——”

梁乐轻哧一声，却还是拿着葡萄干送到他嘴边。就在他满意地眯眼探头准备吃下的时候，她猛地收回手，自己吃掉了。

见祝蔚杭吃瘪，梁乐边吃边笑，挑衅地看着他：“你是少爷？”

祝蔚杭也不生气，嘴角挂着一抹无奈的笑容，自己伸手去拿葡萄干吃。

晚上睡觉的时候，祝蔚杭硬要贴着梁乐。

梁乐在他靠过来的时候，暗自庆幸自己有先见之明，今天穿得很严实。

果然，才躺下没几分钟，安静的祝蔚杭就侧身伸手抱住她的腰。

其实这几次下来也应该要习惯了，可梁乐还是一震，警惕地侧头看他，哑声问："做什么？"

祝蔚杭见她眼睛瞪得大大的，在她脸侧轻笑："没做什么啊。"说话间，他用额头蹭了蹭她的侧脸，牵着她的手一起睡了。

第二天早上，梁乐迷迷糊糊地睁眼，见祝蔚杭正眼带笑意地看她。

她翻了个大白眼之后，伸手将他的脸推开。

他翻身到一边，手肘撑在床上，笑意盈盈地继续看她。

"变态啊！"梁乐哑着声音嘟囔。她还没洗脸呢，烦死了……

她伸手捂住自己的脸，闷闷的声音响起来："你不去上班？"

祝蔚杭："我突然知道为什么'从此君王不早朝'了。"

梁乐想了一会儿才知道他是什么意思，她从床上坐起来，瞪他："你是君王？别给自己贴金，你只是个打工人，快去洗漱上班。"

祝蔚杭一点都不怕她这副故作凶狠的模样，快速地靠近，捏着她的下巴亲了一下。

两人离得极近，呼吸都缠在一起的时候，他慢悠悠地又说了一句不着调的话："牡丹花下死，做鬼也风流。"

梁乐骂他："你真的有病。"

两人打打闹闹洗漱完才下楼。祝奶奶正好送走村里来通知事情的工作人员，见两人下楼，便告诉他们今天要停电。村里设施不好，一两个月总是要维修一两次。

祝蔚杭要去工厂便不在意，奶奶也觉得没什么大碍，只有梁乐一人唉声叹气。

祝蔚杭笑着问她："跟我一起去，等我下班？"

梁乐不肯："我不如在家里睡觉。"祝蔚杭抿抿唇不再说话。过了没多久，刘宥过来接他了，梁乐瞥了奶奶一眼，跟着祝蔚杭一起走到院子里。

刘宥在大门口，皱着眉头看两人。

梁乐扯扯嘴角，推了一把祝蔚杭的肩头："赶紧去吧你。"

祝蔚杭边走边回头看她："皇上不急太监急……"他话还没说完又挨了梁乐的一下捶打。

她打得不是很重，但祝蔚杭下意识地龇牙咧嘴，似乎已经成了一种习惯。

梁乐有些好笑："死不了就赶紧去。"

祝蔚杭瞥了一眼她的手，突然侧身，挡住刘宥的视线后拉起了梁乐的手。

梁乐蒙了，反应过来的时候，手已经被他握住了。

祝蔚杭轻柔地捏了捏，似乎也有些紧张。

梁乐动了动手，却被他握得很紧，她忧虑地瞪大了眼睛看他，意思是让他松手。

他笑着眨眨眼睛："我挡着呢。"

梁乐不知该做什么反应，面部抽动得厉害，最后还是压抑不住笑容，嘴上却不饶人："皇上……您牵的可是……"

话还没说完，祝蔚杭就松开她的手，眼里是得逞的揶揄笑容："我走了，小乐子。"

梁乐愣怔，意识到自己反击的话还没说完就被他截断，气鼓鼓地追着他骂了好几句。

刘宥见这对欢喜冤家又在吵架，同情地看了一眼祝蔚杭，决定帮他解围，于是大喊：“走了！要迟到了。”

祝蔚杭这才从梁乐的魔音里逃脱。

下午最热的时候，正呼呼作响的空调突然没了动静。

梁乐找奶奶要了蒲扇，坐在小板凳上扇风，可没一会儿还是热得满头大汗。

祝奶奶见梁乐不耐热，笑着提议：“去四楼吧，找个躺椅休息，你在这里越动越热。”

四楼空间宽敞，窗户都打开的话，大厅中会有穿堂风吹过，肯定是比这儿凉快。梁乐接受提议，提了一个西瓜，摸了一本书上楼。

四楼果然凉快，梁乐待了一个下午。书几乎看完了，她觉得头有些昏沉，便回到房间休息。再睁眼时发现窗外的天色微沉，她伸手按了按床头的开关，还是没来电，她郁闷地在床上叹了一口气。

这时门被打开，祝蔚杭回来了。

梁乐还迷糊着，半眯着眼睛看他，见他朝自己走过来，她微微侧过脸，勾着嘴角却别扭地不肯去看他。

他走到床边，就在她的眼前，蹲下后盯着她看。

她哑着声音：“下班了？”

此刻的梁乐因为过长的午觉而有些慵懒，像是脱掉了尖锐的外壳，跟以往古灵精怪的样子不一样，迷糊得可爱，做的每个小举动都能戳到祝蔚杭的心尖。

祝蔚杭也学着她，拖长了声音回答：“嗯。”

梁乐想起什么，下巴压在被子上，皱眉嘶嘴：“你早上说我是太监？”她的眼睛湿漉漉的，像两颗成熟的葡萄，有些委屈地看他。

祝蔚杭：“你不是。”

梁乐："那我是什么？"

"是我最漂亮最可爱的皇后。"他将她鬓边的湿发撩开，轻轻地别到她的脑后，将她整张脸都露出来。她额上有些冒汗，似乎很热。

梁乐笑起来："你真以为你是皇上啊？"

"早上你不也承认了？"他问。

梁乐懒得理他，郁闷地说："我好热。"

祝蔚杭笑："嗯，看出来了。"

梁乐盯着已经暗下来的窗外，小声地问："什么时候来电啊？"

祝蔚杭没办法回答她这个问题，只能坐到床角，拿起蒲扇给她扇风。

蒲扇扇出来的风很大，虽然不比空调，但也足够凉快。额前的汗被吹干，梁乐舒适地勾勾嘴角，挪了挪身体，将脑袋压在他的腿上。

她舒服得眯起眼："我妈以前也这么给我扇扇子。"

天色已经很暗了，祝蔚杭的脸隐在黑暗里，但梁乐还是能看清他眼里的柔软。突然觉得幸福，她哼哼说："渴。"尾音软软的，有点撒娇的意思。

她很少做出撒娇卖萌之类的举动，尤其在祝蔚杭面前，她总是恨不得扛着刀剑穿着盔甲让他知道她很厉害，此刻的柔软娇媚模样倒让祝蔚杭心神荡漾。

当然，他爱她的所有模样，娇憨的梁乐他很喜欢。

祝蔚杭拿起桌边的水杯喂她喝水，梁乐微微仰头，喝的时候却不小心将水溢到嘴角。祝蔚杭伸手帮她擦掉了，她一愣，心脏突然跳得有些快，她看着他的眼神，意识到气氛似乎有些不对。

果然，祝蔚杭的手指在她唇边停下，他低声问："我能喝吗？"

梁乐还来不及回答，他就低头压下来了。

因为两人的位置不便，他只是浅浅地亲了亲她，碰了一下唇，他便起身了，似乎因为脊椎难受。

梁乐转了个身埋在枕头里偷笑，祝蔚杭将她翻了个身后压了上来，他将下巴磕在她的肩头上，在黑暗中问："笑什么？"

梁乐想了想："没什么。"大概是因为现在的气氛实在很好，她才忍不住笑出了声。

突然，她不知道想起什么，问："你还在工厂里脱衣服吗？"

祝蔚杭一愣："我什么时候脱过？"

"我那天看见你掀衣服了！"

祝蔚杭想起当时的情况，哭笑不得："那不是脱衣服，只是……"

梁乐反驳："就是脱，都被别人看光了。"

祝蔚杭见自己吵不过她，认输了："没脱了。"

梁乐："男孩子在外面要保护好自己，这种地方只能给女朋友看，知道吗？"

祝蔚杭忍不住笑，大概是觉得太可爱了，他靠近梁乐的耳朵，认真地许诺："知道了。"

天花板上的灯泡闪了一下后亮了。

突来的亮光有些刺眼，梁乐下意识地闭上眼睛，缓了片刻，她睁开眼睛，推了推祝蔚杭："来电了。"

祝蔚杭"嗯"了一声，却还是亲密地贴着她不肯离开。

梁乐被光照得很清醒，脑中那些混乱暧昧的思绪一下清理得干净。她伸出手，打算把灯关了，让自己重回刚才那种状态时，门被叩响了。

梁乐心脏一滞，手停在半空中。

祝蔚杭只是微微一僵，然后便继续动作，咬了咬她的脸颊："胆子这么小？”

梁乐收回手，看他一眼后，压低声音：“你胆子大，去把门打开。”

祝蔚杭笑：“你确定？”说完他就要起身。梁乐被吓到，慌忙将他扯住，低声斥责：“好好待着！”

祝奶奶在门外出声：“下楼吃晚饭啦。”

梁乐压着祝蔚杭的脑袋，不让他出声，应道：“好的，马上下去。”

祝奶奶似乎去隔壁喊祝蔚杭了，没多久后，她在门外独自念叨着：“小杭呢？”

声音不大，但还是让屋内的两人听见了。

祝蔚杭眼神一闪，似乎想要整蛊梁乐。他刚要张嘴，梁乐眼明手快地捂住他，警告道：“你别发疯。”

祝蔚杭的下半张脸被捂住，梁乐看见他的眼睛弯了起来，似乎是因为得逞而偷笑。她气不过，用力推开他，破罐子破摔地说：“喊吧。”她又补充道，“大不了一起被发现。”

祝蔚杭不敢再笑，窝在她的颈窝里，讨好地蹭了蹭她的侧脸：“不喊了。”

奶奶把中午准备的饭热了一下，所以也不需要等太久就吃上了晚饭。吃饭期间，很少有动静的座机电话突然响了起来。

祝蔚杭动作一顿，抬头看了一眼奶奶。

祝奶奶走过去接电话，“嗯”了几声，又对着电话说了几句他们的近况后便挂了电话。

回到餐桌，三人都沉默地没有开口，最后还是祝奶奶先说话了，她看着祝蔚杭：“是你爸。他问我你在这里过得怎么样。”

梁乐心里莫名不是滋味，偷偷看了一眼祝蔚杭，见他神色无异后，默默松了口气。

祝叔叔工作忙，她很少见到他，尤其在最近几年更是难得碰到。

小时候她去祝家串门还总能看见他们一家三口和和美美的，祝叔叔甚至带着她和祝蔚杭出去玩了几次。

梁乐很喜欢这个斯文儒雅的叔叔，不知道多少次想和祝蔚杭交换爸爸。

可待她上了初中之后，祝叔叔便总不在家，祝蔚杭每次的家长会都是他妈妈去的。

杨英婉温柔包容，不怎么束缚他，家里少了个人管，祝蔚杭乐得逍遥又自在。

梁乐看着他这副自由的模样，总是羡慕得咬牙切齿。

她问过几次祝叔叔每天在忙什么，她妈总是让她别瞎操心："人家祝叔叔赚钱忙，出差多，你个小孩儿怎么这么多问题？"

她撇撇嘴反驳："关心一下不行吗？"

上了高中后，祝叔叔几乎就不在家里出现了，只有大节日比如临近新年的时候，她偶尔能看到小区楼下那辆锃亮的黑色豪车，一见那车，她就知道是祝叔叔回家了。

有一次，她在楼道里碰见神色匆匆的祝叔叔，他笑着关心她两句，客套后就风尘仆仆地下楼。待那辆豪车飞驰离开后，她继续上楼，发现祝家门打开着。她偷偷往里面看了一眼，发现杨阿姨和祝蔚杭两人无言地坐在沙发上，似乎在思考着什么事。

她觉得别扭，这几年，祝叔叔只要出现，祝家的气氛就变得很不好，母子二人总像失了魂一样。

虽然不知道他们家发生了什么事，可梁乐清楚肯定不是什么好事。

于是，祝叔叔在她心中的形象变得越来越奇怪。

尤其是在这个暑假，得知他硬要祝蔚杭留在本地读大学之后，祝叔叔已经被她贴上了“不理智”的标签。

祝蔚杭没说话，餐桌上的气氛变得古怪起来。

过了好一会儿，当梁乐觉得自己的屁股都开始发麻的时候，祝蔚杭问奶奶：“这是他第一次打电话过来？”

梁乐发现祝蔚杭用“他”来指代自己的父亲，她看他一眼，见他神色冷淡，心脏突然有些发酸。

奶奶没说是但也没说不是，嘴角动了动，最终什么也没说。

梁乐在那一刻突然觉得自己家吵吵闹闹的家庭氛围其实挺好的。

她也觉得心疼，心疼祝蔚杭，心疼祝奶奶，心疼杨阿姨。

晚上休息前，他们在沙发上聊天。

梁乐在心中斟酌了好一会儿，还是说：“我十四岁的生日愿望是和你换爸爸。”

祝蔚杭一怔，笑：“小小年纪就这么疯。”

梁乐反驳：“当时祝叔叔多帅啊，我爸当时已经有啤酒肚了。”

祝蔚杭沉默了一会儿，闷闷地反驳：“不帅。”

梁乐抱住他：“你说你爸为什么突然打电话来？”

祝蔚杭想了想：“可能……要出成绩了。”

梁乐恍然大悟：“填报志愿的事？”

“估计是吧……”他苦恼地叹了一声。

梁乐突然意识到这个夏天似乎过得很快，成绩出来后，他们就要马不停蹄地填报志愿，接着就要准备开学。

她问他：“你想报哪里？”

祝蔚杭亲她一口：“你去哪里我去哪里。”

梁乐一愣，没想到他会这么说，她以为他的答案是首都或者是接受父亲的安排。

虽然知道这可能只是他的玩笑话，但这种甜言蜜语还是让她嘴角翘起。

梁乐故意转了话锋：“我们考不到一起。”

祝蔚杭捏她的手，低声说：“我不管。”

也许是因为平时的他总是沉稳理智，所以当他说出这种有些幼稚赌气的话时，梁乐的心脏还是不争气地猛地缩了缩。

她总是很容易因他对她的那些特殊而感动。

可梁乐就是那副德行，心里越感动，嘴上的话越不着调：“我们是露水情缘，夏天结束，我们就散了。”说完她又补充道，“不对，离开这里我们就散了。”

祝蔚杭抓紧她的手，对着她的脸咬了一口：“你敢？”他颇有些威胁的意思。

梁乐瞪他：“我怎么不敢？”

祝蔚杭抱紧她：“反正我不同意。”无赖的模样让梁乐束手无策。

她第一次觉得祝蔚杭比她幼稚百倍，于是忍着笑问：“你这么喜欢我？”

祝蔚杭在她颈间开口：“有点。”声音闷闷的，贴在梁乐的耳边，让她发痒，心脏也莫名泛麻。

她问：“只是有点？”

祝蔚杭：“你想听什么？我都可以说。”

第十一章

回家

成绩公布的时候，祝蔚杭还在厂子里上班。

刘宥从隔壁车间跑过来，一下子跳到他身上：“查分了吗？”他全身都是汗味，祝蔚杭被熏得往后退了几步。

刘宥狠捶他一下，龇牙咧嘴：“装模作样？你以为你现在是什么德行？”

祝蔚杭低头看了一眼自己灰扑扑的手臂，走到角落，拿起一瓶水低头冲洗。他睨了刘宥一眼，问：“你查了？”

刘宥笑，眉眼都扬起：“查了。”

祝蔚杭：“考得很好？”

刘宥小声说：“够到本科线了！”他很激动，却又不敢大声张扬。

祝蔚杭也感到惊讶，笑着看他：“没查错吧？”

刘宥抬脚踢了他一下。

祝蔚杭手中的水都被晃得洒了出来，听见刘宥骂他：“这能查错？我就是考得很好！”

祝蔚杭不再贫嘴，承认道：“我以为你总分只能考个百来分呢，真没想到，不错！”

刘宥总算称心如意地得到赞赏，问起祝蔚杭的成绩。

祝蔚杭抖抖肩膀，有些臭屁地摸了摸鼻子："你知道我是什么水平的。"

这种时候卖关子，刘宥气得要跟他打起来，祝蔚杭才给刘宥看了自己的成绩。

刘宥盯着手机屏幕上的那几个数字看了一会儿，抬眼看他："果然，你是这个。"

他对着祝蔚杭比了个大拇指。

祝蔚杭笑笑："也没什么，就正常水平。"

这话并不是在显摆，这个成绩和当初他的估分相差无几，几乎是在考完的那一刻他就知道自己达到了目标，对于他想去的那所学校，这个分数也应该绰绰有余。

刘宥眯起眼盯着他看了一会儿，发出疑惑："成绩好，长得也不赖，梁乐究竟在想什么？"

祝蔚杭的眉毛抽了抽。

想什么？之前她在想什么，他不知道，只是此刻她肯定在苦恼要报哪所学校，或者是在跟父母纠结地通话中。

过了一会儿，爸妈都打了电话过来，祝蔚杭手头还有事，便没有接，之后两人也没再打电话过来了。

下班后，祝蔚杭回了妈妈的电话，报了一下自己的成绩，他妈没说什么，只是问他什么时候回来。

祝蔚杭站在工厂门口，太阳快要落下，留下的余晖却也温柔，将对面的大楼粉刷上一层淡淡的橙粉色。

祝蔚杭眯了眯眼，正好一阵风吹过来。

没听到他的回答，电话里的母亲又问了一遍，温柔的声音落在他的耳朵里：“什么时候回来呢？”似乎在寻求他的依靠。

祝蔚杭心尖一跳，握着手机的手紧了紧：“快了。”

他在这一刻突然意识到自己其实是在逃避。这十几天，他过得像童话故事一样，被遣到乡下，却意外发现这里是个无忧无虑的桃花源，有自由，有爱人，他沉溺在此。

可不知不觉中，夏天过半，他迟早要走出夏天，离开桃花源，直面那些本就该面对的腥风血雨。

祝蔚杭到家的时候，梁乐正蹲在院子的角落里讲电话，声音都有些哑了，似乎说了很久的话。

见他回来了，她指了指电话，抓了抓自己的头发，对他比口型：“我快烦死了！”

祝蔚杭忍不住笑：“加油。”他没再打扰她。

进屋之后，奶奶问他考得怎么样，他说还不错。

奶奶没有多问他的成绩，反倒是笑着指了指梁乐蹲在外面可怜兮兮的背影：“从中午就开始打电话了，一个电话挂完又接下一个，忙得不行。”

祝蔚杭：“她家亲戚多，叔叔阿姨都很热情，很疼她，所以都来关心她。”

奶奶看他一眼：“一时半会儿应该打不完，你先吃饭吧。”

祝蔚杭点头，吃的时候就盯着屋外的梁乐看。她像是在听什么唠叨，抓着树枝在地上百无聊赖地扫着，时不时地应上几句：“我知道的，我会好好考虑的。”

梁乐打完电话的时候，天已经完全黑了。

手机快没电了，她没急着充电，想让它自动关机，她一时半会儿真的不想再打电话了。

奶奶见她终于打完电话，招呼她进来吃饭。

梁乐应了一声，回头发现祝蔚杭已经不见了，但她也不是很着急去问他成绩。她知道他一直都很稳，所以不担心他的成绩，现在她应该多考虑考虑自己的处境。

她考得不好也不坏，算是正常发挥，超一本线几分，有点尴尬的位置，挑不到好的重本，也不想屈身去二本。刚才七大姑八大姨都来关心她，给了许多建议，她听得头昏脑涨，只能先一一应下，具体怎么做，还是毫无头绪。

她在胡思乱想中吃完晚饭，陪奶奶聊了一会儿天后就上楼去了。

到三楼的时候，她意外发现祝蔚杭并不在这里，站在楼道里隐约能听到他在楼上讲电话的声音。

她爬到四楼，看见他背着自己在讲电话。

祝蔚杭身材颀长，背影笔直，头发和宽松的T恤都被风微微吹动，梁乐莫名觉得他的背影看起来有些孤寂凄冷，可能是因为他打工瘦了不少。

压住心中那股淡淡的酸涩之意，她悄悄走近，在离他一米的地方停住。

祝蔚杭哑着声音说："我自己能决定。"

电话的另一头情绪激动，梁乐隐约能听见祝叔叔暴怒的声音，她吓得一缩。

祝蔚杭似乎受不了了，对着话筒问："你凭什么？"

梁乐的汗毛都竖起来。

几秒后，对面似乎挂断了电话，祝蔚杭也很久没有动静。

耳边除了沙沙的风声，梁乐什么都听不见了。

祝蔚杭收起电话，弯下腰的时候，身后突然被人贴住，他低头，看到梁乐的手臂环在他的腰间，他胸口那股堵住的气莫名散了许多。

梁乐能给他力量，一直都是。

梁乐没问他发生了什么，只是静静地抱着他，直到他转身将她环抱住，温热的两具身体贴在一起，极度契合。

梁乐觉得奇怪，以前总是不习惯的行为现在却做得理所当然。

他们好像天生就该拥抱，天生要用拥抱来安慰对方。

梁乐摸到祝蔚杭微凸的肩胛骨。祝蔚杭最近去上班，虽然身体硬朗不少，可她就是觉得他瘦了许多，看哪儿都觉得心疼。尤其是今晚，刚才那个孤寂的背影牢牢地刻在她的脑中，她一想起便觉得心尖泛酸。

缓了一会儿，祝蔚杭低头在她额头上亲了一下说："下楼吧。"

洗漱完毕后，梁乐还是久久不能平复心情。

她发现其实祝蔚杭不像大家想象中的那般如鱼得水，他考得很好，却不能报考自己想要去的学校，他家境很好，父亲却不理解关心他。

每个人似乎都有自己的烦恼。

她的烦恼是成绩不好，需要应付七大姑八大姨的追问。而祝蔚杭是明明拿着佼佼者的成绩单，却要和父亲争执着去更好的学校，她觉得祝蔚杭比她更辛苦。

她不知道他是怎么想的，也不清楚他是会妥协还是争取，但她知道此刻的他是孤立无援的。

杨阿姨不在他身边，唯一能给他帮助的就只有她了。

梁乐等祝蔚杭洗漱完，去了祝蔚杭的房间，祝蔚杭坐在床边，不知道在想什么，眼神有些呆滞。

梁乐走过去挨着他坐下，侧头靠在他的肩上，说："你就算去首都了，我们也不会散。”

梁乐用这种拙劣的承诺来告诉他，她支持他的选择。

她早就想好了，就算所有人都不支持他，她也会在他身后，并不是因为他是她男朋友，而是因为他们这十几年都是这么过来的。

在恋爱之前，他们就已经是对方最坚实的后盾。

他们虽然经常吵架，但在大事面前，总是争吵的两人却会同仇敌忾统一战线，一致对外。

梁乐记不清有多少次，在别人因为她幼稚年纪小不将她的想法放在眼里时，只有祝蔚杭会认真地听她的意思，然后对她说：“去做吧，我帮你。”

初一寒假，学校办了去西安冬令营的活动，梁乐想去，她爸妈答应下来，却让她自己用零花钱去支付费用。可她从来都存不住钱，为此苦恼万分，求了父母很久，他们都不肯松口，最后是祝蔚杭借钱给她圆梦了。

她记得那是下午的时候，那时她已经暗自神伤好几天了，正愁眉苦脸地躺在沙发上唉声叹气，祝蔚杭突然推门走到她面前。

似乎因为那几天她没怎么理他，所以他臭着脸。

梁乐看见他更是烦躁，以为他是过来吵架的，从沙发上爬起来正准备大干一场的时候，就见他从口袋里掏出一沓红色纸币。

她愣住，那时的她对钱很是敏感，狐疑地看他一眼，她不大自然地问：“做什么？”

祝蔚杭别扭地睨她：“你不是要去西安？先借你。”说完他又补充道，“记得还。”

梁乐知道直接接受那笔钱会有些尴尬，可出去玩的渴望让她豁出去了，没皮没脸也没关系，反正对象是祝蔚杭。于是她伸手拿过那笔钱，笑得殷勤："谢谢您。"

祝蔚杭一愣，故意冷着的脸终于绷不住，皱眉感叹："你真的是……"最后他也说不出个什么所以然来。

后来她在下雪的西安拍了许多照片，总是第一个发给祝蔚杭，偶尔还能获得他一个"抠鼻"的表情。

还有一件事，她这辈子都不会忘。

初三临近英语竞赛的时候，她在老家的爷爷去世了。爷爷对她很好，父母担心会影响她心态，便没通知她。

梁乐晚自习回家发现家里空荡荡的没有人，打了电话才知道爷爷去世了。爸妈让她别乱想，好好准备考试，她在电话这头哽咽着说她也想去送爷爷，爸妈却一口回绝，让她专心准备考试。

挂了电话后，她呆呆地看着正下雪的窗外。

半小时后，她出门时正好碰见骑车回来的祝蔚杭。

他穿着校服，黑色的毛线帽上落了很多白雪。

祝蔚杭见她眼睛红红的，眼神茫然却又坚定，急忙停下车问她去哪里。

梁乐没空和他周旋，直截了当地答："回家。"

祝蔚杭撑着自行车问："回什么家？"

梁乐："老家。"

祝蔚杭一愣："现在？"

梁乐抽抽鼻子，没打算多说："我先走了。"

走了没两步她听到身后自行车倒在地上的声音，她脚步加快，却还是被祝蔚杭拉住。

她深吸一口气，甩开他的手，烦躁的情绪一下迸发："你能不能别烦我？"

她狠狠地斥责他，用发红的眼睛瞪着他。

祝蔚杭被骂得一愣，但也只花了一瞬，他便反应过来："我跟你一起去。"

梁乐闻言愣住，盯着他看了一会儿，眼眶莫名发热。下一秒，她突然落泪，撇嘴："你知道怎么去吗？我不知道现在还有没有车……"

祝蔚杭见梁乐突然落泪，似乎被吓到了。他低头将帽子和手套摘下来，将帽子帮她戴上后，他又将手套递给她："我知道的。你先戴上手套，我去把书包放一下，跟我妈说一声后马上下来，你站在这里等我。"

见梁乐没有反应，他又问："听懂了吗？"

梁乐点头后，他便大步跑开，而她就听话地在原地等他。

三分钟后，祝蔚杭下来了，他重新换了件大衣，手肘上挂着一条黑色的围巾，还撑着把大伞。

白色的雪落在伞面上，他踏着雪朝她走过来，脚步越来越急。他跑到她面前，给她围上围巾，又联系了出租车。

快零点时他们才到，梁乐当时处于一种茫然的状态，直到亲眼见到父母，她才缓过来。祝蔚杭没有马上回家，陪她守了一夜，第二天赶了最早的一班车回去上课。

后来的一切都很顺利，爸妈没有骂她，反而替她请了假，她也送了爷爷最后一程。

隔天回家后的晚上，梁乐躺在床上，闭眼，脑中突然出现了许多画面。她想起前天晚上的雪，想起那个毛线帽和带着淡淡香气的围巾，还有那辆在雪夜中缓慢行进的车，以及坐在她旁边安静陪伴的祝蔚杭，想起他说话时盯着她的眼眸和吐出的白色雾气。

待一切结束，梁乐冷静下来后，才发现祝蔚杭几乎是支柱一般的存在。

梁乐也在那时暗自许下承诺，未来在祝蔚杭遇到困难时，无论如何她都要站在他身后。

现在似乎就是履行诺言的时刻了。

她抱住他认真地说："你想做什么就去做，我永远支持你。"

祝蔚杭没说话，紧紧地抱住了怀中的人，撒娇似的蹭了蹭她柔软的脸，和她交换了一个温柔的吻。唇齿交缠间，梁乐的脑中不知为何出现了一幅很苍凉的画——无边的黑色空间里，她和祝蔚杭紧紧相拥。

眼眶莫名有些发热，知道自己爱胡思乱想，她将那幅画面踢开，伸手抚摸他的脑袋，安抚一般给他慰藉。

第二天，天气出奇的热。

祝蔚杭照常去上班，梁乐应许俏楠的邀约去她家帮她研究志愿。

梁乐涂了好几层防晒才出门，出门时正碰上奶奶戴着草帽要去田里，手里还提了不少工具，东西看起来并不轻。

她拦住祝奶奶："奶奶，这天太热了，晚点再去吧。"

祝奶奶皱眉："几十年都这么过来了，这点太阳算什么。待会儿菜都被晒干了。"

梁乐见她坚持便没再说什么，接过奶奶手上的篮子一起出门了，两人在村口分开。

许俏楠考得比梁乐好一些，她平时成绩就不错，高考的时候心态也很稳，这次可能是全校前十名。她刚和老师聊过报考的事，此刻还是有些纠结。她不想离家太远，想要报考市里最好的大学，又担心自己滑档。

梁乐听过她的烦恼也无法帮她解决，只能和她一起大眼瞪小眼地待了一个下午，最后也没讨论出个什么所以然来。

太阳西下，梁乐看时间差不多了便和许俏楠告别了。走到外面她才发现气温似乎降了不少，她穿着短袖竟觉得有些冷，可能风大了，路边半人高的草丛被风吹得倒下。

也许是最近她无法解决的事情接踵而来，她看着眼前有些凄凉的风景，倏然觉得心里空荡荡的，心头也像是压着一块大石头。

梁乐加快脚步，走到院子的时候，发现大门边上一到晚上就会被奶奶打开的灯笼竟然暗着。她狐疑地走近，整栋楼都是黑着的，她连忙去屋内找，却没看到奶奶的身影。

梁乐把灯打开，看了一眼时间，快六点了，于是给祝蔚杭打了个电话。

祝蔚杭接得很快，他周围的环境很安静，所以她能清晰地听见他的喘息声和声音的颤动。他让梁乐自己吃一下饭，他正在处理事情。

梁乐有些着急，跟他说祝奶奶不知道去哪儿了。

祝蔚杭迟疑了一瞬还是说道："奶奶……在医院。"

梁乐心尖一缩："怎么了？"

祝蔚杭没瞒她，他下午接到电话，奶奶在田里中暑晕倒了被送去了医院。虽然发现及时，但老人的身体本来就脆弱，这一摔就摔出不少毛病来：软组织伤了，血压很高，精神也不是很好，需要在医院休养调理。

他现在正在医院里陪奶奶。

祝蔚杭虽然装得冷静，但梁乐还是很清晰地感知到他的恐惧。他刻意让自己保持冷静，虽然表达清楚，但每个音都微微颤着。

梁乐莫名想起那个雪夜，祝蔚杭摔下自行车陪她回老家奔丧的那个雪夜。

她沉默了一会儿，问："奶奶没事吧？"

祝蔚杭哑声说："还好，要观察几天。"

梁乐用力地眨了眨眼睛："我可以过去吗？"她小心翼翼地请求。

祝蔚杭在另一头答应："好，我让刘宥去接你过来。"

梁乐："好，我等他。"

半小时后，摩托车的声音在院子里响起。

梁乐快速坐上刘宥摩托车的后座，他脸色凝重，一言不发地启动车子。

他开得有些快，风很大，在梁乐耳边狂肆地呼啸，她的眼眶被风吹得有些发干。

车在医院门口停下，风也跟着停了，梁乐的眼眶蓦然有些发热，她伸手去摸，指尖竟沾了湿润。

刘宥扭头看她，欲言又止，最后还是忍不住问了一句："祝蔚杭跟他爸关系很差吗？"

梁乐低头把头盔摘下，脸被风吹得有些僵，她揉了揉脸，问："怎么了？"

刘宥摸了摸自己的后脖颈，将下午发生的事告诉她。

奶奶晕倒了被村里人送到医院，医院第一个打电话通知的人自然是祝蔚杭的父亲。祝蔚杭接到他爸电话的时候，刘宥正好在他旁边，于是也听到了对方暴怒的谴责和不堪入耳的辱骂。

祝蔚杭边听边往外面赶，没反驳一句话，只问了奶奶现在在哪里，然后便拉着刘宥走了，两人下午算是旷工了。赶到医院后，祝蔚杭便有些绷不住了，一米八几的男人沉默着站在病房的角落里。

奶奶还没醒，祝蔚杭又接到了他妈妈的电话，妈妈问了几句奶奶的情况后，刘宥听见他对他妈说对不起。

刘宥怀疑下一瞬间祝蔚杭会哭，他整个人倚在墙边，背着身，对着角落小声地道歉。他妈似乎没有再说什么。

可祝蔚杭挂了电话后，焦躁地不停地在屋里走动着。刘宥看不下去，上前安慰他："没什么大事，医生都说奶奶没事，等她醒就好了。"

祝蔚杭抬眼看他，眼周泛红，哑着声音说"好"。

过了很久，他接到了梁乐的电话，便让刘宥去接梁乐来医院。

这么半天下来，饶是刘宥这么个粗神经的人，也替祝蔚杭感到难受委屈。

他窥到祝蔚杭光鲜亮丽背后的痛楚，觉得祝蔚杭实在是可怜，本应该是无忧无虑的年纪，却要背负这么多沉重的责任。

他心疼自己的兄弟，于是寄希望于眼前的女孩儿。

刘宥盯着梁乐，想了想，自作主张地帮祝蔚杭告白："他喜欢你，你知不知道啊？你们俩别再玩捉迷藏了，要别别扭扭一辈子吗？"

梁乐紧绷的脸微微松弛下来，她看着刘宥，承认道："我和他已经在一起了。"

刘宥一愣："啊？什么时候？"

梁乐小声说："刚毕业就在一起了啊！"她随便说了个时间故意耍弄他。

刘宥瞪大眼睛："真的假的？还真能藏。"

梁乐不打算再多解释，整理好衣服后往医院里走，刘宥则是回家去了。

电梯门一开梁乐正准备左转去病房，却听到了让她很意外的声音，祝叔叔和祝蔚杭正站在侧边楼道里对峙着，两人的表情都不太好，气氛剑拔弩张。

梁乐很久没见过祝叔叔了，有些恍惚，她印象中的祝叔叔不是这副模样的，记忆中的他温润斯文，戴一副干净的眼镜，谈吐之间皆是风度。后来她想想，可能是因为人只会记得美好的事吧。

眼前的祝天鸣已经完全变了个样，十年前的那种温润气质早已消失，取而代之的是商人的市侩和精明。他将头发往后梳，身型也健硕不少，她差点认不出来是他。

她不敢去打扰父子两人的谈话，于是偷偷地站在消防门旁听两人的谈话声。

听着听着，梁乐的呼吸渐渐急促，脑袋也有些发热。

祝天鸣正指着祝蔚杭大声斥责："我让你回来照顾奶奶，谁让你去打工的？"他身上丝毫看不到以前斯文的影子。

祝蔚杭已经比他高了，站在原地也没反驳他的指责，他盯着自己的父亲，一点都不畏怯："想赚钱。"

"赚钱？赚钱你去工厂搬货？你以为我不知道吗？我都问清楚了，你一个大学生去工厂搬货？说出去我都觉得丢祝家人的脸！"

祝蔚杭没再回答，只是用死水般的眼神盯着自己的父亲看。

祝叔叔似乎被他这种态度惹恼了，大发雷霆地踹了他一脚。

梁乐呼吸一滞，浑身都颤了颤。

"你奶奶要是有点什么好歹怎么办？你赚钱赚钱，能赚几个钱？"

祝蔚杭沉默许久，低声说："是我没照顾好奶奶。"

祝叔叔似乎以为这是儿子的示弱妥协，作为父亲的虚荣心倏然间被满足，他软了点态度："马上辞职，好好给我填志愿，跟你说的事你想好了吗？"

祝蔚杭："我想报首都。"

祝天鸣一下僵住，强硬道："你听不懂话？我说不许去就不许去。"

梁乐气得几乎窒息，就在她打算做点什么的时候，肩膀突然被人拍了拍。她扭头一看，是一个很漂亮的女人，脸是用昂贵化妆品堆出来的精致，眉眼清丽，却有些妖冶的气质。她觉得这人有些眼熟，努力在脑中寻找影子，却有些困难。

女人蹙起眉头，正想说话，梁乐怕打扰到楼梯间的两人，直接摆手走了。

梁乐按照祝蔚杭电话里给的房号，找到奶奶的病房，推门进去，发现奶奶已经醒了。

奶奶见到她表情似乎放松了些，笑着问梁乐："吃晚饭了吗？"她声音很是虚弱，却依旧包含着浓浓的关切。

梁乐一下便绷不住了，摇了摇头，坐到椅子上，握住奶奶粗糙的手，声音带着哭腔："没吃呢，奶奶，你还好吗？"

奶奶反握住她的手："没事，就是不小心摔了一跤。那小子呢？"

梁乐撒谎："不知道。"

奶奶看向门口，喃喃问："他吃晚饭了吗？"

梁乐低头用衣服蹭掉自己的眼泪："没吃呢。"

奶奶松开她的手："你们赶紧先去吃饭吧，吃完再来看我，正长身体呢，一顿都不能漏。"

梁乐低着头没说话，泪水已经控制不住了，直接从眼角滑落，滴到白色的床单上，晕开一点灰色的水渍。

奶奶见此微叹一口气，伸手帮她擦眼泪，粗糙的指腹揩过她柔软的脸颊，湿润的范围变得更大。

奶奶在她头顶开口："奶奶没事，摔伤了养好就行了，你们赶紧照顾好自己，不然我觉都睡不好。"

梁乐点点头。

奶奶笑着说：“还是笑的时候漂亮。”

就在这时，病房门被打开，她转头看向身后。

门口站着三个人，祝叔叔、祝蔚杭和刚才那个女人。

梁乐对女人的身份感到疑惑，还没问出口，祝天鸣就皱眉了：“梁乐？”他似乎对她出现在这里感到很惊讶。

梁乐起身，擦了擦眼泪，叫了声“祝叔叔”。

“你怎么也在这里？”

梁乐解释：“我和祝蔚杭一起过来玩的。”

祝叔叔捋清楚后点点头，顿了顿，说：“成绩出了，你们也该收收心了吧，我给你爸妈打个电话，待会儿就送你回去。”

梁乐一愣，她现在心里很乱，很多事都挤在一起发生了。她想着要好好理清楚，却被祝叔叔的这个要求打乱，于是她着急拒绝：“不用了，叔叔，我想在这里再待一会儿。”

可祝叔叔一点都不把她的话放在心上，客气地扯扯嘴角：“不是叔叔不让你在这里，现在奶奶生病了，没人照顾你们，你爸妈肯定也想你了。”

梁乐在心中快速斟酌一番，不打算在这里和他争执，她看得到结局，祝叔叔把他们当作孩子，当作没有心智的附属物，可他们已经成年。她知道继续毫无意义的争执和讨论只会让奶奶更加心烦，于是她闭嘴，退到一边。

奶奶似乎对儿子的出现感到震惊，但面上却没有见到儿子的喜悦，她镇静地看向儿子，再瞥过他身边的女人：“什么时候来的？”

祝叔叔放下包：“刚才。”

女人殷勤地走上前，问奶奶怎么样了。

祝叔叔扭头看了祝蔚杭和梁乐一眼：“你们先去吃饭吧。”

梁乐站在原地，被祝蔚杭牵住手往外走，关上门的那一刻，她似乎才能喘上气。看着祝蔚杭想了很久，她只说了一句：“奶奶让我们去吃饭。”

医院食堂的饭很难吃，尤其是兑着眼泪的米饭，又甜又咸，又凉又热。

梁乐和祝蔚杭坐在靠窗的位置无言地吃饭，吃完就看着窗外的景色发呆。

行色匆匆的家属和步履匆匆的医生来来往往，两人盯着外面看，也不知道是在放空还是在捕捉什么。

梁乐突然有一种世界末日的感觉，她和他无助地在一个喧嚣的地方沉默着，空洞虚无地浪费时间。

可他们明明才十八岁啊，考了不错的成绩，却在这个生死交融的地方觉得生活很重、未来很远。

祝蔚杭突然开口：“那个阿姨，你见过的。”这是他见面以来对她说的第一句话。

梁乐撑着脑袋，回想半天，最后还是无果：“我不记得了。”

祝蔚杭扭头看她：“小学六年级的时候，六一节，他带我们去游乐园。”他已经没再叫爸或者是父亲了。

梁乐一下想起来。

那天她挺开心的，只是后来祝叔叔突然被人叫走，让她和祝蔚杭在原地等他一会儿，她和祝蔚杭相看两厌，却还是听话，和谐相处了一个小时。

后来，祝蔚杭去了趟厕所，回来的时候脸色臭得不行。

梁乐以为他便秘，取笑他半天，却发现他不还口，于是感到无趣，便再也没说什么了。

过了没一会儿，祝叔叔回来了，他问起祝蔚杭为什么生气，梁乐抢答：“他便秘。”

祝叔叔笑着摸了摸自己儿子的脑袋瓜：“回去让妈妈给你买点香蕉吃吃。”

祝蔚杭没笑也没生气，只是盯着自己的父亲看。这意味深长的模样让梁乐觉得他在憋着什么坏，或者是想要故意生气来骗祝叔叔给他买什么东西。

可那天祝蔚杭没有要赖想要买什么玩具，只是一直沉默。

医院食堂的灯晃了一下。

梁乐点头：“我想起来了，怎么了？”

祝蔚杭静静地看着她：“那个阿姨，就是叫走他的人。”

梁乐瞪大眼睛，脑中倏然出现一个穿着黑色连衣裙的身影，当时叫走祝叔叔的的确是个女的。

梁乐看着祝蔚杭的脸，突然捕捉到一点端倪，可她不敢多想，及时止住自己奇怪的想法，小心翼翼地问：“他们是朋友？”

祝蔚杭没回答，反倒说：“我去上厕所的时候撞见他们了，那阿姨抱着我爸在接吻。”

梁乐大概也猜到了，但真真切切地听到这样的话时，她还是觉得惊讶，不知道要摆什么表情，她低头：“那叔叔……这几年很少回家是因为她？”

祝蔚杭摇头：“我不知道。”

梁乐又问：“你妈知道吗？”

祝蔚杭又摇头：“我不知道。”

但两人心中对这个问题的答案其实都有些数。

成年人为了追求体面，不可能将自己的家事放在明面上来说，可一个十二岁的孩子都能察觉到的问题，成年会什么都不知道吗？

压在梁乐心头的那团乌云更加厚重了。

两人很久都没说话，梁乐握住祝蔚杭的手："我昨晚说的话你要记住。"

梁乐会永远支持祝蔚杭，不管他做什么决定。

很快，梁乐接到了她妈妈的电话，妈妈让她收拾东西赶紧回家。

梁乐看了一眼祝蔚杭，说："我还没玩够呢……"

"死小孩儿，人家家里出这么大事，你是在玩吗？懂不懂事，赶紧回来别给人添乱。"她妈在另一头骂她。

梁乐无法反驳什么，直接挂了电话，也拒绝了她妈接下来的连环电话。

上去跟奶奶告别的时候，祝叔叔对她说："你妈给我打电话，让我送你回去，叔叔这边走不开，我让刘阿姨送你回去。你现在回去收拾一下行李，一个小时后就走啊。"

梁乐愣住了，这是赶鸭子上架一般地驱逐她走了，因为祝家即将有一场风雨，而她姓梁，还是个小孩儿，不适合出现在这里。她妈这么认为，祝叔叔也这么认为。

可没人知道，她和祝蔚杭已经绑到了一起，她不忍心放他一个人在这里面对洪水猛兽。但她分得清轻重缓急，知道现在的情况的确不适合她在这里干预他们的家事。

梁乐为难地看了一眼祝蔚杭，他扯扯嘴角："回家见。"他也让她走。

梁乐的脑子乱得不行，理智让她走，感性却让她挪不动半步。这时带着香风的刘婧走到她身边，亲昵地搂住她的肩头："走吧。"

梁乐不着痕迹地躲开，对祝蔚杭点点头："那我先走了。"说完她又去跟奶奶告别，"奶奶，我过段时间再来看您。"

奶奶笑着说："我会想你的，有你在整个家都热闹了呢，你要经常来。"

梁乐说"好"。

第十二章

向阳而生

梁乐回家收拾东西，看到祝蔚杭的衣物时，她愣了愣，帮着叠好之后，放到了床角，又顺手将房间里零碎的物品收拾了一下。

下楼时，刘婧正在屋子里左右环顾着。看见梁乐下来，刘婧对她笑了笑，说：“好了？”

梁乐点头。

“走吧。”

回去的路上，刘婧问了她很多问题，一开始是问些无关轻重的学习问题，她都乖乖地回答了。后来刘婧逾矩地问她杨英婉怎么样，祝蔚杭跟他爸关系怎么样，杨英婉是什么性格……

梁乐一点儿都不想开口。

她在想，刘婧是真的把她当成幼稚无知的小孩儿了吗，不然怎么会问她这么些问题？虽然这是祝蔚杭的家事，可她还是气不过，在刘婧尴尬的笑声中开口：“阿姨，我成年了，不是什么小孩子，我甚至可以跟你直说，你和杨阿姨，我肯定选杨阿姨，祝蔚杭也会选他妈。”

刘婧的笑声停住：“你们这些小朋友，其实还挺聪明的。”

梁乐重复：“我们已经不是小朋友了。”

从各方面来说，心智、行为，他们都已经不是小朋友。

小朋友哪有烦恼？哪个小朋友会觉得前路迷茫？

梁乐到家的时候已经是晚上十点多了，爸妈都没睡，在客厅等着她。

见她回来后，妈妈问了她两句祝奶奶的情况，梁乐说奶奶精神还不错。

她妈点点头，斟酌了一番，还是小声问她："谁送你回来的？"

梁乐微微顿住，想起刘婧那张青春靓丽的脸，低头故意整理自己的衣服："一个阿姨。"像是在躲避着什么。

妈妈沉默，梁乐抬头看她，母女对视了几秒，最终还是什么都没说。

梁乐在家里收拾完东西后下楼去找杨英婉了。

杨英婉果然没睡，似乎在等她。见到她，杨英婉的眼睛一亮，却又在片刻之后变得尴尬，柔美的脸上带着梁乐看不懂的踌躇神情。

杨阿姨问了她两个问题，第一个是祝奶奶还好吗，第二个是祝蔚杭还好吗。

梁乐点头："奶奶已经醒了，医生说状态不错。祝蔚杭……很好。"其实她在撒谎，祝蔚杭一点都不好。她没见过这么脆弱狼狈的祝蔚杭，而摧毁他所有自信的人正是他的父亲。

杨英婉听到后紧张的神情稍微缓了些，伸手握住梁乐的手，牵着她往沙发上坐。两人沉默着，杨英婉是不知道怎么开口，梁乐是不知道该说些什么。

最后，杨英婉捂了捂脸，问她："你……见到祝叔叔了吗？"

梁乐心脏一跳，几乎能预感杨阿姨接下来要问些什么，虽然有些不忍，但她还是说了实话："见到了，还有一个阿姨。"

杨英婉闻言一愣，她自然知道梁乐已经长大，不是什么不谙世事的小朋友。很明显，梁乐知道那位阿姨是谁，肯定也知道她和祝蔚杭爸爸之间已经支离破碎的关系。

她突然觉得自己端着大人的架子，想要维护着最基本的体面这件事有些可笑了，于是泄气一样地微微弓着腰，无声地吐了一口气。

梁乐的眼眶在这一瞬间莫名发热起来，杨阿姨这副模样让她想起了祝蔚杭，无力又苦恼的祝蔚杭。

她握紧杨英婉的手，杨英婉抬眼看她。

梁乐看见杨阿姨眼中的苦涩和无助，心尖一紧，重重地呼吸："阿姨……不知道祝蔚杭有没有和你说，其实他想去首都，但是叔叔不让。他很想去首都读大学的，他在老家的时候也没有一直玩，他在努力赚钱，风吹日晒的，他变瘦了很多。"

祝蔚杭不肯说出口的话，她来帮他说。

"我和他一起长大，我知道他比很多人都更加沉稳成熟，但……他不应该去承担这么多责任的。"

杨英婉的眼里噙着莹润。

梁乐鼻子泛酸："他不需要这么勇敢的。阿姨……你能不能帮帮他？"其实她对祝蔚杭家里的情况也不甚了解，她不知道杨阿姨和祝叔叔之间走到哪一步了，她说这么多，只是想让祝蔚杭轻松点。

祝蔚杭只是个少年，不应该孤立无援地被别人掌控自己的人生。

第二天早上，梁乐醒来的时候有些不习惯，醒来的第一刻听到的不是鸡鸣或者是鸟叫，而是窗外汽车呼啸而过的声音，身边也没有滚烫如暖炉的存在。

梁乐蓦然觉得心里空荡荡的，拿起手机，看了一眼消息。

凌晨四点多的时候祝蔚杭给她发消息说他回家休息了，似乎是不想让她担心。

梁乐给他回了一条：好好休息！

她以为祝蔚杭还在睡着，却没想到他竟然秒回：好。

梁乐催他：赶紧再睡一会儿！

祝蔚杭：好。

梁乐见他答应了，便没再说什么，关了手机，起床洗漱去了。

今天是周六，爸妈都不上班，和她在家里研究了一天的志愿，最终敲定了本地的一所综合类大学。

梁乐的第一反应是拒绝，脑子里想的是祝蔚杭，两人才在一起没多久，她不想和他异地。

爸妈问："你说说为什么不去？"

梁乐抓抓头发："人就活一辈子，不能出去看看吗？"

他们冷着脸："你这成绩能去哪里？"

梁乐尴尬，心里知道这所学校的确是最好的选择，却还是嘴硬："那也可以看看二本的啊，我想出去看看。"

刘苑清苦口婆心地劝她："唉，你表姐考了省外的学校，一年只能回来一次，一个人在异地每天抱怨哟，她爸妈也整天在家里想女儿想得茶不思饭不想。你忍心看我跟你爸两个人，跟空巢老人一样在家里待着吗？你再想想你那些叔叔阿姨，多疼你啊，你确定要为了自己抛弃我们吗？"刘苑清说着说着都要哭出来了，似乎已经想到那时自己的凄凉场景了。

她爸在旁边应和，将老婆往怀里带："孩子大了，留不住了。"

梁乐被损得脑子发热，撂担子不干了，站起来说："我考虑考虑。"

梁乐知道自己最好的选择肯定不是一头昏地因为爱情跟着祝蔚杭

到首都去读个二流大学，可她舍不得祝蔚杭。

下午，刘宥给梁乐打了个电话。

梁乐见是他，一惊，慌忙接起来问他怎么了。

刘宥在电话另一头有些迟疑："今天祝蔚杭来厂里辞职，脸色不是很好。"

梁乐气短："什么叫脸色不好？"

刘宥："就是很憔悴。"

梁乐像是在安慰自己："可能是因为没睡好？祝蔚杭昨晚四点多才休息。"

刘宥叹气："我不知道啊，我下午再去看看他。"说完似乎是觉得郁闷，他低声骂了句，"他考这么个好成绩还要这么看人脸色，真的搞不懂了。"

梁乐沉默，最后说了句："麻烦你了，谢谢。"

梁乐提不起精神做任何事，吃晚饭的时候还被她妈骂了心不在焉，妈妈问她考虑好没有。

梁乐摇头，她根本没在想自己填报志愿的事，满脑子都是祝蔚杭。

中午刘宥说的话在梁乐脑中挥之不去，她想要给祝蔚杭打个电话问问又怕惹他心烦，于是只能自己一个人在这里干着急，什么事都做不好，什么事都不想做。

晚上六点的时候，刘宥又给她打电话了。

他在电话那头气喘吁吁。

梁乐问："怎么样了？"

刘宥压低声音："我刚去他家，奶奶还在医院里，父子两人差点打起来。要不是我拦着，真得出事。"

梁乐差点忘了怎么呼吸。

刘宥继续絮絮叨叨："他爸说要断绝父子关系什么的，祝蔚杭说可以，他爸气得直接掀桌子。他爸比我爸还凶呢！"

梁乐沉默，刘宥在另外一头喘息，两个人都没再说话。

梁乐过了好久才问："那现在什么情况？"

刘宥："拦住了，我现在在院子里偷偷给你打电话呢。"

梁乐问："祝蔚杭怎么样？"

刘宥："坐着看填报志愿书，他爸刚开车走了……等等，我不跟你说了，他起来了……挂了，有消息再通知你。"

电话挂了许久，梁乐才放下手机，耳边嗡嗡响个不停。她的大脑很乱，闭上眼睛便能想象出祝蔚杭和祝叔叔打架的场面，祝蔚杭肯定不能回手，所以他只能挨打。只是单单想象着，她便觉得无法呼吸了。

梁乐盯着手机看了一会儿，做了个决定。

刘宥在九点的时候才想起要给梁乐报备，发了条消息给她：我和祝蔚杭来医院看奶奶了，刚才在医院食堂吃饭了，奶奶精神不错，他爸和那个阿姨不知道去哪里了。

梁乐回道：好，那麻烦你把祝蔚杭送回家。

刘宥：我知道的。

收起手机，他抬眼看向坐在病房椅子上的祝蔚杭，心里五味杂陈。没想到家家都有本难念的经，在别人眼中是天之骄子的祝蔚杭也会这么狼狈无助。

十点的时候，奶奶催两人回去了。祝蔚杭的眼睛中藏着些血丝，他看了一眼刘宥，出声："你还不走吗？"

刘宥摸了摸鼻子："那我得带你回家啊，明天我们再来吧。"他答应梁乐要把祝蔚杭送回家的。

奶奶又推了推祝蔚杭："赶紧回去吧，明早再来，你回去睡个觉再来。"

祝蔚杭只得起身，被刘宥拉着走了。

梁乐出门后才跟妈妈说她又去乡下了，妈妈打电话给她的时候，她坐的那班动车都开到半路了。

梁乐接起电话，对方果然是劈头盖脸的一顿骂："你怎么这么不懂事，大晚上又过去给人家添麻烦。"

梁乐闷闷地反驳："我东西忘带了……而且祝蔚杭一个人在家里怎么可能照顾得好奶奶，我是过去帮忙，不是添麻烦。奶奶照顾我这么多天，她生病了我怎么能撂挑子走人？"

妈妈在另一头骂："你胡说八道什么呢？你在哪里？"

梁乐说："快到他家了，我把奶奶照顾好就回去了。"

妈妈啐了一句："真是个不省心的……到了给我发个消息。"

"好的，妈妈。"梁乐像被大赦一样挂了电话。

动车停下，她背着一个包走到汽车站，没有多想，直截了当地上了那趟可以到祝家的车。

在汽车颠簸的路途中，她突然想起他们来的那天，其实也没过去多久，她却有一种过了很久的感觉。

那天他们被很多人调侃是情侣，两人谁都不让步地反驳。

梁乐的嘴角微微勾起，还想起她撒的一个小谎言，刘亦恒说要来找她玩，她推托着说自己不知道过来的公交车是哪一辆，甚至还故意去问了祝蔚杭，惹得他吃醋生气。

其实梁乐是知道的，她只是不想让刘亦恒来，因为这里是她和祝蔚杭拥有独家记忆的地方。

莫名地，当时的她已经不想任何人介入这个只属于他们的地方。

现在想想，也许那时，她就已经开始喜欢他了？她不知道。

心口有些发酸，梁乐闭了闭眼睛，拿出手机给祝蔚杭发了条消息：在休息吗？

祝蔚杭回她：在想你。

梁乐的心脏漏跳了一拍：想我什么？

祝蔚杭回：想你骂我，想你闹我，想你抱我，想你亲我。

梁乐笑，收了手机没有再回复。

从村头走回家的那段路有点黑，梁乐总担心有虫或者小动物从草丛里蹦出来，几乎全程屏息着跑过那条路。

到院子里的时候，她发现门口的灯笼没亮，于是她顾不上行李，先跑进去将那两盏灯笼的灯打开，因为奶奶喜欢家门口亮堂些。

梁乐按了按自己心脏狂跳的胸膛，小心翼翼地爬上楼。站在祝蔚杭门口，发现他的房间里没开灯，她有些疑惑，翻开手机看刘宥一个小时前给她发的消息，说是已经成功将祝蔚杭送回家了。

难道他已经睡了？

她随意一瞥，发现有光从她之前住的房间门缝隙里透出来。

门被打开的时候，祝蔚杭根本没反应过来，他以为是刘宥或者是他爸，回头一看才发现是梁乐。

祝蔚杭无法用语言来形容他当时的感觉，他被巨大的惊喜包裹住，心中却又蓦然涌出许多负面的情绪，比如委屈和无力。

这两天他将自己的所有情绪都埋在身体里，身体好像气球一样越来越大，他不断承受，未曾发泄。可她的到来就像是一根细细的针，被她轻轻一碰，那些情绪就全部涌了出来。

梁乐穿着一件黄色的短袖，就像太阳一样，是他的小太阳。

梁乐走近，抱住祝蔚杭的头，他慢慢环住她的腰。

梁乐伸手摸了摸他有些扎手的脑袋："我不是来骂你的，我是来抱你亲你的。"

晚上收拾好，洗漱完毕后，两人面对面躺下。床头的灯亮着，两人的眼神在昏暗中相撞后融合在一起。

梁乐看见他眼周的血丝，低声说："睡吧。"

祝蔚杭回道："睡不着。"

梁乐像哄孩子一样："你闭着眼睛，一会儿就能睡着了。"她爸以前总这么哄她睡觉。

祝蔚杭听话地闭上眼睛，能感觉到梁乐帮他拉了拉被子，鼻尖萦绕着梁乐独有的香味。他在这一股淡淡的清香中放松了神经，紧绷的身体像是堕入柔软的云朵中，温柔和舒适包裹着他，没一会儿他就睡着了。

梁乐见他一下便睡着了，觉得好笑又心疼。

她静静地看着他的脸，过了一会儿也睡着了。

天还黑沉沉的时候，梁乐醒了，是被祝蔚杭惊醒的。他正小心地往她身上靠，见她有意识之后，便放纵自己紧紧抱住她。

梁乐没有推开，主动伸手将他揽住，让两个人贴得更近。

伸手摸到他微湿的背部，她的心脏一酸，摸索到他的脖颈，慢慢地捏了捏。分开后，她小心地问他："做噩梦了？"

祝蔚杭闻言沉默了一会儿，问："你会离开我吗？"他的声音哑得像是被凛冽的风刮过一般，听起来很破碎脆弱。

梁乐不知道他为什么会这么问，却还是毫不犹豫地给了答案："不会。"说完她还凑过去亲了他一下，像是在抚慰。

祝蔚杭望进她的眸子里，很久，他只说了一个字：“好。”

梁乐是最好的。

祝蔚杭做噩梦了，梦见和他爸闹翻，争吵之后，他被抛弃，却还是坚持自己的想法，只身一人前往远方。最后，逃不过现实，梁乐和他分手，妈妈和奶奶也不见了。

意识到他孤零零的只剩下自己一个人的时候，他的心脏在胸膛中用力地跳着，耳边只剩扑通扑通的声音，然后那声音越来越大，震耳欲聋一般。

他猛地睁开眼睛，发现自己只是在做梦，眼眶却湿润得厉害。

此刻，梦里与他决裂分手的梁乐正在他身边酣睡，均匀的呼吸声就在他的耳畔。他盯着她，突然有一种急切，他渴望抓住她，不管用什么方式。

于是他伸手抚摸着她的脸，忍不住靠近。将她弄醒后，他更加放肆，强迫着她做出回应，只因为想要一些慰藉，可她毫不吝啬地给他回应。

此刻他的心脏依旧重重地跳着，一下一下，吵得他头脑发昏。他盯着她发红的脸庞，用鼻尖蹭过她的脸颊，将吻落在她的耳侧：“你不准和我分开。”

这是交往后祝蔚杭第一次用如此强硬的语气说出命令一般的话，他也觉得难过，可还是执着地想要她多一点的包容。

梁乐说：“好。”她无条件地答应他的所有要求，只因为他是陪着她渡过许多难关的祝蔚杭，是她的爱人。

时间一分一秒淌过，月亮也在云朵里遮掩又出现过几个来回，后半夜他们终于抱在一起睡着了。

这天，杨英婉在晚上八点出门的时候正好被刘苑清碰见，刘苑清见她打扮得体，有些疑惑地问：“你这么晚去哪里啊？”

杨英婉的神色不大自然：“见个朋友。”

刘苑清掂了掂手中的垃圾袋：“那该是很重要的朋友。”

杨英婉笑笑：“是挺重要的。”

刘苑清笑着往楼下走：“那你赶紧去吧，早去早回。”

杨英婉要见的朋友不是别人，正是她名义上的丈夫。

好久没出现的祝天鸣突然约了她见面，杨英婉其实不用多想都知道是因为什么，无非就是有关祝蔚杭或者是祝奶奶。他要同她说的话，她心里早就有些底了，因为那些话，他已经同她说过千百遍了。

只是今天不一样，除了他，他还带了一个女人，应该是梁乐口中的刘阿姨。那个女人比她年轻，比她会打扮，她除了气质比那个女人温婉一些，似乎也没什么优势了。

可杨英婉记得，当初他们俩结婚的时候，祝天鸣说过的，他最喜欢的就是她的温婉。

所以为什么时间久了，他就变了？

眼前的两人已经毫不掩饰地靠在一起了。

杨英婉想，如果她在他们面前气急败坏地大骂一句“奸夫淫妇”，对面两人会不会被来往的路人指点？她应该会解气许多吧？

祝天鸣依旧先是假惺惺地感谢她这几年将祝蔚杭和祝奶奶照顾得很好，接着，他话锋一转，盯着自己的妻子：“你知道祝蔚杭想考哪里吗？我跟他谈了好几次，他都说他想去首都。”

杨英婉点点头，说：“我知道，我支持他。”

男人皱眉：“你支持他？”

杨英婉将耳边的碎发拢好，优雅又知性地露出一个笑容：“我不支持我儿子，我支持谁？以他的成绩，去首都才是最好的选择。”

祝天鸣："去首都？你确定吗？他去了之后还能回到这个小城市吗？你和我妈怎么办？"

杨英婉嘲讽地扯了扯嘴角："我可以照顾好自己。"顿了顿，她看了一眼对面的两人，"不要嫌我把话说得难听……谁的妈，谁自己去照顾。"

祝天鸣一愣，似乎没想到她会说出这么刻薄的话，他眉头紧锁，压低声音："你什么意思？我妈对你这么好，你能这么说话？"

杨英婉冷着脸："我知道她对我好，但你去问问她，我们娘俩这十几年被你欺负得还不够吗？她有多少次让我跟你离婚你知道吗？你以为你在外面做的勾当没人知道吗？"她的情绪越来越激动，担心自己失控，几乎是咬着牙说出这些话的。

她的眼眶莫名有些发热，想起梁乐对她说的话，想起之前很多次看到的祝蔚杭落寞的神情。

祝天鸣彻底僵住，快速地看了一眼身边的女人，女人故意别过头，似乎是不想面对这样的局面。在女人面前惯有的高大形象在此刻被自己的妻子摧毁得粉碎，他暴怒起来："你少跟我说这些！这些年，要不是我赚钱养你们，你们吃什么穿什么？！"

杨英婉红着眼眶："你请个保姆不用花钱吗？我凭什么为你做牛做马这么多年？只因为我是你老婆吗？"几乎是歇斯底里，她尽失温柔。

温婉的外皮还是因为他的言语而溃烂，露出她的另一面。但她不觉得丢脸，任谁都无法冷静下来。为了祝蔚杭，她也要和他抗争。

祝天鸣瞪大眼睛，似乎是觉得不可思议："你现在说话怎么这么难听？！"

杨英婉扯了一下嘴角，觉得没有继续谈下去的必要了，总之他们不会再有好结局了。

她起身，低头对眼前的男女说："我不多说了，该说的我都说了，我就是那句话，你在外面养女人，没有资格来要求我和我儿子去帮你看家。祝蔚杭想去哪里就去哪里，我的儿子很听话、很乖，你不准干涉他，也无权干涉他。"她从前总是包容温柔的眼神此刻坚定不移，藏着冰一样落在他们脸上。

她低头从包里拿出一份起草好的协议："看过之后没有异议，就签了吧，我也已经受够了，大家都放过对方吧。"

祝天鸣的第一反应是拒绝，话还没说出口，刘婧却突然伸手将那份协议书拿了过来，用希冀的眼光盯着身侧的男人，压低声音说："先看看吧。"

祝天鸣心脏怦怦跳，他一愣，抬眼对上妻子的目光。以往总是用柔软温润的神情面对他的女人，此刻已经失态了，露出不属于她的狠戾姿态，像是小兽为了保护自己而露出尖锐的獠牙，虽然对他还不构成什么威胁，却还是让他感到了沉重的心悸感。

杨英婉望着面前二人，无言地勾了勾嘴角，嘲讽一般，说："我先走了，你们商量好了再给我打电话。之后的事，如果有必要，我也会找好律师的。"说完，她便毫不留情地踏步离开了。

男人看向她离开的背影，胸腔里荡漾起无尽的苦涩之意。有那么一刻，他开始反思自己这些年到底做了什么，可那一瞬间又被身边女人尖锐的声音打断。

刘婧抱紧了祝天鸣的胳膊，靠在他的肩头上，憧憬着未来："我们终于可以结婚了？"

他蓦然有些无法呼吸，脑中皆是妻子刚才决绝的脸和尖锐的话，可耳边的声音还没停下。

他脑子发热地答道：“嗯。”

时间过得很快，一下就到了要填报志愿的时间，奶奶家里没电脑，祝蔚杭和梁乐只能跑去刘宥家里填报志愿。

刘宥家里只有爸爸，他爸看起来凶，但很热情。问了两人的成绩后，他很生气地指着刘宥骂：“别人用脚考都比你强是不是？”

刘宥瞪大眼睛：“别说得那么过分，他们的脚也做不了题！而且智商都是遗传的，我分不高你也有一半责任。”

他爸作势就要脱鞋打他，刘宥跑得很快，躲过一劫。

梁乐和祝蔚杭在一边看戏看得一愣一愣的，最终两人互相看了一眼，偷偷笑了。

刘宥的电脑在房间里，在他打开电脑的时候，梁乐被他床头柜上的红色头绳吸引了注意力。

她疑惑地拿起来，问刘宥：“你还收藏这个呢？”

刘宥回头，见到她手上拿着的东西，愣住了。

就在此刻，梁乐的肩头突然被祝蔚杭轻拍了一下。

梁乐猝不及防地挨了一下，莫名其妙地回头看祝蔚杭，刘宥趁机抢过她手中的头绳。

梁乐没空和刘宥争抢，皱眉问祝蔚杭为什么打她。

祝蔚杭握住她的肩头，让她转身面对着电脑，低头在她耳边说：“不准在别人房间里乱动东西，填完志愿就赶紧出去。”

梁乐皱眉：“你也管太宽了吧？”

祝蔚杭低声说：“我会吃醋。”

梁乐微怔，耳朵发热，正要说些什么，刘宥不耐烦地打断了他们：“还填不填了？在家里黏糊就算了，怎么还在别人家里撒狗粮啊？”

梁乐推开祝蔚杭，红着脸说“知道了”。她拿出这几日在家里琢磨完的志愿表格，按着顺序一个个填好。

她填完后下一个是祝蔚杭。

刘宥看着他在第一志愿上写下首都的大学，眉毛一挑，在他们俩一边疑惑地开口：“你们要异地啦？”

梁乐闻言色变，在他的背上捶了一下：“那又怎么样？我们感情稳定得很。”

梁乐填的是本地的大学，早在一周前她就知道这四年两人大概是要异地了。祝蔚杭心里也有数，所以这几天两人总是刻意避开这一话题，没怎么聊过志愿的事，似乎都想着逃避着不说也许对方心里会好受些。

现在这么冷不丁地被刘宥提起，梁乐有些措手不及，看了看祝蔚杭的脸色，发现没有异常后才放下心来。

虽然祝蔚杭没怎么表现出来，但回去的时候，两人之间的气氛还是很古怪，不像往日那般打打闹闹你侃我一句我骂你一句的，都有些沉默。

祝天鸣给祝奶奶请了个护工，让护工专门在奶奶住院期间照顾她。

梁乐和祝蔚杭每天都会去医院陪奶奶聊天，也会在家里炖汤带去给奶奶喝。

祝天鸣和刘婧来过几次，带了很多补品，每次坐一会儿就离开了。有一次，只有梁乐在医院，祝蔚杭在家准备晚饭。她买完东西走到病房门口时，听到奶奶正在和祝天鸣说话，刘婧当时并不在病房里。

完整的过程她并没有听到，但当时奶奶的语气已经平静下来。

其实她也不知道用“平静”来形容是不是对的，因为奶奶平时对他们这些小辈说话都是温柔和蔼的，这么对比起来，奶奶当时的语气应该说得上是冷漠。

梁乐听见奶奶说：“我只认一个儿媳妇，也只认一个孙子，你跟谁结婚和我没关系，只是不要把她再带到我眼前了。我不想去指责你做过的事，你想怎么做都与我没关系，我生了你，但我已经干涉你了，我只希望你别在我这个老太婆面前再闹出什么鸡飞狗跳的荒唐事。”

梁乐在门外听得心惊，还没消化听到的消息，就听到身后传来熟悉的脚步声。她慌乱地回头，看见了正提着汤过来的祝蔚杭。

梁乐着急地冲上前，抓着他的手腕往回走。

祝蔚杭一愣，也没反抗，任由她牵着走了。

梁乐拉着他到楼梯间里，用惶恐的眼神看他。

祝蔚杭摸了摸她的脑袋问：“怎么了，后面有人追杀你吗？”

梁乐没想好怎么开口，皱着眉说：“别开玩笑。”

祝蔚杭放下汤，垂眸看她：“那你说说是怎么了。”他一副洗耳恭听的模样。

梁乐话到嘴边又说不出口了，她不知道如何组织语言或者用什么语气来说自己刚刚听见的消息，而且她也不知道应该要怎么安慰他，她不忍心看到他伤心的模样。

梁乐看着祝蔚杭此时还算轻松的神情，抿了下唇，一脸认真地说：“嗯，后面是有人在追杀我。”

祝蔚杭虽然疑惑却还是失笑，他当梁乐又无事抽风了，捏了下她的脸：“骗鬼呢！”

梁乐说了句“爱信不信”，说完就要离开。

祝蔚杭伸手捏住她的后脖颈不让她跑开。

梁乐躲不过，大叫：“家暴犯法！”

祝蔚杭好笑，转而拉住梁乐的手臂，贴近她的耳畔，低声说：“别乱扣帽子，不过，你真想和我成家啊？”

梁乐脸一红，恼羞成怒地拍掉了他的手。

两人打打闹闹回去的时候正好碰见祝天鸣从病房里出来。

三人迎面碰上，梁乐恨不得此刻有个洞让她躲起来，因为父子之间的气氛实在是太尴尬。她在医院这几天，就没听父子俩说过话，两人都绷着脸不肯先开口。

随着几人的距离越来越近，梁乐心跳的速度也跟着加速。

终于，他们擦肩而过。正当梁乐松了一口气的时候，身后的祝天鸣却突然叫住了祝蔚杭。

梁乐和祝蔚杭脚步顿住，听见他说：“辛苦了。”

在外人听来可能会有些许感动，但其实这三个字对祝蔚杭一点儿用都没有，起不到任何安慰的作用。

虽然知道这不礼貌，可梁乐还是觉得有些可笑，心中溢满了不悦不甘的情绪。她侧头看祝蔚杭，他神色淡淡。

祝蔚杭说：“是我奶奶，我应该做的。”

祝天鸣没再说话，径直离开了。

医院走廊很安静，梁乐听着祝天鸣离开的脚步声，心里还是觉得有些空落落的。她自然希望祝蔚杭有一个和和美美的家庭，有一个疼他爱他的父亲。

但是如果没有的话，梁乐相信他也会过得很好，因为祝蔚杭有她和杨阿姨。

祝蔚杭下午接到妈妈的电话后便时不时地发呆放空，梁乐大概知道发生了什么事，也不敢打扰他，只是静静地坐在他身边陪他。

好在祝蔚杭这种迷茫反常的日子只持续了两天，第三天开始，他又重回以前自信的状态，甚至还时不时在奶奶看不到的地方与她亲密。

梁乐发自内心地觉得，现在的祝蔚杭似乎比以前更快乐了，或者说是更加自由了。

以前的祝蔚杭在学校虽然像天之骄子一般，长相和成绩在同龄人中都是佼佼者，但在别人看不见的地方，她偶尔也会窥到他某些低落脆弱的情绪，现在倒像是祛除阴霾向阳而生了。

第十三章 离开海边

奶奶出院的那天，他们陪着奶奶看电视看到晚上十点才上楼。

梁乐先洗完澡，在床上躺了十几分钟后，祝蔚杭进来了，身上还带有水珠。她下意识地往旁边躲了躲，却被他一下捞进怀里，梁乐躲了一下没躲过。

祝蔚杭将下巴压在梁乐的肩头，温热的呼吸喷洒在她的耳边，他问她躲什么。

梁乐说："你身上水都没干呢。"

祝蔚杭笑了一声："出来得太急了。"

梁乐问："你急什么？"说完她又补充一句，"我又不跑。"

祝蔚杭沉默，静静地在她耳边呼吸着："你说的哦，别乱跑。"

梁乐一愣，突然反应过来他说的好像是更远的事，忍不住想宽慰他，握住他放在她腰间的手掌："跑不出你的五指山啦！"

祝蔚杭在她身后被逗笑，笑得身体都在颤抖，惹得梁乐也跟着笑。两个人就在床上不知所谓地笑了好一会儿。

梁乐推他，让他别靠得太近了，她也会忍不住笑。

祝蔚杭翻过她的身体，手肘撑在她的脸侧。

两人对视着，带着笑意的眼神交会后融合在一起，他的呼吸猛地变缓，用手指抚摸着她的眉毛，将她乱糟糟的碎发整理好后，低头亲了亲她，很温柔的一个吻。

梁乐的心却像是被猛地捏紧，她受不了祝蔚杭如此含情脉脉的眼神，但还是抿抿唇要求：“再亲一下。”

祝蔚杭勾起嘴角，听话地低头又亲了一下，亲完又伏趴在她颈间无声地笑着。梁乐摸了摸他的脑袋，后脑勺最下面的发尾还有些湿，她揪着他的后脖颈：“头发都没干。”

祝蔚杭：“不碍事。”

梁乐又捏他的耳朵：“这样容易感冒头疼，赶紧去吹干。”

祝蔚杭又在她身边蹭了几分钟才被迫起身去吹头发。

回来的时候，梁乐似乎已经睡着了，他趴在她身边，盯着她看了好一会儿，低声说：“夏天过得太快了。”语气里含着淡淡的遗憾和不舍。

梁乐睡沉了，没有回应。

窗外大树上却响起此起彼伏的蝉鸣声，有节奏的鸣叫像是在倒数着夏天。

填完志愿的第二天，梁乐就接到妈妈的电话，这不是妈妈第一次打过来了。

自从梁乐偷跑过来后，妈妈每天都会巡查一样打个电话给她。一开始是问祝奶奶的情况，得知祝奶奶情况好转后，就问她报考学校考虑得怎么样了。知道她最后会报本地的学校后，她妈松了一大口气，却依旧每天给她打电话。

昨天她刚交上志愿，今天妈妈就催她回家了。

电话那头，她爸在附和：“女儿真狠心，丢下父母自己潇洒。”

梁乐被念叨得头大，嘴硬地顶了两句：“那奶奶最近刚出院，我不得再照顾她几天？”

妈妈接着呛她：“还要你照顾？你在那里，奶奶还得照顾你，你吃的饭是谁做的？懂事的就赶紧回来。”

梁乐自知理亏，烦躁地“嗯嗯”了两声，只能用话术拖延着：“尽快回去。”

祝蔚杭听见梁乐在屋里打电话，悄无声息地从门外进来，一把抱住梁乐。

毫无防备地被祝蔚杭抱住，梁乐吓了一跳，尖叫一声，手机都差点儿没拿稳。扭头看见他捉弄成功的笑脸，她恨得牙痒痒，却又要应付手机那头的唠叨。

她妈问：“怎么了？”

梁乐沉默了一会儿，说：“乡下有狗。”

她妈问：“你不是怕狗吗，还不赶紧回来？”

梁乐被两头夹击，注意力分散得支离破碎，推祝蔚杭却推不开。他像是故意捉弄她一般，咬定她不敢当着她妈的面做出什么大动作，贴着她的耳朵亲了亲，灼热的呼吸落在她最敏感的皮肤上。

梁乐全身的鸡皮疙瘩都立了起来，紧张得不知道是要挂电话，还是把祝蔚杭踢走。

而就在她思考的这一会儿，两边都不让她好过。

妈妈不满她的沉默：“怎么不说话？”

梁乐气得太阳穴都在突突地跳，瞪他一眼，拍了好几下他的手掌，他却不移开。

妈妈催道：“哎，梁乐，你怎么回事啊？怎么不回妈妈话，回来真的要狠狠收拾你一顿。”

梁乐咬牙：“妈……我现在有点忙。”

她妈问：“忙什么？”

梁乐扭头掐着祝蔚杭的手臂，气愤道：“这狗缠着我，我之后再给你回电话，我真的会尽早回去的。”

妈妈下了最后通牒：“这周必须回来。”

梁乐敷衍着答应，挂掉手机后，将祝蔚杭的手扯开，转身掐着他的手臂，恶狠狠地说：“就这么皮，我完了，你也别想好过。”

祝蔚杭被她掐着也不反抗，反倒是用另一只手拍拍她的后背安抚她，笑着看她，说：“就是忍不住想亲你。”

梁乐现在已经对祝蔚杭的甜言蜜语免疫了，就算心中泛起涟漪，也是面不改色。尤其是经过了刚才的窘迫情况，她现在只想狠狠收拾祝蔚杭。

这人已经十八岁了，却还是这么幼稚，就知道整蛊她。两人在一起后，他还喜欢用这种方式来整她，她可不想被他拿捏着无法动弹，一定要让他长长记性。

祝蔚杭见她气得咬牙，便放软了态度，跟她道歉，保证以后不这样了。

梁乐却不知道在想什么，盯着他看了几秒，松开了手，意味深长地说：“你等着吧。”

祝蔚杭以为她憋着什么坏，惴惴不安了一会儿，发现梁乐也没有其他的动作，只是手臂被掐像是被奶猫抓了下，这对他来说，只能算是挠痒了，在他心尖上挠痒。

没想到在当天晚上，他就遭到了梁乐的报复。

晚上，两人窝在房间吹空调聊天，在祝蔚杭接到妈妈的电话后，梁乐迅速靠近，面对面坐在了他的腿上。

对上祝蔚杭瞪大的眼睛，梁乐露出了得逞的笑容。

祝蔚杭被她有仇必报的决心逗笑了，一只手拿着手机，另一只手抬起在她鼻子上点了点。梁乐扒着他的手，咬了一口，他痛得龇牙咧嘴，却还是沉稳地回应着妈妈的问话。

梁乐见他这冷静的模样，撇了撇嘴，更想要看他失控的样子了，于是低头去亲了亲他。

祝蔚杭像是吓了一跳，他还是不习惯梁乐的主动。两秒之后，他才恍然对着手机答道："嗯嗯。"他的态度明显敷衍了一些，心不在焉地应付。

梁乐就想要这种效果，于是愈加兴奋，哪有比以其人之道还治其人之身更令人解气的事呢？

但是祝蔚杭突然伸手在她脑门上弹了一下。

梁乐被弹得一愣，气得在他胸膛上捶了两下，祝蔚杭也只是对着话筒咳了两声。

梁乐见他依旧潇洒自在，脑子一热，也学着他早上那样，靠近他的侧脸。听到他的呼吸声一颤，她笑得浑身都在抖，突然知道他为什么喜欢捉弄自己了，她也挺享受捉弄他的这个过程。

正打算继续戏弄他时，祝蔚杭突然对着话筒说："妈，突然有点事，我处理完给你打电话。嗯嗯，好。"说完他就利落地挂了电话。

梁乐还没反应过来，这场捉弄的小游戏就结束了，而她只是尝到了一点浅浅的甜头，还没大口咬下去呢，到嘴边的鸭子就飞了。她正打算抱怨的时候，只见身下那人把手机往床边一丢，压着她躺了下去。

局势一下反转，她在他身下了。

梁乐的脸都涨红了，祝蔚杭却像山一样怎么都推不动。

他压制住她，笑着蹭了蹭她的脸："开心了？"

梁乐侧头咬他："我还没发力呢。"

"怎么发力？"他饶有兴致。

梁乐瞪他："不告诉你。"

祝蔚杭对着她耳朵低语："不然再让你试试？"他语气带笑，湿热的气息几乎要将梁乐烧起来。

她的脸烧得厉害："别想了，以为我不知道吗，我越逗，你越兴奋，我已经想通了，我们还是放过对方吧。"

祝蔚杭捏着她的下巴亲了一下："还不算傻。"

梁乐的嘴被亲得水润殷红，她用脑袋撞他："你才傻呢！"

最后这一场报复以梁乐的完败结束，她被他压着欺负了好久。

梁乐突然想起什么，红着脸迟疑地提议："不然，我们更进一步？"

祝蔚杭闻言一愣，问她："什么意思？"

梁乐闭着眼睛没有再说话。

祝蔚杭将手掌盖到她的脸上，胡乱揉了一通："脑子清醒着？"

梁乐没想到他是这反应，思考了一会儿，小声问："你累了？"

祝蔚杭气得笑了，咬着牙一个字一个字地说："不累。"

梁乐回道："那是对我没兴趣？"

祝蔚杭翻身压住她，盯着她，问："你到底在想什么？"

梁乐虽然觉得这事由她来说出口有些不合适，但对方是祝蔚杭，她也没什么不好意思的了："我是想，我妈催我回去了，我们虽然住上下层，但在父母眼皮子底下，我们肯定得保持距离，牵手都没机会了，更别说贴贴了。"

祝蔚杭点头："然后呢？"

梁乐："所以不如在这里更进一步，不然之后异地……在本市上学，我爸妈也不知道让不让我出去找你，见都见不到。”

祝蔚杭听完她的解释，忍不住笑了，他知道梁乐脑回路奇怪，却也没想到她会这样想。他问：“你是不是担心我喜欢上别人？你是吃醋了？”

梁乐看着他揶揄的眼神，轻轻地“呸”了一声，气息吹得祝蔚杭眨了眨眼睛。

梁乐摸他的腰，气道：“答不答应一句话！”

祝蔚杭低头咬她一口：“不答应。”

听清他的回答，梁乐倒是更害羞了，推开他就准备睡觉。

祝蔚杭笑得更起劲了，凑到她身边继续问她：“你的脑袋里到底在想什么啊？”

梁乐裹紧被子：“我不是解释完了吗。”

祝蔚杭从她身后抱住她说：“不合理。”

梁乐问：“那你说怎么才合理？”

祝蔚杭自信地道：“我猜你肯定是舍不得我！想随时随地把我带在身边，一刻都舍不得我离开。”

梁乐恼羞成怒，再次推开了祝蔚杭：“你真的有毛病！”

祝蔚杭被她推开后又缠上她，抱着她不肯撒手，收了笑意认真地解释：“我不想让这件事匆匆忙忙地发生。”

“不想是因为担心来不及了，所以随意去做。”

梁乐心脏一缩，脸依旧热：“什么意思？说清楚点。”

祝蔚杭说：“不应该是现在。”

梁乐哼了一声，并不打算理他，却听见祝蔚杭在她耳边低声说：“相信我，我真的很喜欢你。等我们都做好准备，等我们都再长大一些。”

心跳蓦然加速，她听不得他靠在她耳边低语告白，轻轻的一句话就能让她丢盔弃甲，缴械投降。

梁乐最后只能用“吃西瓜总是将最甜的那个部位留到最后吃”来解释他的这种行为，但她也不是很介意。

刘苑清的电话一天一个，梁乐被催得有些郁闷，还是定下了回去的日子。

离开的前一天，几个朋友决定再聚一回。

因为是送别宴，许俏楠哪怕明知要见到刘宥也没有推托，出乎意料的是许露却没来。

依旧是傍晚，太阳快要落下，一望无际的海的尽头是紫色的云朵。

几人轻车熟路地借了烧烤炉子，甚至还搬了一箱啤酒。

梁乐笑着揶揄许俏楠：“许露怕你，所以没来？”

许俏楠瞪眼：“我怕她还差不多。”随即她嘟囔道，“我猜她是跟刘宥吵架了……”

梁乐看向不远处蹲在滩涂处的两人，两个一米八几的身影蜷成一团，趴在地上不知道在挖些什么。

梁乐刚想吐槽，那两人就争先恐后地站了起来，然后朝她和许俏楠这个方向跑过来。

梁乐和许俏楠同时皱起眉毛，一言难尽地对视一眼。

梁乐眯起眼睛看向祝蔚杭，他似乎正抓着什么东西。

不过几秒，他就到她面前。她看清楚了，他手里是一只还在活蹦乱跳的小螃蟹。

他献宝一样地拿到梁乐面前，脸上带着笑容，头发被海风吹得有些乱，眼睛被发丝盖住一点却依旧很亮。他一脸期待地看着她：“可爱吧？送你当宠物。”

梁乐到嘴边的吐槽顿时又收了回去，看着他这一副邀功翘尾巴的样子，实在是不忍去泼冷水，于是她捧出双手。

祝蔚杭将小螃蟹放到她掌心里，可那小螃蟹一落进她手掌里就缩成一团，像是死了一般。

她疑惑地抬眼看祝蔚杭。

祝蔚杭还没开口，在他身后的刘宥就扑哧一声笑出来，指着那螃蟹："死了死了，被你捻死了。"

梁乐低头看那螃蟹，有些于心不忍。

刘宥把刚才挖到的贝壳拿到她面前："拿我这个吧，我这个漂亮，还不会死。"

祝蔚杭眼明手快地夺过那片泛着珠光的白色贝壳，随手丢到一边去："什么毛病！要送，送你女朋友去。"

刘宥踢他一脚，踢完就跑到一边的沙滩上找宝贝一样把那贝壳寻回来。

二人像是在表演小品，梁乐和许俏楠在一边看得笑个不停。

吃了一点东西垫了垫肚子后，四个人都喝了点酒。

不过这次没有美女来搭讪祝蔚杭，因为梁乐几乎要黏到祝蔚杭身上了。她喝晕了便有些不管不顾的，脑子钝钝的，扯着祝蔚杭的胳膊当枕头一样抱着。

祝蔚杭很乐意，许俏楠却看不过去，伸手将梁乐扯了过来，她一下又跌到许俏楠怀里。梁乐在许俏楠的肩膀上蹭了蹭："你好香哟。"她还像动物一样耸了耸鼻子。

许俏楠眼睛亮亮的，拍了拍梁乐发热的脸，说："醉了？"

梁乐嘴硬说没有。

两个女孩知道明天就要分别，都有些伤感，虽然不说话，却抱在一起怎么都不撒手了。

祝蔚杭和刘宥自觉地留了点空间给她们。

录取结果已经出来了，四人都很幸运地被第一志愿录取。许俏楠如愿地被本地最好的大学录取，今天本应该是出来庆祝的，却因为即将到来的分别而情绪恹恹。

梁乐平时不是这副模样，她的性格大大咧咧，看起来没心没肺，事实上也是如此，高考结束的时候她都没来得及体会离别的悲伤就去做了手术。

现在可能是喝了酒，又或者近来经历一些事情，有了成长，而许俏楠对她来说有些特殊，她也不懂，只是觉得情绪充盈在她的心尖，眼眶热乎乎的。

两人抱了一会儿，什么肉麻煽情的话都没说。只是在分开的时候，许俏楠对她说："明年暑假见。"

这是一场夏日限定的友情，只要夏天如期而至，她们的友情便会一直延续下去。

祝蔚杭和梁乐订了第二天中午的车票。

昨晚喝得有些多，早上起来的时候梁乐还是迷迷瞪瞪的，在床上根本起不来，哼哼唧唧地说头疼。

祝蔚杭站在床边捏她的鼻子："人菜瘾还大。"

梁乐踢他一脚，翻了个身继续睡了。

再醒来的时候已经快中午了，梁乐迷迷糊糊地看了一眼时间，离动车出发时间不过两小时了，想起自己还没收拾东西，她一下从床上跳起来。

睡得多了，神智也有些不清楚，混沌之间，梁乐听到身后浅浅的笑声。她回头一看，发现祝蔚杭已经穿戴整齐地坐在椅子上玩手机了，似乎在等她醒。

她没空搭理他，趿拉着拖鞋下床，走到衣柜边，打开一看，却发现东西已经被收拾干净了。

祝蔚杭不知道什么时候已经站到她身后了，他双手搭在她的肩膀上，带着揶揄的声音在她耳边响起："公主，都收拾好了，你去刷牙洗脸就可以出发了。"说完，他握着她的肩膀让她转了个方向，推着她往厕所里走。

梁乐面上一副理所当然的样子，心里却忍不住翻起酸酸甜甜的波浪："谢谢小杭子。"

两人提着两个行李箱下楼，到了一楼却没看到奶奶的身影，不过餐桌上放了一个装得满满当当的红袋子。两人走到院子里，才看到奶奶戴着草帽，又在院子里翻着晒着的葡萄干。

见两人已经收拾妥当，奶奶直起身，指了指桌上的那个袋子："给你们准备的葡萄干，都爱吃吧。"太阳有些大，奶奶的笑容被阳光照得更加耀眼。

梁乐跑进屋去拿葡萄干。

祝蔚杭盯着奶奶看，心口翻腾着许多情绪，喉咙一阵阵发紧，最后却只是张口说了句："奶奶，对不起。"

祝奶奶一愣，之后便立刻皱起眉头来："对不起什么？"她像是不知道他在说什么。

祝蔚杭刚想解释，祝奶奶便挥挥手打断了他的话："赶紧走吧，待会儿天更热，梁乐又要喊了。"

梁乐提着葡萄干出来，见气氛古怪，却也识相地没问话，只是乖乖地站在一边等着。

祝蔚杭微微叹了一口气，扭头对梁乐说："走吧。"

梁乐上前轻轻抱住奶奶，奶奶的身高比她矮一点儿，她头靠着奶奶的肩膀，鼻尖是让人安心的味道。

奶奶身体僵硬，似乎一时不知该怎么反应。梁乐笑着摸了摸奶奶的背，说："谢谢奶奶，我明年还来。"

奶奶笑着说"好"。

他们终于离开，行李箱的轮子在坚硬不平的石板路上发出骨碌碌的声响，和来的时候一样。

梁乐走到一半，回头一看，奶奶站在门口，目送着二人。

她恍惚觉得一切好像都没变，眼前蓦然浮现出她和祝蔚杭来时的场景，画面戏剧般地重合，奶奶当初也是在那个位置上笑吟吟地看着他们。

夏天真的要结束了吗？

梁乐不知道。

但她知道没必要悲伤，因为夏天会再回来的。

梁乐和祝蔚杭已经回家三天了，如她所想那般，两人只能转战地下在长辈眼皮底下谈恋爱，虽然刺激，但也实在考验两人的心理素质和身体素质。

因为两人在小区里住了十几年，大半个小区住户都认识他们俩，所以他们明明住得近，却只能去稍微远一点的地方约会。

这三天，他们在离小区三公里的公园里约会了几次，回去的时候却都要错开，生怕被熟悉的长辈碰见了。

除了每天绞尽脑汁地思考着如何和祝蔚杭更近一点，梁乐觉得生活似乎一点变化都没有。

哦，也有一件比较重要的事发生了，那就是祝蔚杭的父母离婚了。

似乎在他们回来之前，祝蔚杭的父母就已经办好手续了。

至于梁乐是怎么知道的，是因为她妈在饭桌上警告她不准再在祝蔚杭和杨阿姨面前提起祝叔叔。

梁乐戳了戳碗里的饭：“知道了。”过了半晌，她又问，“是离婚了吗？”

妈妈用筷子敲了一下她的脑袋：“小孩子家家别问这么多。”

梁乐捂着脑袋，反驳：“我就要上大学了，能别这样随随便便便对我了吗？”

妈妈一听，气得都笑了，拍了拍她爸：“你听，你女儿说不能再这么随随便便对她了。”

她爸难得一次向着梁乐：“嗯，要尊重她，成年了也是大姑娘了，马上就要上大学去了，可以自己照顾自己了。”

梁乐也没想到她爸这次居然帮着她说话，大惊大喜。她妈倒是被气得差点掀桌子，丢下一句：“姓梁的没一个好东西。”

虽然她妈没告诉她答案，但是梁乐大概猜到他们是离婚了。

祝蔚杭没跟她提起过，似乎是根本没将这事放在心上，她也没再多想。

只要祝蔚杭和杨阿姨能过得自由愉悦，户口本上的那一页其实一点都不重要，左右祝叔叔这几年除了拿点钱回家，并没有给这个家带来任何的情感慰藉。

日子就这样平淡又快乐地过着，很快录取通知书纷纷送达，梁乐的邮件到得比所有人都快，因为她考上的那所大学就在离她家五公里远的地方。

早晨九点，梁乐被邮政投递员的电话吵醒，说是要本人签收。拜托对方等她几分钟后，梁乐飞快地洗漱完毕，趿拉着拖鞋就下楼了。

哈欠连打了三个，眼里都水汪汪的，到楼下的时候，梁乐看见祝蔚杭正在跟邮政员聊天。

听到身后的拖鞋声，他看了她一眼，对邮政员说："她来了。"

梁乐推开他，签了字后，跟邮政投递员说谢谢。

投递员年纪不算小，略带笑意的眼神落在他们两个身上，揶揄着问："有没有考上同一所大学啊？"

梁乐一愣，红着脸摆摆手："考不上，考不上。"

祝蔚杭在她身后笑，拉着她的帽子："走了。"

邮政投递员利落地拉上他的包，还有其他许多通知书要去派送，骑上电瓶车走之前他对他们说："祝你们大学顺利，未来可期。"

梁乐被祝蔚杭扯着帽子，几乎是被拖着走的，于是翻了个身撞到他身上，他这才讪讪然松开手。

梁乐问他去哪里了，怎么起这么早。

祝蔚杭皱眉："早吗？这都九点了。"说完，他伸手去碰她的眼角，湿漉漉的，都是刚才打哈欠流出来的眼泪。

梁乐吓了一跳，往后退了退："脏不脏啊！"说完她还窘迫地往四周看了一圈，确定没人后才放心下来。

祝蔚杭垂头看她，慢慢开口："我又不嫌弃。"

四个字轻轻地钻进梁乐的耳朵里，她耳朵发烫，拍了一下他的手："赶紧回去洗洗吧，我去睡回笼觉了。"

但她刚转身帽子就又被祝蔚杭扯住，他说："直接去约会吧。"

梁乐刚想骂他，她没换衣服，还穿着家居服和拖鞋，去哪里约会？去他家吗？

谁知道身后的祝蔚杭突然来了一句："去我家。"

梁乐吓了一跳，以为他什么时候学了读心术。她扭头看他，见祝蔚杭依旧是那副吊儿郎当痞痞的模样，很欠揍，但是真的还挺好看的。

"阿姨呢？"梁乐问。

"出去了，过几天才能回来，我刚才就是去送她了。"祝蔚杭边说边推着梁乐往楼上走。

于是，梁乐就被半拐骗半强制地哄进了祝蔚杭家里。

祝蔚杭家也可以说是她的第二个家，她对这里十分熟悉，去卫生间重新收拾了一下。

其实大家心知肚明，情侣约会，在外面还有别的活动，可以逛街看电影，在家里约会不就是想要有多一点的亲密交流吗？两人还在热恋期，想要多一些的抱抱很正常。

祝蔚杭对最近这种看得到摸不到的日子很是厌烦，但梁乐总是一副无所谓的模样，比起他，她好像更喜欢做自己感兴趣的事，宅在家里看剧都好像比他有趣。

所以今天祝蔚杭才不肯放梁乐走，他要让她知道，他比电视更需要她。

梁乐刚从卫生间出来，就毫无预兆地被祝蔚杭抱住，他从她背后环住她的腰肢，脸贴着她的侧脸，轻轻地蹭了几下："想我没？"

梁乐："怎么想？楼上楼下，天天见面，还需要怎么想？"她就是改不来和他顶嘴的毛病，但祝蔚杭似乎挺喜欢她这点的，也不生气，反倒笑了笑："我很想你，就算天天见面，我也很想你。"

梁乐的脑子飞快地运转着，她眨了眨眼睛，侧头看他："想我什么？"

祝蔚杭又笑，轻轻说："什么都想。"

他们亲密地接吻，梁乐觉得自己轻飘飘的，像是变成了一朵云。

她抱住祝蔚杭，哑着声音说："讨厌你。"

祝蔚杭的脸上挂着薄汗，他亲她一下："喜欢你。"

梁乐推他："那我也讨厌你。"

祝蔚杭无所谓地说："反正我喜欢你。"

幼稚而毫无意义的对话让梁乐有些无语，就在这时，她放在床头的手机响了，祝蔚杭瞥了一眼，眼明手快地按下接听键。

梁乐还没反应过来，就听见她妈比锣还大的嗓门："你拿个录取通知书是去大学老师办公室里拿了吗？早饭都没吃，跑哪儿去了？"

梁乐眼睛瞪大，狠狠地剜了一眼祝蔚杭，见他满脸笑意，又是一副捉弄成功的得意模样。

她气不过，踢他一脚后，才扬声应道："我……碰见同学了，顺便跟她玩了一会儿。"

刘苑清："穿拖鞋就跑去跟人家玩了？"

梁乐撒谎："那又没关系。"她边说边爬到笑得身体颤抖的祝蔚杭身上，一只手捂着他的嘴，一只手掐他的后脖颈。

祝蔚杭笑得更加猖狂，差点发出声音。她着急，随意敷衍了两句，快速掐掉了电话。

电话一挂，她就将身边的被子扯过来，盖住祝蔚杭的脑袋，然后对他一顿狠揍，过了一会儿才气喘吁吁地瘫在床边休息。

祝蔚杭被她闹得出了一身汗，手臂上也多了好几个红印子，都是被她掐出来的。他低头整理好自己后，又一下子躺到她身边。

梁乐气得脸红，瞥他一眼，又往旁边挪了挪，像是故意要和他保持距离。祝蔚杭笑，一把将她搂过来。她趴在他怀里，对着他的手臂咬了一下，不算轻。

祝蔚杭没喊疼也没松开她，反倒是将她抱得更紧，像是知道她的别扭其实是在表达她爱他。

两人狂跳的心脏慢慢平静下来，躁动也消歇下来，身体里却充盈着一种淡淡的欢愉，是一股能抚平一切苦痛的力量。

梁乐不习惯对着祝蔚杭表达那些爱意，但是此刻，在这个温暖的拥抱中，她却有了倾诉的冲动。她伸手抱住他："好好努力，我会等你回来。"

祝蔚杭沉默了几秒，最后低头亲了一下她的额头："好。"

第十四章

异地

两人从乡下回来后，两家的长辈都觉得他们的关系缓和了一些。

在长辈眼中，这俩小孩儿虽然还是会拌几句嘴，但争吵的频率比从前低了许多。

看来两人并不是无法相处的冤家，打包一起送到乡下一趟，让两人在那里磨合还是不错的。

不知实情的梁妈妈不止一次在丈夫面前炫耀自己将梁乐送到乡下的英明决定。

可某天，下班回家的梁爸爸突然通知自己妻子："才说他们不吵架了，我刚就在楼下看到他们吵得不可开交。"

刘苑清停下了手头的事，瞪大眼睛问："什么意思？"

梁爸爸放下公文包，一屁股坐在沙发上，长长地叹了口气："冤家吵架。"

他抓起桌上的苹果吃了两口后，倏然扭头问刘苑清："我看刚刚那架势，好像是咱们女儿犯错了，祝家那小子脸臭得跟什么一样，梁乐会不会吃亏啊？"

刘苑清"呵"了一声："放心，你女儿不会吃亏的。"

梁乐那性格……祝蔚杭是占不到便宜的。

此时，两人正在小区的小公园里吵架。

事发突然，他们甚至没有时间转移战地，因此才被梁爸爸抓了个正着，但四十几岁的老父亲对此见怪不怪，于是也没有进行场外调节，装作什么都没看到一样离开了。

其实这次算是祝蔚杭单方面生气。

要是换作以前，梁乐看到他这副模样，可能会开心得在一边跳脚，但此时两人的关系已不同往昔，于情于理她都应该哄哄祝蔚杭。

祝蔚杭生气的原因很简单，因为刘公子刘亦恒突然出现在他们家楼下，还被祝蔚杭撞了个正着。

刘亦恒出现在他们家楼下，自然是来找梁乐的，只是他事先没联系梁乐，直接来了一出先斩后奏，因此梁乐也没法提前阻止。

梁乐问刘亦恒找她做什么，刘亦恒说是顺便经过，想要当面和她说几句话。

梁乐对天发誓，她一直都觉得她和刘亦恒之间清清白白，和他相处的过程中她也感觉不到任何的暧昧气息，但这个暑假几乎周围所有人都跟她说过刘亦恒喜欢她，甚至连祝蔚杭也总是时不时地吃醋。

所以梁乐对他有一种说不清道不明的尴尬。有一次刘亦恒找他聊天，她斟酌了片刻，提了一句她最近谈恋爱了。

刘亦恒回得很快：恭喜。

好一个恭喜，梁乐脸都涨红了，对自己的自作多情和胡思乱想感到羞耻。

于是她快速回复：谢谢啦。

本以为事情就这样结束了，但刘亦恒这天坚持要当面跟她说几句话。

梁乐见他似乎真有重要事要说，最终还是答应，硬着头皮下楼了。

经过祝蔚杭家门口的时候，她瞥了一眼紧闭的门，不知为何，心脏跳得有些快，就像是被他抓包了一样。她移开眼神，快速下楼。

但是老天好像就是要故意捉弄她。

在她以为刘亦恒会随便说些“未来珍重”“前途似锦”的话时，他竟然真向她表白了。

刘亦恒的原话很感人，说她在高中时期给了他很多力量，和她一起在天台聊天的时候他觉得很放松，虽然很遗憾她已经谈恋爱了，但他还是希望能够对她表达他对她的那份感情和感激。

梁乐虽然被触动，心里却很是着急，因为他们说话的地点不对，太过危险。可她又不忍在这种气氛下打断刘亦恒说要去别的地方，于是只能焦躁不安地听着。

但有人帮她阻止了。

祝蔚杭在家就听见了梁乐熟悉的脚步声，似乎比平时更急躁，他在窗前看了一眼，于是冷着脸下了楼。

他不知跟梁乐说过多少次，刘亦恒对她有别样的感情，但她始终不信。

站在楼道里听了全程，他终于忍不住出声打断。

梁乐在祝蔚杭出声的前几秒就听到了他下楼的脚步声，但她不敢回头，身体也因紧张慌乱而无法动弹。

刘亦恒在看见祝蔚杭后，自动停止了那一段深情又深刻的表白，皱眉看向梁乐。

他知道梁乐和祝蔚杭认识，但由于两人在学校里整天装不熟，见了面也是剑拔弩张的，所以他在心中自动认定梁乐和祝蔚杭不对头，却没想到两人竟住在同一个小区。

更出乎意料的是，祝蔚杭竟然伸手揽住梁乐的肩膀，将她往怀中一搂。梁乐也没抗拒，甚至一副温顺的做错事的模样。

梁乐要疯了，因为祝蔚杭疯了。

他们在这里搂搂抱抱要是给邻居或者是家长看到了怎么办？

刘亦恒脑子转得快，一下就明白了两人的关系，震惊后便是释然。

现在祝蔚杭的表情很不好，再看梁乐一言难尽的脸色，刘亦恒就知道自己给两人添麻烦了。

他有些不忍，于是想帮梁乐解释两句，梁乐却率先说：“你都说完了？我知道了。”他顺便给他使眼色，意思是让他赶快离开。

尽管刘亦恒不想做逃兵，但在心中考量了一番，他还是决定不给梁乐惹麻烦了，露出个干巴巴的笑容：“那我先走了。”

梁乐迫不及待地和他挥手告别。

于是很奇怪地，他们这对情侣站在原地看着刘亦恒的背影越来越远。直到刘亦恒的背影消失不见，梁乐才敢去看身边人的脸色。

下一秒，她肩膀上的胳膊便马上抬起离开，祝蔚杭似乎是迫不及待地和她划清界限。

梁乐的心脏猛地酸了一下，扭头却只看见他气鼓鼓的背影，很明显是生气了。

梁乐觉得头疼，开始后悔下来和刘亦恒见面这个决定。但此刻的悔意没有任何用处，她还是需要将注意力放到眼前，想想要怎么哄自己的男朋友。

祝蔚杭腿长走得快，一直走到小公园才被梁乐拉住。她在他身后拉住他的手腕，强迫着他停下来。

祝蔚杭顿住脚步回头看她，垂着眸，眼里挂着冷漠的神色，像是在问她拉他做什么。

梁乐在他面前脸皮很厚，了解他刻意装出来的冷漠，所以此刻也不觉得受伤，自然地露出个讨好殷勤的笑容。

她刚才在脑中已经想好了对策：第一步是道歉，然后是求原谅，最后是向他表明她对他的爱意坦诚炽烈。

“对不起，我真不知道他会跟我说这些。”

“你原谅我吧，别生气了。”

“我爱你。”

三句话她说得非常连贯，不给祝蔚杭反应的机会。

梁乐盯着祝蔚杭的脸看，果然，他被冻住的表情有了松动的痕迹。

她乘胜追击：“我发誓，我真的不知道他会跟我说这些，我的心里只有你，我对其他男生一点想法都没有。”

祝蔚杭其实并不想轻易翻篇，以梁乐大大咧咧的性格，之后不知要在大学招来多少桃花。

梁乐这几句轻飘飘的话并不能平息祝蔚杭胸口燃着的那团火，但看着眼前梁乐小心翼翼的表情，他的心脏有些酸软，表情也不自觉地放柔。

对他来说，梁乐就像是她天生的软肋，面对她时，他总是无法说很重的话。

梁乐见有戏，便又说了许多，都是些平时她不肯说的肉麻话，祝蔚杭怎么哄骗都不肯说的那种。祝蔚杭听了没什么反应，她倒是面红耳赤了。

过了好一会儿，见她脸红得都说不出话了，祝蔚杭才开口：“刚刚说的是真心的？”

梁乐深吸一口气，说：“日月可昭，天地可鉴。”

祝蔚杭看着她讨好的表情，松了口：“下次不准见他了。”他的语气比平时冷上许多，像是在警告她。

梁乐点头：“好。”

他看了一眼自己被她握住的手腕：“可以松开了。”

梁乐求之不得，刚才气氛紧张，她都急得冒手汗了，手心黏腻腻的让人烦躁。

可在她松开的下一秒，手就被祝蔚杭握住了。

他们住的小区有些年头了，小公园的最深处有一棵年纪很大的老榕树，树干粗得能挡住一两个人，周围的草木也很茂密。

梁乐就被他牵到树干后，本以为他会捏捏她的脸当作惩罚，可是他只是看着她的眼睛，眼神诚恳又滚烫，他开口：“你在任何时候都给了我很多力量，不只是在高中。”

祝蔚杭似乎在跟刘亦恒比拼什么，说着类似的话，补了一句“不只是在高中”。

梁乐觉得祝蔚杭有些幼稚，心却还是忍不住变软。

依旧是盛夏，下午的风却变得不那么燥热了，轻轻柔柔的一阵风吹过，老榕树枝叶摩擦发出沙沙声。

梁乐胡乱狂跳的心突然在他的眼神和风的轻抚中沉静下来。

她缓缓地眨了眨眼睛：“你也是。”

祝蔚杭的眼底终于融化，绽开一点柔软的笑意，故作冷漠的外壳被自己打碎，露出面对她时的真实模样，容易被感动，轻易被驯服。

两人和好如初，一起往家里走。

就在梁乐以为这场小小的吃醋风波即将过去的时候，祝蔚杭却突然想起什么，上手捏着她的后脖颈，冷冷的声音响起：“不过我当时就提醒你了，让你别跟他去天台，你听我话了吗？”

梁乐扶额，祝蔚杭又接着碎碎念：“大学有天台可以上吗？”

“不知道。”梁乐的心很累。

“梁乐，以后不准去天台。”

“跟我可以。”

“神经病。”

日子过得很快，时间一下就到了八月底。

祝蔚杭去学校报到的时间比梁乐早了快十天，于是两人的异地恋提前了十天开始。

祝蔚杭离开的前一天晚上，杨英婉做了一大桌菜，还邀请了梁乐一家下楼一起吃饭。说是送别宴，那天晚上的气氛却很愉快，梁乐爸妈在饭桌上对祝蔚杭赞不绝口。

长辈们喝了点酒，面红耳赤地在餐桌上谈天说地。

梁爸爸从首都的大学聊到祝蔚杭的专业，再聊到该专业的就业前景，得出的结论是祝蔚杭之后肯定会是社会的栋梁。

梁乐捂着嘴偷偷笑，被她爸抓到。她爸问她笑什么，是不是羡慕祝蔚杭。

梁乐摇头，盯着对面同样喝了点酒脸颊有些泛红的祝蔚杭看：“他有什么好让人羡慕的？”

祝蔚杭喝了酒，眼睛变得有些湿，他对着她笑，看得梁乐的心脏也有些湿。

梁爸爸哼了一声，哑着声音说：“我羡慕他啊。”老小孩的模样看得饭桌上的人都哈哈大笑。

酒过三巡，饭吃得差不多了，梁乐帮着收拾了桌上的饭菜，和父母回去的时候，杨阿姨和祝蔚杭站在门口送他们三人。

刘苑清笑着摆手：“就楼上楼下，还这么客气。”

杨阿姨笑：“那就不送你们上去了。”

梁爸爸搂着梁乐上楼，呼吸都带着酒气：“不用了，谢谢今晚的招待。”

梁乐在楼道中捕捉到祝蔚杭投来的眼神，偷偷摸摸地给他抛了几个媚眼，看他笑了之后，她才搀着喝得醉醺醺的父亲上楼。

洗过澡后，梁乐睡不着，在床上躺了好一会儿，发现自己似乎还是低估了祝蔚杭对她的影响力。一想到他明天就要离开，她就觉得难过，铺天盖地的悲伤情绪像网一样把她裹住。一想到明日将会发生的一切，她就觉得呼吸急促、大脑发热。

梁乐意识到这是两人认识以来第一次真正的离别。

祝蔚杭将前往更大的世界，那里有花有阳光，有他成长需要的养分。他在那里会如鱼得水，会发光发热。

那梁乐呢？她离不开他的。她陷入了一种彷徨无措的悲伤情绪中，可她强忍着没有去打扰祝蔚杭，因为他帮不了她。

梁乐知道这是两人成长的必经之路，她也会前往自己的那个世界，也会朝着自己的目标前进，虽然不知道几年后他们会变成什么样、做出什么选择，但她坚信，他们都会变得更好。

梁乐到后半夜才睡着，做了好几个让她心里空荡荡的噩梦，起来的时候眼角都湿漉漉的。她记得他的起飞时间，准时起床去楼下送他。

祝蔚杭正好在搬行李到出租车上。

祝蔚杭和她对视上，他停住动作，看向她。

两人隔着十米的距离。

阳光刺眼强烈，头顶飘过几朵白云，远处有小朋友打闹的嬉笑声，时间一点点走过，梁乐站在楼道边上，倚着楼梯的扶手，看着不远处的他，摆了摆手。

杨阿姨回头看她，挥手让她过去。

梁乐摇头，盯着祝蔚杭又摆了摆手，还说：“再见。”

她没有勇气去和他做很正式的道别，担心自己会忍不住流眼泪，于是装酷耍帅地只是摆手，不肯多说一句。

祝蔚杭盯着她勾了嘴角，也摆手：“再见。”说完他就上了车。

祝蔚杭离开的几个小时内，梁乐像是有戒断反应，浑身懒洋洋的，做什么都提不起劲，胃口也不佳，午饭只吃了几口，晚饭也吃不下。被爸妈强拉着去公园散步后，她吹了一会儿风才好受些。

从公园回来的时候正好碰见下楼倒垃圾的杨阿姨，梁乐心口又猛地一酸，眼眶也隐隐发热。梁乐一下松开她妈的手，凑到杨阿姨身边，说是要陪她走走。

垃圾车在街道口，倒完垃圾后，梁乐和杨阿姨在静谧的街道里并肩走着。

周围很安静，夏夜里只有偶尔吹来的风让草丛发出窸窸窣窣的声音。

梁乐想聊些关于祝蔚杭的话题却不知道要怎么开口，却没想到杨阿姨先说话了：“我们蔚杭很喜欢你呢。”

梁乐一愣，心脏狂跳，第一反应是否认：“哪有啊，阿姨你乱说。”支支吾吾掩饰的模样让她自己都觉得拙劣。

杨英婉露出抹浅浅的笑容，看着梁乐：“小杭是我儿子，我怎么会乱说。”

梁乐尴尬地扯扯嘴角：“我们天天吵架呢。”

杨英婉挑眉：“小打小闹而已。”

看着杨阿姨的笑脸，梁乐窘迫得想要钻到地里，不知道该说些什么，甚至在思考是不是祝蔚杭泄漏了什么消息。

一路尴尬到家门口，在杨英婉准备进屋的时候，梁乐头脑一热，对着杨英婉的背影说：“阿姨……其实我也挺喜欢祝蔚杭的。”

祝蔚杭一到学校就忙了起来，新生入学需要准备许多琐碎的事。虽然每天他都有抽出时间和梁乐联系，但他似乎很忙，回消息都是断断续续的。

梁乐一开始自然觉得有落差，气得不想理他，但过了几天，她就不那么计较了。倒不是她懂事了，只是她有些习惯了，就像开学的前一天那种难受的感觉一样，虽然抗拒但是必须要接受。就算很恐惧，但一觉醒来，开学仪式照样开，她臭着脸穿戴整齐地去上学，然后便开启了日复一日的生活。接下来的生活根本不像她想象中那般难熬，日子虽然有些平淡但也十分充实。

梁乐在祝蔚杭走后，开始做准备，时不时和要去外地上大学的同学聚一聚。妈妈也拉着她去逛了几次街，买点新衣服，担心她在大学里看起来不够洋气。

梁乐变得忙起来，只在闲下来的时候会想起祝蔚杭。

但是这种想念就像远处海面的一朵小浪花，但它翻腾过一程程后，到她眼前便卷成了巨大的波浪。虽然有点怨他，但她还是想他。

没多久，祝蔚杭的大学生活终于步入了稳定的阶段，梁乐却开学了，经常忙得没空回复祝蔚杭的消息。两人像是一对苦命鸳鸯，但两人这么多年共同经历过许多波澜，自然扛得起这一段小风小浪。

没几天，梁乐的大学室友就都知道她有一个在首都读书的黏人男朋友了。

有一次，梁乐和祝蔚杭在阳台视频的时候，室友俞悦不经意瞥过她的手机屏幕。

梁乐只听到身后一阵吵闹，她扭头看，俞悦关了阳台的门，在寝室里和其他两个室友手舞足蹈地说些什么。

祝蔚杭问她怎么了。

梁乐也疑惑："不知道。"她边说着边打开门。

屋内的三人齐齐看向她，俞悦大声喊："你男朋友不会是哪个明星吧？"

梁乐刚想回答，便听到耳机里祝蔚杭的声音："原来是因为我长得太帅了！"

梁乐对着话筒"呸"了一声后挂了电话。

她刚抬起头，室友们就都围上来，问她有没有祝蔚杭的照片。

梁乐这时候心眼倒是不少，骗她们说没有。

俞悦问："不会真是明星吧？"

梁乐摆摆手："他就是一名普普通通的自恋大学生。"

室友不肯放过她，拉着她问了许多问题，比如两人是怎么认识的，怎么在一起的，还有进行到哪一步了。

梁乐有所保留地回答了一些："十几年同学，他告白的，就牵手而已。"室友见没什么爆炸性的信息，觉得没什么意思，便放过她了。

梁乐刚松了一口气，手机又收到消息，祝蔚杭问是不是要请她室友吃饭。

梁乐回：电视剧看多了？你别给我整什么幺蛾子。

祝蔚杭：她们不好奇吗？

梁乐回：你是大明星吗？别人有什么好奇的。

祝蔚杭：你就是想让我过去收拾你是不是？这么嘴硬是想我了？

梁乐插科打诨：怎么这么会脑补呢？我可什么都没说。

祝蔚杭：不行，我一定要请她们吃饭。

梁乐懒得理他。

时间过得很快，冬天要来了，学校的树大多都秃了，校道上布满了密密麻麻的落叶，学生们的衣服也变厚了，正是谈恋爱的最好时机。

校园里的情侣成双成对地黏在一起，女孩子们约会时会一只手拿着暖暖的奶茶，另一只冻僵的手放在对象的口袋里取暖。

一切都很美好，只是这一切跟梁乐都没什么关系。祝蔚杭国庆假期没有回家，梁乐也找不到什么理由去他那里，两人就这样异地了三个月。

梁乐很讨厌冬天，天气冷得要命，南方还没有暖气，每天早上爬出被窝都是酷刑。有时候暖水瓶里的热水用完了，她只能忍着用水管里寒冷刺骨的水洗漱，再顶着冻僵的脸去上课。

梁乐偶尔也会犒劳自己，买一杯热乎乎的奶茶。但冬天的教室像冰窖，奶茶半小时没喝完就会冷掉，冰凉凉的液体并不能让她体会到一点愉悦。

梁乐想夏天了。

她和祝蔚杭的感情很稳定，两人每天都联系，从不吵架。梁乐本来对这种情况已经十分满足了，但在周围人的对比下，她突然生了点落差感。

不知是不是月老眷顾她们宿舍，室友们都陆陆续续谈了恋爱，男朋友都是同校的学生，最近正好是热恋期。除了上课时间，其余时间梁乐都不见她们的踪影。

总是要等到宿舍关门前，她们才顶着一张红扑扑的脸回来。梁乐羡慕得咬牙，本就寒冷的冬夜因为孤身一人变得更加难熬。

梁乐跟祝蔚杭说起室友的事："她们可太甜蜜了，男朋友就在身边，想约会就约会。"

祝蔚杭问她是不是羡慕了。

梁乐反驳："没有。"

祝蔚杭知道梁乐是在嘴硬，但此刻的他也觉得束手无策，在梁乐明显低落的几秒里，他突然有些后悔自己的选择了。

下一秒，梁乐就不嘴硬了，她说："只是有点想你了。"声音很小，像是不好意思让他听见。

但这像是给了祝蔚杭沉痛的一击，他胸中泛起苦涩又无力的挫败感，觉得郁闷，正打算说话的时候，梁乐话锋一转："没有想你，学校里有帅哥，我没空想你。"

祝蔚杭又被气笑，咳了两声之后，他说："请你收回这句话。"

梁乐同他闹："就不。"

祝蔚杭安静了一会儿，说："你能不能乖一点呀？"声音低哑，语气中又带着束手无策的无奈和宠溺。

周围很安静，祝蔚杭的声音清晰地落到她的耳中，梁乐觉得耳朵痒痒的，心脏也跟着颤抖。

他轻轻地呼吸，等着她的回答。

梁乐沉默了两秒，投降："收回。"

祝蔚杭这才笑开来。

祝蔚杭第一次飞回来找梁乐是在一个平常的周末。梁乐不知道他要来，如果她能提早知道的话，那她一定会跟着室友去做个皮肤管理或者是去商场买几套漂亮的衣服。

所以，周六早上十点，当祝蔚杭让她到学校大门口接他的时候，她慌得像一只无头苍蝇。

她一下从床上坐起："什么意思？"

她不敢确定，心脏一下一下震得厉害。

祝蔚杭笑："你是还在睡觉吗？猪。"

梁乐下意识地反驳："没有啊，我已经去过图书馆一趟了。"

隔壁床的俞悦听见梁乐的话，笑得床都在震。

梁乐瞪了她一眼，俞悦故意大声问她："梁乐，床垫都要被你睡平了，还不起床？"

祝蔚杭在手机那头笑得咯咯响。

梁乐没心情再和他斗智斗勇了，直截了当地问："你在我们学校门口？"

祝蔚杭："嗯。不用太着急，多穿点再出门，外面很冷。"

梁乐："我才不会着急呢。"

祝蔚杭："好，那我在这里等你。"

挂了电话后，梁乐马上跳下床，着急忙慌地穿鞋洗漱，又去衣柜里翻找漂亮的衣服，像热锅上的蚂蚁一样在宿舍里打转。

室友问她在干吗。

梁乐没有回答，只是皱眉抱怨："那件衣服洗了还没干呢！"

俞悦问她："男朋友来了？"

梁乐点点头。

俞悦笑："都十几年了，还这么见外呢？什么样儿都见过，随便穿穿就成了，情侣之间，衣服不是最重要的。"

梁乐不想理她，但经她这么一提醒，梁乐似乎想通了，从衣柜里拿出几件最保暖的衣服，一股脑地往身上穿，最后裹成了粽子一样出门了。

宿舍离学校大门口有点距离，她一出宿舍楼便冻得缩了脖子，却还是在寒风中跑了起来，衣服穿得厚重有些碍事，等她到大门口的时候已经气喘吁吁，背后都出了薄薄的汗。

梁乐快三个月没见到祝蔚杭，虽然两人经常视频通话，手机屏幕里的祝蔚杭和平时没什么差别，但梁乐还是经常想象着祝蔚杭的变化，他可能会变胖了，又可能离开了她后得了相思病变得有些憔悴之类的……

但当她真正见到祝蔚杭的时候，却发现他一点都没变，甚至连头发仿佛都是离开时那个长度。他好像爱上寸头了。

梁乐看着他的背影，刚才被冷风吹得有些干涩的眼眶此刻突然氤氲出水汽，她边掉眼泪边朝他跑过去。

祝蔚杭似乎听到她的动静了，他刚想转身，她便猛地扑上去，勾着他的肩膀，将他往下压，然后对着他的耳朵说："帅哥，在等谁呢？"

祝蔚杭带着笑意的声音响起："等你。"

祝蔚杭来找她是因为前几天两人打的那通电话。

室友刚进门没注意梁乐在打电话，祝蔚杭听见梁乐的室友说："昨天那个街舞社的男生找我要了你的联系方式。"

梁乐愣了一下，捂住手机话筒，问："你给了？"

听筒里的声音突然变小，但祝蔚杭还是听见了。

室友模模糊糊的声音传来："给了啊。"

梁乐说了她两句，祝蔚杭又听见她室友的声音："那就做个朋友嘛，异地恋多难熬啊。"

梁乐又跟室友说了几句拒绝的话，再和他说话的时候，语气都有些不自然，虽然什么都没做，却像是出轨被抓了现行。她支支吾吾半天：“你放心，我不会同意的。”

祝蔚杭虽然知道不是梁乐的错，但心情还是有些不好。沉默了一会儿，他只说了一句：“别听你室友的。”

梁乐着急哄他，当然什么都答应了：“好的，不听。”

梁乐性格好，长得也漂亮，周围大部分同学都不知道她已经有男朋友了，所以从开学到现在，有不少追她的男生，但她都拒绝了，也从没跟祝蔚杭说过。

平时小打小闹可以增进二人感情，但大多数时候，梁乐还是比较理智，不想去惹祝蔚杭心烦。

祝蔚杭的人气比她高，他都不会用那种幼稚的手段来故意让她吃醋，她自然也不会这么做。

而且梁乐知道，能伤害祝蔚杭的只有她，她才不会倒戈去伤害他。

那天，梁乐和祝蔚杭做了这几个月以来她想做，却一个人做不了的所有事。

他们一起去了学校的湖边看天鹅；在食堂里靠在一起吃麻辣烫；去学校旁有名的西餐厅吃了情侣套餐；点一杯热奶茶，在校园里散步，梁乐一只手捧着热奶茶，一只手放进祝蔚杭的口袋里取暖。

傍晚，他们还在学校有名的约会长廊里拥抱了对方，周围都是情侣，但是互不打扰，窸窸窣窣的谈话声让这个冬夜更温暖了一些。

祝蔚杭不只觉得温暖，身体几乎是要烧起来的程度了。

天色更暗了，本校的情侣都走了，只有他们俩因为好久没见，像是没有明天一样舍不得分开，想要多黏一会儿。两人的视线在黑暗中碰上。

祝蔚杭抓着她的手捏了捏，低声说："刚刚抱着你，好像肉多了点。"话语里传递出来的暧昧情绪几乎要将梁乐烧起来。

她浑身发热，太阳穴突突跳着，可倏然，她又不怎么想服输了。她盯着他湿润水亮的眼睛，凑近他："几个月不见，你也长大了啊。"

祝蔚杭一愣，然后笑开，眼底晕开细细碎碎的火焰，一下将她搂进怀里："待会儿检查。"

检查的地点在祝蔚杭定下的酒店，离他们学校有点儿距离。梁乐觉得不方便，在出租车上问他怎么订得这么远，祝蔚杭在昏暗的车内贴近她的耳朵说："因为不想让你走。"他脸上带着暧昧和浅浅的笑意，湿热的气息随着他的呼吸喷洒在她的皮肤上，梁乐的心脏也泛了潮。

梁乐瞅他一眼，低声说了句："怎么这么多心思。"

祝蔚杭轻轻"嗯"了一声，并不否认，然后将她的手掌仔细裹住，揣进自己的口袋里。握在一起的手掌一会儿就变得十分暖和，甚至出了一点汗，梁乐挣扎了一下，祝蔚杭扭头看她，像是在问她逃什么。

清亮的眸子里是理所当然的神情，梁乐念着有司机在场，便没有和他打闹，索性不动了，任他握住。

祝蔚杭说酒店订得远是因为不想让她回去，但后来梁乐从祝蔚杭口中得到了另外一个答案，他担心她在附近碰见熟人，不希望她被人嚼舌根。

之后的事顺其自然地发生了，祝蔚杭满眼都是她，脑子里想得也都是她。

尽管梁乐就在他眼前，但祝蔚杭的脑子开始回顾这么多年与她相处的点滴，有她小学时和他打闹的模样、初中时别扭和好的模样、高中冷淡做题的模样……他拥有一个完整的梁乐。

两人的过往就像一幅画卷一样在他面前展开，他感受到心尖的触动，感知到他对她的爱意，听见她骂他嗔他的声音，最后，那些回忆的画面被替换，眼前的梁乐眼神迷离且蒙眬，展现着只属于他的美丽。

藏在身体里名作“爱”的火山爆发，炽热的岩浆顺着他的血管流淌着，浑身的细胞都体会到爱。

他好爱梁乐，真的很爱。

第十五章

又一个夏天

祝蔚杭陪了梁乐两天，周日晚上走，走的那天梁乐送他去机场，两人在安检处分别。

虽然两人已经足够亲密，但梁乐被他用赤诚热烈的眼神看着的时候，还是会觉得心跳加速。

她推了祝蔚杭一下：“赶紧去吧，飞机要走了。”

祝蔚杭没动，眼底晕开淡淡的笑意，嘴上却在问：“你有信心吗？”

他是在问梁乐对他们之间的感情有信心吗。

这两天对祝蔚杭来说，像是做梦一般，夏天埋在心里的隐秘想法实现了，他想得到的都得到了，但此刻也正是梦醒的时候。虽然他知道这只是短暂的分离，他也有信心两人能一直到最后，但是他不想让梁乐感到孤独。

梁乐虽然不说，也从不抱怨，在他提到时甚至会主动移开话题，他却能清晰地感知到她寂寞、羡慕的情绪。

祝蔚杭知道她在想他，他也很想她，但他们并不能经常见面，不能每时每刻都陪伴着对方，每次想到这里，他心中都会泛起苦涩。

他盯着她看，等着她的答案。

梁乐微愣，转了转眼珠，靠近他，贴在他的胸前：“有，我们一直在一起，我们会结婚的。”声音很小，像是只说给他听的小秘密。

祝蔚杭心中的苦涩之意顷刻就消失了，他低头看她的眼睛，她清亮的眸子里藏着喜悦和羞涩。

祝蔚杭蓦然急切期盼着未来，曾经他也会对未来感到迷茫彷徨，可是此刻，他希望它能早点来，不管它是什么样的，他都迫不及待地想去迎接。

祝蔚杭现在什么都不担心了，因为他的未来有梁乐；因为未来，他们会结婚。梁乐说他们会结婚。

结婚是什么意思呢？祝蔚杭在很小的时候就想过这个问题，思索了许久，自然是无解，因为他还太小。长大了些，他明白那是种关系，是一种关于爱情的缔约。可再大一些，他发现婚姻也不一定是纯洁忠诚的，有人作茧自缚，也有人将它视若无物。

但他依旧对它保持着美好的期待，因为将与他一起走进婚姻这段关系的人是梁乐。

因为梁乐，所以他相信他的婚姻是美好的，只是因为梁乐而已。

梁乐目送着祝蔚杭过安检，在看不到他的身影后，她转身，眼眶倏然涌上一股热气，她伸手擦了擦眼角，快速离开了。

回到宿舍，舍友见她情绪不佳，也没多问。

俞悦见她眼眶还有些红，知道她哭过，安慰了她一番，其他两人也过来摸了摸梁乐的头。

梁乐正为有这样的好室友而感动的时候，俞悦第一个起身，拿起外套和帽子就准备出门，其余两人也不甘示弱一样，动作迅速地打扮自己。

十分钟后，三人一起出门。

她们站在门口和梁乐鞠躬："抱歉，我们去约会了，你一个人要坚强。"

梁乐又气又觉得好笑，扔了棉拖鞋过去："滚吧。"

时间过得很快，转眼到了元旦，祝蔚杭因为学校有事并没有回来。梁乐的学校离家近，她隔三岔五就会回家，元旦自然也在家躺了三天，然后就得知了一个如晴天霹雳的消息。

元旦那天下午，刘苑清刚和杨英婉聊完天上楼，一开门就看见梁乐裹着大棉衣趴在沙发上看电视，一副咸鱼的模样看得人恼火。想起刚才杨英婉跟她说的消息，她越想越气，骂梁乐："全世界的女孩，就只有你是这副模样！"

梁乐被骂得一头雾水，但也习惯了，哼哼两声没有应，继续认真地追剧。岂料她妈这回却不放过她，扯了扯她被酱汁沾到的领口："哎哟，我真的会被气死。"

梁乐忍不了了，气鼓鼓地看她妈："怎么了？我待会儿就洗，马上洗。"

刘苑清长吁短叹一番："你怎么就长成这副模样？以前多乖巧，现在怎么变成这副懒散模样？"

梁乐听这话听得耳朵都快长茧了，已经能做到泰然处之的地步了，她翻了个身："是我的错，不怪您，我看完这集就去洗，您放过我吧。"

刘苑清问她："记得安琪琪吗？"

梁乐一时反应不过来，皱了眉："谁？"

"琪琪，就以前住在我们这里的，很漂亮的女孩儿，你以前很喜欢她的。"

梁乐从沙发上起来："小公主！"

刘苑清点点头：“对，你以前就喜欢这么叫她。”

梁乐一直都很喜欢小公主，此刻突然听到她的消息自然兴致盎然，问她妈：“她怎么了？她现在是不是上高中了？”

“嗯，高一。”

“她怎么了？她们家搬去哪里了，怎么一点消息都没了呀？”

“搬去首都了，所以才没联系。”她妈顿了顿，看了一眼梁乐后又嫌弃地挪开眼神，“人家现在长得漂亮，还在首都最好的高中读书，祝蔚杭不是在首都读大学吗，安琪琪突然联系上他，想请他帮忙辅导功课。”

梁乐听到安琪琪的这些好消息，胸中蓦然升起自豪感，甚至有种“吾家有女初长成”的复杂感情。之前的葡萄干事件已经被她抛诸脑后，她不记得自己吃葡萄干吃得流鼻血的事了，只记得安琪琪甜甜的笑容和一声声脆甜的“乐姐姐”。

她笑开：“真好啊。”想了想她又突然嘟囔道，“那祝蔚杭怎么没跟我说？”

刘苑清拍了她一下：“人家忙着呢，还要准备辅导功课，有空跟你瞎掰扯？听他妈妈说，祝蔚杭在大学参加了很多活动，应该还挺忙的吧，你别整天有事没事去烦他。”

梁乐莫名被训了一顿，心里委屈却也没反驳，拿起手机起身回了房间。

梁乐刚才忙着看电视，有一会儿没看手机了，一打开屏幕，就看见祝蔚杭给她发的消息，有五条。

她不过一个多小时没看手机，他就给她发了五条信息，每隔十分钟就问她一句：在做什么呢？

梁乐想起她妈刚才说的话，她妈说祝蔚杭读书很忙，这就是忙的样子？

梁乐回复：我妈说你读书很忙。

祝蔚杭似乎在等她，秒回了信息：阿姨误会了。

梁乐乐道：但我反驳了，她肯定又要骂我，说我嫉妒你。

祝蔚杭回：所以刚才在和阿姨聊天吗？

梁乐撇了撇嘴：不，纯挨骂……

祝蔚杭马上发来可爱的表情：要不要男朋友安慰？

梁乐脸一红，受不了他这样黏糊糊的状态，转了话题问他：小公主联系你啦？怎么没跟我说，她跟你提起过我吗？她现在是什么样子啊，很漂亮吧？

祝蔚杭过了一会儿才回复她：联系了，但我没答应给她补习。

梁乐愣了一下：为什么？如果闲的话，可以帮帮她呀！

祝蔚杭直接打了电话过来，梁乐接起来。

梁乐问他："最近真的很忙吗？"

祝蔚杭在另外一头笑了笑："有一点。"

梁乐轻哧一声："忙还能一个小时给我发五条消息？"

祝蔚杭低声说："忙着想你。"

梁乐抖了抖身体："打住，鸡皮疙瘩起来了。"

祝蔚杭又笑，梁乐听着他的笑声，都能想象出他此刻的模样了，眉眼弯弯带着些宠溺。她咳咳嗓子转回正题："有时间为什么不给小公主补习？她以前还给你送葡萄干，你不记得了？"

祝蔚杭说记得，梁乐等着他的答案。

祝蔚杭抛下一颗炸弹："她可能是喜欢我，为了青少年的健康成长，我拒绝了她的提议。"

他一说完，梁乐的呼吸声都停住了，蓦然有一种被背叛的感觉，而往她身上插刀的人还是她最宠爱的心腹。

她很想对安琪琪说：小公主，我以前跟你说过的话，你都没记住是吗？

梁乐这么想着，之前那罐葡萄干，也就能解释得通了。

祝蔚杭等着她说话，担心她生气，轻轻地叫了一声她的名字。

梁乐终于说话："我就知道……所以那葡萄干流血事件的罪魁祸首还是你。"

祝蔚杭："我？"

梁乐："就是你。"

祝蔚杭："为什么是我？"

梁乐："就是你害得我们姐妹产生嫌隙。"

祝蔚杭："嗯？"

梁乐沉默片刻，说："那你还是别给她补了。"

祝蔚杭问为什么。

梁乐见他明知故问，有些恼羞成怒："那你补去吧！"

祝蔚杭笑着说："我不补，我很忙的。"

梁乐重复："嗯，你要记得你很忙。"

异地的日子虽然难熬，但每天聊天分享日常，时间过得也快。

寒假如期而至，梁乐和祝蔚杭就从分居两地的苦命鸳鸯再次变成了邻居关系。时值年关，长辈也放假了。两家关系亲近，上下楼每天都串门聊天，偶尔也会去对方家里蹭顿饭。家长每天都待在家中准备过新年，以至于两人几乎找不出亲近的时间，只能在家长眼皮底下偷偷摸摸地递个眼神。两家聚着一起吃饭的时候，两人帮忙准备，装作不经意地碰碰手指，但这种程度的亲密已经足够让他们心跳加速。

梁乐好几次都差点儿被她妈抓住，有一次她妈疑惑地问她为什么脸红成这样。

梁乐尴尬地将下巴埋进围巾里，闷闷地回答：“热。”

她妈不解：“你这孩子是不有点儿傻，热还把围巾戴这么紧？”说着她伸手就要去解梁乐的围巾。

梁乐故意不去看祝蔚杭幸灾乐祸的揶揄神情，等她妈转移注意力后，她才凶凶地用眼神警告祝蔚杭。

年前的一天，梁乐跟吴泓玲约了出去买新衣服，顺便逛逛街看电影。好几天没出门了，梁乐特地打扮了一番，穿了一条有些薄的牛仔裤，外套是短款薄羽绒，看起来时尚，但不抗冻。

她妈见她穿成这样，难得夸了一句：“这身还可以啊，但别冻感冒了，过几天就过年了，不要生病。”

梁乐敷衍地点点头，在脖子上围了条围巾就出门了。

寒风凛冽，她一出门就觉得冻鼻子，边下楼边吸鼻子。

不知道祝蔚杭是不是有顺风耳，听到她吸鼻子的声音了，否则怎么会在她刚经过他家门口时，他就突然开门。

祝蔚杭穿着家居服，握着门把手，垂眸看她。

梁乐一愣，问他：“你干什么去？倒垃圾？”

祝蔚杭反问：“你准备去哪里？”声音淡淡的，兴致不怎么高的模样。

梁乐急着出门有点不耐烦：“我不是在手机上跟你说了吗，出去逛街。”

祝蔚杭用眼神逡巡她全身，最后盯着她的脸，问：“和同学？”

梁乐点点头，担心他吃醋，很上道地补充了一句：“女同学，放心啦。”

本以为这样报备，他就能放过她，他却突然走了出来，拉着她的手，扯她进屋。

梁乐吓了一跳，还没反应过来，祝蔚杭就关了门。

厨房里，杨阿姨还在忙碌，梁乐瞪了祝蔚杭一眼，低声问：“做什么啊？”

祝蔚杭对着他妈的背影喊了一声：“妈，梁乐来了。”

杨阿姨回头：“来啦？留下来吃午饭？”

她热情的模样让梁乐脸颊一热，她急忙摆摆手：“不用了阿姨，我有约。”说完她就扭头看祝蔚杭，咬牙，“你什么意思？”

祝蔚杭一只手插在口袋里，另一只手握住她的脖颈，推着她往前走，顺便回头跟他妈说了一声：“我跟梁乐说点事。”

杨阿姨笑笑：“别吵架就行，你们现在大了，我可拦不住。”调侃的意味明显。

梁乐反手抓住祝蔚杭的手臂，对上杨阿姨的眼神，又像被烫到一样，快速松开了手，像被押送一样进了祝蔚杭的房间。

祝蔚杭将门关上，反锁。

梁乐问他到底想做什么。

祝蔚杭没说话，只是走到衣柜前，拿出一件他自己的黑色厚外套。

梁乐站在原地，被他扶着肩膀站好，他让她抬手，好像是要帮她穿上。

梁乐了然，直接拿过衣服：“我自己穿。”她并不想挣扎，心里想着等他看不见的时候再脱下来就好了，而且她现在的确有些冷。

祝蔚杭似乎还不满意，蹙眉盯着她看。

梁乐嘴甜地说了两句：“哇，你真的很贴心，谢谢你。”她又看了一眼时间，“我真的得走了，我们晚上见。”说完她就转身，打算开门离开。

祝蔚杭在她身后拉住她的手腕，一下将她抱住。

梁乐的心脏狠狠一跳，脑中一下冒出许多想法：祝蔚杭为什么突然这么黏人？待会儿迟到了要怎么解释……

祝蔚杭抱着她，脸颊靠着她的脸颊蹭了蹭，又侧头亲她的脸，哑着声音问她：“你怎么不跟我出去玩？”

梁乐从中听出了点委屈的意思，但她想不通：“我们住上下楼，每天都会见面，为什么要出去玩？”

祝蔚杭似是料到她会这么说，却也只是叹了口气，收紧了手臂，下巴在她的肩膀上蹭了蹭，湿气落在她的耳边：“你不懂？”

梁乐听他这么一说，一下就懂了，耳朵都在冒热气。她扯着他的手：“懂……下次吧，还是明天？我现在真的得走了。”

祝蔚杭被她这样的答案气到，捏了捏她发红的耳朵。

梁乐觉得痒，扭了扭身子，又被他按住。

祝蔚杭最终还是打算放过她了，他将她转过来，和他面对面，帮她将拉链拉好。他的衣服长，下摆几乎能遮到她的膝盖。

祝蔚杭满意地点头，摸了摸她的脸：“就这样穿着，不准脱。”

梁乐下巴藏在衣领里，只露出圆溜溜的眼睛，她眨了眨眼，答应下来。

祝蔚杭却像会读心术：“我会问同学的，别打歪脑筋。”

梁乐泄气片刻后又一下子打起精神：“为什么不能脱？如果在室内，我很热呢？”

祝蔚杭微扬下巴：“不可以。”

梁乐冷下脸，低声说：“无理取闹。”

祝蔚杭靠近她，抬起她的下巴，安抚似的亲了亲她，低声说：“除非你去换条裤子。”

梁乐瞪他。

祝蔚杭觉得无奈，伸手环住她的腰，手掌滑到她的臀部，捏了捏：“这条裤子以后不准穿了。”

梁乐羞得脸红，想要躲开他的手，却又没地方躲。

她疑惑地看着他。

祝蔚杭轻声说：“真的很漂亮。”

梁乐差点被气笑，但只能先答应下来，软下声音：“好，我不脱，但是我现在真的要走了。不然她会生气的。”

祝蔚杭看着她红红的脸颊，没忍住又低头亲了一下，抱了她几秒后，才依依不舍地松开手。

梁乐如获大赦，急匆匆地逃跑了。

刚下楼，她便收到祝蔚杭的消息：记得你说的。

她问：什么？

祝蔚杭：明天。

梁乐无语，却还是乖乖地哄道：嗯嗯，记得呢！

祝蔚杭得寸进尺：明天可以穿这条裤子。

梁乐：嗯？

祝蔚杭回了个笑脸。

梁乐对着手机笑骂两句后，急急地上了出租车。

在商场里，梁乐被吴泓玲说好几遍脱衣服，可她最多也只是拉开拉链，心里埋怨自己为什么要穿这条裤子，却又在下一瞬间想起祝蔚杭的话。

吴泓玲大叫：“你热得脸都红了，怎么还不脱衣服啊？”

梁乐也不知该怎么解释，只是说：“我不热。”

吴泓玲还想说些什么，却被梁乐转移了话题，梁乐知道她爱听什么，跟她讲起了在大学听到的八卦，吴泓玲果然就没再计较衣服的事。

第二天出门的时候，梁乐被刘苑清喊住：“你去哪里？”

梁乐吓了一跳，担心被看穿，心脏扑通扑通跳得厉害。她强迫自己冷静下来，开始拙劣的表演：“和同学有约。”

“昨天不是刚出去吗？都快过年了，别到处乱跑。”

梁乐：“另外一个同学。”

她妈瞥她一眼：“早点回来。”

梁乐点头，刚要关门，又听见她妈说：“这裤子不是挺好看的吗，干吗穿这么一件衣服，遮得这么严实？”

梁乐装作没听见，关了门后快速溜了。

和“同学”约会的地点在一个电影式酒店，离他们小区很远，一个在城东，一个在城西。

从寒假开始，两个人单独相处的时间就很少，好不容易出来约会，祝蔚杭自然不想梁乐被周围环境分去一丝一毫的注意力。

酒店的空调温度刚刚好，脱去外套，两人靠在沙发上选了一部很经典的电影。梁乐过来时还带了很多吃的，此时看着电影吃着零食，没有比这更惬意的事了。

祝蔚杭的注意力却完全不在电影上，昏暗的环境里，梁乐的脸变得更柔和了一些，他的心也随着屏幕明灭的光越跳越快，心中疑惑这酒店空调的效果会不会太好了，要不他怎么会越来越热。

祝蔚杭摩挲着梁乐不自觉搭在他腿上的手指，莹润修长，他回忆着之前的画面，觉得要忍不住心中的爱意，又见她真的穿了那条牛仔裤，他心里满足极了。

祝蔚杭轻叹一口气，凑过去在梁乐耳边轻声说：“这么听话地穿了这条裤子，就只看电影吗？”

梁乐愣了一下，没反应过来。

祝蔚杭装作委屈地道：“我没电影好看吗？也多看看我，不想知道我的腹肌现在是什么样子了吗？”

梁乐羞红了脸，还是嘴硬道：“还不就是那几块，有什么好看的。”

说完又觉得不妥，她小声补了一句：“等等再看你。”

祝蔚杭有些好笑，揉了揉她的头，顺势将她圈在了怀里：“那我等着。”

后半段的电影梁乐几乎没有看进去一分钟，脑子里都是乱七八糟的画面。终于片尾曲响起，祝蔚杭侧身轻轻压倒梁乐：“那现在到我喽！”

祝蔚杭俯身轻吻着梁乐的耳侧，耐心地安抚着身下紧张的爱人，手轻抚着她的腰逐渐向下，触到裤子时，他轻笑了一下，夸她乖。

梁乐又羞又恼，却没办法，因为祝蔚杭的安抚，她全身都软了下来，被祝蔚杭浓烈的爱意包裹。电影的片尾很长，这场期待已久的亲密也温柔绵长。

片尾曲结束很久后，祝蔚杭低头亲了亲她的眼睛，梁乐还在回味着刚刚的温柔，抱着他不肯撒手。

祝蔚杭将她搂紧了些，说：“要过年了。”

梁乐轻轻地“嗯”了一声，在他颈窝里找了个舒服的位置，唇贴着他发烫的皮肤。

祝蔚杭又感叹道：“我们的未来越来越近了。”

梁乐有点摸不清他这句话的意思，但是身体疲累的她不愿多想，还是轻轻地回应了一声。

窗外的天色渐暗，空气也很安静，梁乐撑不住说要睡一会儿，让祝蔚杭记得在晚上八点前叫醒她。

祝蔚杭在她头顶上亲了一下："放心，睡吧。"温柔的声音像羽毛一样，舒缓着梁乐的神经，她在他颈间蹭了蹭，睡着了。

祝蔚杭抱着她，心中期待着未来的到来。他希望时间能再快一点，最好能快进到与她结婚相守的时候，但是当下和她相处的时光也很珍贵，他不愿意错过任何时刻的她。

祝蔚杭知道，他现在唯一能做的就是抱紧怀中的她，并不断努力给她一个完美的未来。

祝蔚杭看着她的睡颜许久，轻轻说了句："梁乐，我爱你。"诚恳且真挚。

除夕那夜，两家人照例聚在一起吃了年夜饭，饭桌上欢声笑语不停，所有人的脸都兴奋得红彤彤的。饭到尾声，长辈们还开了酒，边喝边聊天。梁乐也抿了几口，脸红得厉害，被她爸笑了几句后，她坐不住了，干脆放下酒杯，跟长辈打了招呼，去客厅看春晚了。

没多久，祝蔚杭也吃完，坐到了她身边。

也许是喝了酒的原因，梁乐的胆子变得很大，家长们还在餐厅，她就敢在他们眼皮底下去惹他。她偷偷勾了勾祝蔚杭的手指，成功之后，她缩起脖子悄悄笑。

祝蔚杭盯着她看，觉得她醉了，眼睛水润润的，像覆了一层晶莹剔透的膜，看得他心都软了。

长辈们聊了很久，许是这一年有太多情绪要发泄，马上就要倒数了，旧年就要过去，新年近在眼前。

整个城市的气氛都变得燥热兴奋，临近十二点的那十秒，喝得面红耳赤的梁爸爸举起酒杯，梁妈妈和杨阿姨与他碰杯。他们跟着电视的声音一起倒数："十、九、八、七……三、二、一！"

"新年快乐！"

所有人都在诚心地祝福着身边的人，祝福声又被外面烟花爆竹的声响盖过，但这丝毫影响不了他们的快乐。

梁乐在倒数前就去了阳台，等着看这一年一次的烟花，此时她觉得自己的心跳跟窗外的烟花声音逐渐重合了，一下接着一下，很响。

她的肩突然被人握住，回头，不出所料是祝蔚杭。

他盯着她，眸子里充满了温柔，梁乐好像陷进了他的眼神里，整个人像是被一张轻柔的网包裹着，狂跳的心脏竟逐渐平静。

祝蔚杭开口说了新年的第一句话："亲爱的梁乐，新年快乐。"

耳边都是烟花爆竹和电视机里吵闹的声音，祝蔚杭的声音不大，梁乐其实没有听清他在说什么，只能看见他的唇开开合合。她的脑子热热的，这样看着他，她突然有一种想和他接吻的冲动。

理智被酒精侵蚀，她这么想，身体朝他一点点靠近，祝蔚杭有些呆住了，像是没反应过来。

在他们逐渐靠近的过程中，梁乐却突然被一声"梁乐"唤醒，她像是回魂一般，猛地颤了一下，是妈妈从餐厅出来倒水见她不在喊了一句。

梁乐猛地低头，用手捂住自己的脸，转身去了厕所。

她洗了个冷水脸，看着镜子里红得不像话的脸，郁闷地吐了口气，差点就闯了大祸。

突然，厕所未合紧的门被人从外面打开，祝蔚杭迅速挤了进来。

梁乐的呼吸猛地急促起来，还没看清他的表情，他便反手锁住门，二话不说，捧着她烧红的脸就亲了下来。

梁乐的心脏都快跳出来了，有些热泪盈眶的感觉。她只怔了一秒，就抱着他，忘情地与他接吻。

两人的唇都很热，还带着一点酒气，像是更醉了。不知过了多久，两人才气喘吁吁地分开。

祝蔚杭的眼底燃着火焰，梁乐被烧到一样，浑身的细胞都要融化。在逼仄的空间里，不合时宜地，他们抱在一起。

他一点点蹭着她的唇，哑着声音问她："你刚才是不是想亲我？"

梁乐点头，换来他又一个吻。

两人静静地拥抱，兴奋的神经终于在这一个绵长温柔的拥抱中平静下来。

梁乐靠在他胸前开口："新年快乐。"带着醉意，她的声音都变得柔软。

祝蔚杭心口热乎乎的，他应她："新年快乐。"

他亲她的脸："这是我们一起过的第几个新年了？"

梁乐慢悠悠地说："十五？"她的脑子还是有些转不过来，说话都有些迟钝。

祝蔚杭夸她聪明："以后会有第五十个、六十个、七十个、八十个。"

梁乐笑："有没有第一百个？"她说着不着调的话。

祝蔚杭说："有。"

外面爆竹的声音稍微消停了些，那些喧嚣慢慢消失，城市在最激动的那一刻发出爆裂的呐喊声之后就又沉寂下来，像是睡着了。

洗手间的窗户开着，寒风吹进来，他们却一点都不觉得冷，拥抱能带来温暖的热意。

祝蔚杭的脑中突然出现一个场景，两只刺猬在寒冷的冬天里紧紧相拥着。

曾经总是对彼此展现利刺的他们终于心无旁骛地拥抱。

他们抱在一起，用最柔软的一面拥抱，一点都不觉得疼，只感觉到温暖。

四季的更迭总是很快，上半年两人在忙碌的学习中度过。借着五一假期的机会，梁乐用攒的钱跟祝蔚杭出去旅游了一次，看了更多的风景，两人的心也靠得更近了。

暑假很快到来，两人在恋爱一周年的时候又回到了那个海滨小村。一年不见，村子里有新修的马路和建筑，也有保存着美好回忆的老地方。

天似乎更蓝了，村口那盏黯淡的路灯也换成了新的，天一黑，就有大群的蚊虫在灯下跳舞。但梁乐走那条夜路时再也不像从前那般害怕了。

祝奶奶一点儿没变，依旧白天出去劳作，天黑下来了就坐在那把不知年纪的木椅上看电视里播的戏剧，放广告的时候就和坐在一旁的他们聊天，问他们大学的事，问同学的事。

梁乐和祝蔚杭在这里就像是在度蜜月，白天闲下来的时候两人就在村里晃悠，小镇几乎被他们逛了个遍。他们也从海边捡了不少贝壳和小螃蟹回来，大大小小的东西堆满了一桌。

这里是两人表达爱意的最佳地点，不需要担心父母的突然袭击，夜深了后，整栋楼有只属于他们俩的私密空间。

梁乐喜欢闭着眼睛仰躺着听祝蔚杭在她耳边告白。

恋爱一年了，祝蔚杭还是热衷于对梁乐表白，爱她的话一天要说十几遍，尤其是要哄着她更亲密一些的时候。她虽然怀疑他的目的，却还是一次次地掉入他这种甜言蜜语的陷阱中。

夏日发生的琐碎事情对梁乐来说，就像是黑夜中的星星，繁多而明亮，几乎点亮了她的整片天空。

郁葱的大树、炽烈的夏阳、喧闹的昆虫、甜腻的葡萄干、活跃的小螃蟹、闪亮的贝壳……还有祝蔚杭，这些元素组成了她的夏天。

梁乐永远喜欢夏天，永远珍惜这些热烈又有趣的记忆。

当然，她也永远爱祝蔚杭。

离开这里的那天，祝蔚杭问梁乐："怎么不见许俏楠？"

梁乐闷闷地回答："她在学校，有事忙。"回来的第一天她就联系许俏楠了，却听许俏楠说这个暑假会在学校里待着不回家。梁乐觉得遗憾，但也和她约定了下个夏天一定要再见面。

祝蔚杭听了答案后，突然笑了笑。梁乐疑惑他在笑什么。

祝蔚杭随口说："刘宥好像和许露分手了。"

梁乐更加疑惑，不知道他为什么从刚才那个话题跳到这里。

祝蔚杭瞥她一眼："听说……他在追许俏楠。"

梁乐急匆匆地拿出手机："他发什么疯啊？许俏楠怎么没和我说？"她正打算找许俏楠兴师问罪的时候，祝蔚杭抢过她的手机："让他们自己解决吧。"

梁乐："他们不是因为我们才认识的吗，我们不需要去调节……介入一下吗？"

祝蔚杭看了她几秒，似乎在惊讶她什么都不知道，于是悠悠地又扔下一个炸弹："他们很早就认识了，好像对彼此都有感觉，但是错过了。"

梁乐真的愣住了，反应过来后骂了好几句，祝蔚杭听得要把她的嘴缝起来。

梁乐没空和他吵了，她挠了挠脑袋，突然醍醐灌顶一般拍了拍手：

“我想起来了，这学期，许俏楠跟我说有人追她，不会就是刘宥吧？”

祝蔚杭耸耸肩膀：“可能是。”

梁乐想起去年他们两人之间诡异的气氛，鸡皮疙瘩起了一身，她拉住祝蔚杭：“刘宥为什么要追她？意难平吗？错过了才知道珍惜？”

祝蔚杭遭不住她强烈的八卦欲，皱眉捏了捏她的脸：“我不知道，你也少问，人家没跟你说，不就是不想让你知道太多吗？之后再看看他们要怎么发展吧。”

梁乐听了他这番话，想要冷静下来，却又想起许俏楠跟她说过的那些话，还是觉得激动：“这不是小说里那种经典的‘破镜重圆’的情节吗？”

她又缠着祝蔚杭，套了些消息出来。

祝蔚杭受不了她又撒娇又请求的攻势，把自己知道的所有信息都说了出来。

比如刘宥和许露其实不是很亲密，在一起得莫名其妙，分开也是随随便便。

还有那天在海边，他看见刘宥把捡的那个贝壳偷偷放到了许俏楠电动车的小筐里。

梁乐越听越兴奋，突然想起什么，大喊：“那个红色皮筋？！”之前填志愿的时候，她在刘宥房间发现的那个皮筋，没记错的话，就是许俏楠最经常绑的那个样式。

祝蔚杭也想起来了，他眼神闪了闪，微微露出不可思议的表情。

他想，刘宥好像比他想象中的更加认真一些，说不定，真像梁乐说的那样，两人兜兜转转后会重新在一起。

虽然刚知道这个消息的时候，梁乐兴致很足，但冷静下来后，她又觉得祝蔚杭说的没错，感情是两个人的事，她和祝蔚杭都是局外者。

之后他们会如何发展，她不应该去插手。

她是他们的朋友，自然希望他们都能幸福，但是每个人对幸福的定义是不一样的。

交往与否都是他们自己的选择，承担结果的也只会是他们两个。梁乐相信他们都有正视自己情感的能力，她现在能做的只有等待结果。

虽是这么想，但她后来还是密切关注着他们的动态。

祝蔚杭被梁乐烦得不行，每过一段时间她就会来打探消息，问他刘宥和许俏楠有没有什么新进展。

祝蔚杭知道她是关心他们俩的情况，却还是不由自主地吃醋，希望她把精力多放些在他身上。

梁乐只能先哄着他，等他开心些后，又转回来："刘宥和你说过些什么吗？"

祝蔚杭扶额，也在心底期盼着刘宥能加快进度。

他们都希望来年夏天四人能重聚。

那个混杂着各种情绪的夏天，他们在那里经历了友情与爱情、坦白与决裂、重逢与别离、暴雨与晴朗、迷茫与笃定……

他们四人并不会停下，时间也一直在走。

夏天又要来了吗？

快了吧。

番外一
过去与未来

在祝蔚杭的记忆中，他和梁乐其实并不是从一开始就互相针对的，他们之间曾经有过很长一段和谐相处的时间。那是在他俩都还很小的时候。

两家靠得近，他们的母亲关系要好，周末没事总喜欢带着孩子楼上楼下地串门，一会儿送点水果上楼，一会儿送点炸物下楼，也会在忙碌的时候，将自己的孩子放在对方家里托对方照顾一段时间。

梁乐和祝蔚杭小的时候其实玩得不错。

在饭桌上，他们会为了得到长辈的夸赞，很大方地给对方喂一勺子饭，或是将自己心爱的玩具忍痛割爱给对方，但这种和谐友好的关系随着时间的流逝和年龄的增长而慢慢变味了。

两人在小学里正好是一个班级，随着年纪逐渐长大，小朋友对性别有了认知，开始明显分割成男生女生阵营。

为了不被前后左右的女生“孤立”，梁乐率先表现出对这段“亲密无间”的青梅竹马关系的抗拒。放学后，在祝蔚杭背着书包等她一起回去的时候，梁乐顶着周围女生惊讶的目光，板着脸拒绝祝蔚杭：“你自己回去吧。”

祝蔚杭静静地看了她一会儿，又瞥了一眼她周围的女生，问了一遍："你确定？"

梁乐脸上发热："确定啊，我们又不是很熟。"

祝蔚杭的眸子微微颤了颤，没再说什么，转身离开了。

梁乐本想等回家了再向祝蔚杭解释，但那天祝蔚杭做完了作业并没有找她一起看电视。

第二天照常上学，梁乐虽然忐忑，但是也不敢表现出来。那天放学祝蔚杭第一次没有等她，直接回家了。

祝蔚杭也在闹别扭，他等着梁乐主动哄他，但是错过了机会，梁乐也不知道该怎么开口了。

梁乐为了姐妹情抛弃了从小的玩伴，两人故意在同学面前装不熟，在班级里不怎么说话，偶尔说句话也充满了火药味。

回到家里后两人更加不对盘了，关系慢慢从亲密无间到疏远，最后变得剑拔弩张。两家长辈见此，也只能用"青春期叛逆"来解释这种转变。

最初听到梁乐那句"我们又不熟"的时候，祝蔚杭幼小的心灵受到不小的打击，那天夜里在被窝里还偷偷抹了一会儿眼泪。

第二天他又振作起来，等着梁乐来找他，但是梁乐并没有来，他很气愤，但又没有办法。

渐渐地，他觉得梁乐疏远他也没有那么难受了，因为他发现虽然梁乐嘴上要和他划清界限，但在很多时候都是离不开他的。

若是她得到了老师的夸赞，她看的第一个人一定是他，她说要自己回家，但其实每次都在他身后偷偷跟着。在老师宣布他的成绩是第一的时候，她的掌声总是全班最大的。

她因为幼稚的心理将他推远，却又不希望他离她太远，她要他在她的视线范围内继续优秀。

这样说起来，梁乐似乎矛盾又贪心。

但祝蔚杭并不会觉得她不好，梁乐依旧是他从小玩到大的好朋友。

再后来，两人的关系变得更加不对味，争吵和抬杠成了常态，他们以抢走对方最喜欢的东西为乐，将把对方损到面红耳赤当作自己的人生目标，虽然幼稚低级，但这些互动的确可以让他们感到快乐。

祝蔚杭比梁乐清醒一点，总觉得这种关系有些畸形，可见她一副乐在其中的模样，他便不想中断。

在他眼中，与她之间的所有关系都是为了愉悦而存在的，只要她开心，他就可以接受。而且他清楚他们并不是真吵，只是用小打小闹来调节生活而已，所以他就陪着梁乐吵。这一吵，便是十几年，他们陪伴着对方长大。

梁乐如他想象中的自由生长，而他也在自己的规划中一点点成长。

清楚地意识到自己的喜欢，大概是在高考后，他参加完同学聚会，拒绝了隔壁班女生的告白之后，突然很想梁乐。

那天晚上他少有地失眠，开始回忆与梁乐这么多年的点点滴滴，他发觉自己的很多举动已经在不自觉地宠着梁乐的小脾气了。

在未来不定时，因为父亲的关系，他早早地定下学习计划，总觉得时间和精力都不够。他需要优秀的成绩来给未来一个很好的保障，课余时间也被各种活动占满。再剩下的时间，他都用来应付梁乐，没有多余的闲情逸致再去想另外一个女孩，却已经认命地将梁乐划进自己的人生规划中了。

高中时祝蔚杭与梁乐不在一个班级，教室离得很远。他不能经常看见梁乐，但每次看见她与同学笑闹着走过时，他心里都很难受，有一种自己的人生被别人占据的失落之感。

那时候祝蔚杭没有多想，高考结束后，他有时间去思索自己当时产生低落情绪的原因，也得到了答案。

他确定自己是吃醋了，这种吃醋心理不是朋友对朋友的，而是男女之间的。

他喜欢梁乐，所以在看见她和别人在一起的时候，他吃醋了。

他很轻易地接受了这一结果，从朋友到恋人的感觉，不过是那一张薄薄的纸被戳破了。

他对被纸隔开的另一个世界依旧熟悉，他对梁乐的情感更浓烈了一些，直到这时，他才发现，自己好像已经喜欢她很久很久了。有多久呢？他自己都不知道。

意识到自己对她的感情后，祝蔚杭不慌乱也不迷茫，甚至很冷静认真地去规划该如何将梁乐划进自己的未来里。

那场他被父亲驱赶到乡下的戏码，其实说起来更像是他的逃跑计划。他逃到乡下，为了躲避那些他应该要面对的狂风暴雨。

在逃跑的前夕，梁乐却突然说要一起入伙，他仿佛被惊喜砸中，之后发生的一切都在他的计划之外，但出乎意料的是，一切都很顺利。

他顺利地和梁乐在一起，虽然中途有些他无法控制的事，但梁乐一直都在他的身边和他一起面对。

原本以为遥遥无期的计划，突然就得到了好的结果，他欣喜万分。

此刻，他和她肩并肩，看着眼前这条名为“未来”的路。虽然看不到前方，但他觉得明亮，因为他身边有梁乐。

他的未来因为梁乐变得更加明亮。

番外二
你真难追

刘宥能上高中是因为他爸交了择校费，又顶着一张老脸去校长室给他求来的。

刘宥不笨，只是讨厌书呆子那副恨不得钻进书里的模样，担心自己变得跟他们一样，所以便不爱读书。

好不容易进了高中，尽管他爸对他千叮咛万嘱咐，但他也只是嘴上答应，实际上一点不把学习放在心上。在他的心中，周围的一切都比学习有意思。

爬山、赶海、骑车、打游戏……哪一项不比学习有意思？

刘宥觉得自己对知识过敏。

他每天都被他爸催着出门，虽然准时到班级，却很少听课。他一到位置上就趴着睡觉，有时也看些自己感兴趣的小人书，总之就是不学习。

混了一个月，他除了对座位旁的同学脸熟，几乎不认识班里的其他同学。

他是在某节体育课上注意到许俏楠的。

为了不久之后的校运会学校要选拔接力选手，班上报名的同学都要先测试成绩。

两个班一起测，他跟一众同学站在终点赛道边，不耐烦地皱着眉毛。天气实在是太热，隐约都能看见热浪的形状，草木都被蒸烤着，人自然也没有力气。

体育老师还不让他们去阴凉处休息，所有同学都必须在规定的地方待着。

男生跑完之后是女生跑，男生跑完也不让提前走。刘宥越发烦躁，蠢蠢欲动地计划着偷跑。他叉着腰抬头望了望天，晒得他眼睛都睁不开了。

耳边传来老师短促的一声——“跑！”

他向前看去，眼前飞快地掠过几道身影，他顺着最近的那条跑道看过去。

女孩儿的头发有些长，用一个红色编织皮筋绑着，马尾快速左右摆动，很有活力。他收起注意力，依旧觉得烦躁，只期盼着快点测完。

这一组测完，女生绕道返回，那个扎着红色皮筋的女孩儿正好从他面前走过。

似乎是逆光，她的侧脸就在刘宥的眼前，发尾被光染上了颜色，柔软又美丽。

因为刚才的剧烈运动，她的呼吸有些急促，额头上缀着点点汗珠，头发整齐地扎起，没有因为刚刚的奔跑变凌乱，露出光洁的面庞。她的眼睛很亮，脸上带着自信的笑容。

有人凑到她身边，笑着说：“第一，你肯定稳了。”

刘宥看着她渐远的背影，目光落在那个显眼的红色皮筋上，过了几秒，他恍然回神。倏然，他耸耸鼻尖，嗅到空气中的一股香味，有些甜。

刘宥不由自主地往她离开的那个方向走过去，空气中萦绕着淡淡的香气，他因为高温炙烤而躁郁的神经竟有些放松下来。

他多看了她几眼，见她笑嘻嘻地和同学打闹，他挑了挑眉尾，抓了一个还算熟悉的同学问：“那是谁啊？”

同学看过去，理所当然地说：“班长啊。”

刘宥又问：“我们班的？”

同学点头：“你不认识吗？人家都点过你几次名字了。”

刘宥没什么印象，继续问：“她叫什么？”

同学回道：“许俏楠。”

刘宥没再说什么，却无声地在心底念了两遍记住了。

体育老师当场就宣布了入选的同学，第一个喊的就是许俏楠的名字。

刘宥站在队伍的最后一排，无意识地看向她的后脑勺，红色的橡皮筋很鲜艳吸睛。

之后好几天，他都觉得自己很反常。他总是有意无意地看向许俏楠的位置，盯着她瀑布般柔顺的头发出神，被老师点名的时候甚至心跳加快。

全班都看向他，他正好对上许俏楠投过来的眼神，心脏猛地震了两下。他强装镇定地移开视线，绝不承认自己偷窥被抓包。

有了在意的人，他渐渐提起兴趣和其他同学打成一片，偶尔也能在下课的时候和许俏楠说上几句话。

许俏楠这班长做得很是称职，她立志和所有同学和谐相处，包括刘宥这个成绩在全班垫底的“学渣”。

她见刘宥每次都好声好气地对她说话，便觉得他并不是个无可救药的坏学生，秉着尽力帮助同学的原则，在他问她问题的时候，她一直都是知无不言，言无不尽。

直到有一天，刘宥随意问她用的是什么洗发水。

许俏楠一愣，下意识地低头闻了闻自己的头发，有一点香味，但也没有好闻到被人追着问的程度。

她看向刘宥，感到疑惑，指了指自己的头发：“我的洗发水？”

刘宥扯了扯嘴角，唇上的疤痕变得明显：“对，我想给我妈也买一瓶。”

他在说谎，他从出生就没有妈妈，家里只有他和他爸两个人而已。

但许俏楠并不知道，她很乐意地说了洗发水的牌子。

那天放学后，刘宥骑着自行车到家附近最大的超市里，在洗漱用品的商品柜前站了许久。

许俏楠只和他说了牌子，那牌子却有许多味道的洗发水，他只好凑在瓶口处闻了一排过去，终于找到熟悉的味道。他二话不说地买下，回去的时候被他爸发现。

他爸诧异：“买这个干吗？有钱烧得慌？”

刘宥讪讪然：“洗头啊。”

他爸敲他的头：“头上没几根毛，买这种东西干吗？用肥皂洗洗就行了。”

刘宥躲过他爸的数落，提着洗发水上楼去了。

晚上洗澡的时候，他挤了点洗发水出来用。

虽然是一样的味道，他却还是觉得许俏楠的更好闻一些，可能是心理作用？他也不知道。

转眼到了冬天，刘宥依旧喜欢在上课的时候偷看许俏楠，天气太冷，有时候她会不扎头发，将长而顺的头发披在身后。

在某天放学后，刘宥发现她落在椅子底下的红色皮筋，他蹲下捡起，思索了片刻，还是没有放回她桌上，而是悄悄地将皮筋放进了自己的口袋里。

这是他第一次捡东西不物归原主。他只感觉到心脏狂跳、耳朵发热，不知是因为这令人不齿的行为还是别的。

许俏楠似乎很怕冷，在冬天总是将自己裹得很厚，穿鼓鼓的外套，还要戴上厚厚的围巾，只露出被冻得有些僵的脸。

每个大课间，她都会和同学一起结伴去楼下小卖部买零食，刘宥碰见过几次。

许俏楠笑嘻嘻地从小卖部门口出来，手缩在袖子里，只露出被冻得通红的指尖，手指捏着一根脆骨肠，她边吃边说话，呼出来的雾气白蒙蒙的，露出整齐的牙齿。

担心弄脏自己的围巾，许俏楠总是小心翼翼地咬上一口，再满足地嚼着口中的食物，吃得开心的时候还会眯起眼睛，像毛茸茸的小动物。

刘宥再迟钝也明白过来了，但是他知道还不行，少年时期的情感来得很突然也很脆弱，他很想，但是不行，况且他们之间还有很远的距离。

做朋友是当下最好的选择，但这并不妨碍他对她再好一点。

体育课跑圈的时候他故意跟在她身后护着，顺手帮她收作业，做班里最积极回应班长的人，每天放学后都不近不远地跟在她身后装作顺路送她回家。

终于有一天，在放学路上，许俏楠回头问他：“你怎么这么闲？”

刘宥被问得愣住，摸摸自己的寸头：“我不闲的好吧。”

许俏楠也不知道要开口说些什么好，表情很为难。刘宥顿时感觉到气氛尴尬，如果是太明显给她造成了困扰的话……他往后退了几步，下定决心一般：“我很忙，我走了。”

许俏楠看着他匆忙离开的背影若有所思，嘴边的话并没有说出来，她有些怅然却也庆幸。

高二的某一个晚自习放学，那时候是冬天，天空甚至在飘雪，教室外的走廊栏杆上都积了白白一层。许俏楠收拾完桌子后又打扫了卫生，等一切结束的时候，班级里已经没人了。

她关了灯，锁上门往楼下走的时候，正好碰见刘宥。

他的脑袋上有些刚落下的雪，像是急匆匆地从哪里回来一样，眼睛却很亮。

许俏楠以为他还要学习，愣了一下：“我已经把班级门关了。”

刘宥站在楼梯口，仰头看她：“没事。”

说完他就往上走，走到离她只有两个台阶的地方。

他比她高了不少，所以即使许俏楠站得比他高，此刻却已经需要抬头看他了。她看见他从背后拿出一根热乎乎的冒着白雾的脆骨肠，再抬眼，看见他白晃晃的牙齿和唇上的那道小疤，她的心脏猛地跳了一下，直视他黑亮的眼睛。

她花了很短的时间找回自己的声音，问：“怎么了？”

刘宥说：“吃吧。”

许俏楠惊慌失措：“我不要。”说完她就低下头绕过他往楼下走。

好不容易走到平地上，她听见他在她头顶的声音。

刘宥说：“专门给你买的。”

许俏楠的脑子几乎短路，想要逃跑双腿却很难移动，她缓缓抬头，对上刘宥的眼睛。

许俏楠下定决心，说：“我真的不想。”

刘宥知道她的意思，表情僵住一瞬，但又一下子笑开：“那我等。”

许俏楠脸一红，低头快速下楼离开了。

等她回到家时，发现自己的脸居然还在发热。

许俏楠本以为两人之后会很尴尬，但出乎意料的是，两人还是像往常那般相处。

但许俏楠会有些尴尬，好在时间久了，她也习惯了。那段记忆也像是跟那晚的雪一起融化消失了，那种尴尬得想要逃跑的感觉也渐渐没有了。

刘宥依旧是那个吊儿郎当的“学渣”，她依旧是认真刻苦的班长。

有一天上体育课，老师不让上楼学习，又临近考试，许俏楠觉得自己有个知识点还没掌握，自由活动的时候便拿着课本在操场边背诵。背累了她就会抬头看看周围的风景，发现刘宥似乎打了很久的篮球，刚才背诵的时候，篮球和水泥地相碰的声音便没停下过。

她看向他，他正好也看过来。

下一秒，他朝她走过来。

刘宥的脸上都是汗水，疲累却又意气风发，他一屁股坐在她身边。

离那次告白过了有一段时间了，许俏楠现在已经能够做到和他正常交流了，她问他：“不累吗？”

刘宥伸手摸了摸自己的额头，一手的汗水，他笑：“有点儿。”

许俏楠：“累就休息一会儿。”

刘宥若有所思地点点头，过了几秒，他扭头看她，认真地问：“不帅吗？不帅下次就不打了。”说实话，刚才就是看她在这里背书，他才跑过来打篮球，但是打篮球这种事做久了是有些累的，他有些吃不消了。

许俏楠皱了皱眉毛，尴尬地扯嘴角：“没认真看。”

刘宥也没说什么，尴尬地笑了笑就转着球离开了。

许俏楠看着他的背影握紧了手中的课本，皱着眉不知道在想什么。

日子就这样平淡地到了高三冲刺阶段。

许俏楠很刻苦，刘宥知道这个时间段很重要，便很有眼色地没去打扰她。记着她说过的话，他便想着等高考结束后再跟她好好聊聊恋爱这件事，而他也想在这个时候冲一把，好好努力学习一次，看最后能不能拼个好大学，给他爸长长脸，也让许俏楠对他改观。

但事与愿违，他在快高考的时候和人闹了点矛盾，被学校通报了。

一开始只是小矛盾，但那人说他癞蛤蟆想吃天鹅肉，不单单在影射他跟许俏楠走得近的事，还嘲讽他这段时间埋头学习的事。他气不过，脑子一热就跟他吵了一架。

后来事情闹大了，他爸又顶着一张老脸去校长室给他求情了，所幸最后他还是去参加高考了。

好不容易熬过高考，刘宥估分后觉得好歹对得起这几个月的努力了，马上跟许俏楠联系，约了许俏楠在海边见面。

刘宥的性子直，没有过多的铺垫，他直接跟许俏楠表白，心想着这是水到渠成的事，没料到许俏楠拒绝了他。

他听见她很冷静地说："我没想谈恋爱。"

刘宥的思绪一下被打乱，他看着她的脸，依旧漂亮得让他止不住心动，却又让他心碎。

他记得他当时笑了笑，装作不在意地说："好，那我不等你了。"

许俏楠的眸子晃了一下，望着他动了动唇，还是只说出了一句："再见。"

刘宥没有留恋，转身走了。

刘宥知道君子一言驷马难追，说出来的话就要做到，可他没办法控制自己的心。他的大脑又不是机器，按下停止键，就能不再喜欢许俏楠了。

刘宥郁郁寡欢了几天，就被他爸催着出去打工挣点零花，于是第一天他就在工厂里碰见了许露。

他知道许露，她和许俏楠是亲戚，但两人的关系好像不是很好，他从没见过两人走在一起。

但因为总记挂着许俏楠，于是他不由自主地对许露多加关注。

没过几天，许露就问他要不要谈恋爱。

刘宥惊讶地拒绝了。

许露翻了个白眼，问他："不喜欢我，干吗天天围在我身边。"

刘宥认真地想这个问题，在心中得到答案之后，他看向她，说："行，谈吧。"

这恋爱谈不谈其实对许露和他来说都没差。

两人都对对方没什么感觉，谈这个恋爱都有自己的目的。

他是因为许俏楠，至于许露……或许只是因为寂寞孤独，总之他们之间并没有爱情。

过了没多久，他在厂子里碰见了祝蔚杭。

聊了一会儿，他发现祝蔚杭和自己处境相同，都爱而不得，于是兄弟二人惺惺相惜。

之后为了助攻祝蔚杭，他提出四人约会的想法，却意外见到了许俏楠。他当然烦了，烦自己还是很喜欢她，烦她一点都不在意他。

本以为祝蔚杭来一趟，他们可以制造许多愉快的夏日记忆，但后来在祝蔚杭身上发生的事让他大跌眼镜。他没多余的心思再去想自己的儿女情长，只想着陪祝蔚杭度过这一段难熬的时间。

许露在那个时候也厌倦了和他的形式恋爱，提了分手，于是他们稀里糊涂开始后又匆匆忙忙分开。

夏天很短，祝蔚杭和梁乐离开的那天，他们四个人又聚在了一起。

吃烧烤、喝啤酒、数浪花、看月亮……

在那种恬静舒适的气氛中，他却总是忍不住去看许俏楠的脸，她依旧是那副模样，他也依旧忘不了她。

收到通知书后，许俏楠很快收拾着行李去了大学所在的城市。

刘宥不知道她在急什么，却也不可能拦着她不让她走。

时间过得很快，他也到了去学校的时候，他爸一脚将他踢出家门，他只身前往学校。

本来想让自己再冷静一段时间，想清楚自己对许俏楠的感觉，或者是想好到底要怎样才能追到许俏楠。

但随着时间的流逝，他发现自己想不清楚任何一个问题，只知道自己在想着她而已。

想她有没有发现他那天放在她车里的贝壳，想她在大学里过得还习惯吗，想她会不会在大学谈了恋爱……越想便越烦躁，他整天都过得像个燃油桶，易燃易爆。

有一晚和室友聚会喝了酒，刘宥酒精上头，直接给许俏楠打了电话，没想到她接得爽快。

刘宥问她在大学怎么样了。

许俏楠回道：“还好。”

他哼哼唧唧吐不出半个字来，听到她问他：“你呢？”

刘宥想了想，说：“很不好。”

许俏楠问怎么了。

刘宥抱怨道：“很烦，每天都在想你为什么不喜欢我。”

许俏楠没说话。

刘宥想起上个夏天发生过的那些事，觉得可笑："我们扮不熟扮得还不错。"

许俏楠在另一头问："你喝醉了？"

刘宥没回答，反倒是自顾自地说："我收回我上次说的话。"他顿了顿，听到许俏楠在另一头轻轻的呼吸声，提起一口气，"我还会继续等你。"

许俏楠沉默了许久，说："刘宥，你真的醉了。"

刘宥刚想反驳，却不知为何手机没了电量，对话就这样没头没尾地断掉了，他也醉得不省人事。

第二天醒来的时候，刘宥觉得丢人极了，翻遍了手机却没有看到许俏楠发来的一点消息，猛地，他的自尊心再次崩塌。

他再次下定决心，要把这段感情埋在过去，永远不再翻出来。但就像过去一样，他真的没办法说断就断，只能重蹈覆辙地不停地想起那些和她称不上美好的过去。

夏天又来了，暑假一到，他便火急火燎地回家，开着落了尘的摩托车到她家附近晃了许久，却得知她这个暑假不回来的消息。

想了几天，刘宥说要去打工，他爸又一脚将他踢出家门。

他到了她上学的城市，在她学校周围找了一份暑假工，很幸运的是，他在打工的第五天就碰见了她。

许俏楠不是傻子，不可能相信他说的巧合，却也没生气，只是无奈地看他，叫他的名字。

刘宥点头。

许俏楠说："我们都很辛苦。"

刘宥说："我不辛苦。"

许俏楠问："打工不累吗？"

刘宥摇头。

许俏楠盯着他看了很久。

那种眼神让刘宥心颤，他感到熟悉，却又想到过去她拒绝的那些话，刹那间又觉得恐惧。

刘宥重重地呼吸，发现许俏楠的眼眶变得水润，他一愣，下意识地反思自己的所作所为是在伤害她让她苦恼吗？如果是这样的话，他也可以马上卷铺盖走人的。

许俏楠问他为什么来这里。

刘宥实话实说："为了找你。"

许俏楠问他："你还喜欢我呢？"

刘宥闷闷地应了一声"嗯"。

"许露呢？"

刘宥有些慌张，想了一会儿，说："喜欢你，不喜欢她，去年夏天就分手了。"

许俏楠静静地望着他，过了一会儿，她说："那我们谈个恋爱吧。"

许俏楠也不知道自己是什么时候喜欢上刘宥的。

在梁乐问她谈没谈过恋爱的时候，她没想到自己的回答竟然是："差点儿谈了。"

当时，她脑中的人便是刘宥。

那应该是她第一次向他人承认自己对他有爱慕的心意。

她虽然沉稳冷静，但也是个正处于青春期的女孩，怎么可能对怀有诚恳炙热心意的男孩儿毫无想法。

记不清有过几次心动的瞬间了，无数次，刘宥都狠狠地拨动了她的心弦。

可她胆怯，不敢正面去面对。

许俏楠很早就做好了清晰的人生规划，计划中她没有给自己安排谈恋爱的时间。至少在二十四岁前，她需要努力地学习，拿到奖学金，拿到好的工作机会，之后才可能有闲情逸致去谈情说爱。

刘宥的出现是个意外，他出现得太早，早到她还没有能力给他回应。所以她不停地拒绝，但他像是听不懂一样，一次次地重新打起精神出现在她面前。

她不知道是第几次看见他这样捧着一颗真诚热烈的心到她的面前了。

许俏楠不是没有心的机器人，她会感动，会动摇，会想自己这么做到底是对的还是错的。

终于，在今天，她看着眼前收了张扬狂妄有些委屈胆怯的刘宥，莫名地想要勇敢一次，不顾后果地去尝试一次。

刘宥能为她无所畏惧，她为什么不可以说喜欢他呢？

可以的。

因为许俏楠本来就喜欢刘宥。